M.C. BEATON

Hamish Macbeth lässt sich nicht um den Finger wickeln

Weitere Titel der Autorin:

Hamish-Macbeth-Reihe

Hamish Macbeth fischt im Trüben | Hamish Macbeth geht auf die Pirsch | Hamish Macbeth und das Skelett im Moor Hamish Macbeth spuckt Gift und Galle | Hamish Macbeth und das tote Flittchen | Hamish Macbeth ist reif für die Insel Hamish Macbeth und der tote Witzbold | Hamish Macbeth hat ein Date mit dem Tod | Hamish Macbeth riecht Ärger

Agatha-Raisin-Reihe

Agatha Raisin und der tote Richter | Agatha Raisin und der tote Tierarzt | Agatha Raisin und die tote Gärtnerin Agatha Raisin und die Tote im Feld | Agatha Raisin und der tote Ehemann | Agatha Raisin und die tote Urlauberin Agatha Raisin und der Tote im Wasser | Agatha Raisin und der tote Friseur | Agatha Raisin und die tote Hexe Agatha Raisin und der tote GutsherrAgatha Raisin und die tote Geliebte | Agatha Raisin und die ertrunkene Braut Agatha Raisin und der tote Kaplan | Agatha Raisin und das Geisterhaus | Agatha Raisin und der tote Auftragskiller Agatha Raisin und der tote Göttergatte

Über die Autorin

M.C. Beaton ist eines der zahlreichen Pseudonyme der schottischen Autorin Marion Chesney. Nachdem sie lange Zeit als Theaterkritikerin und Journalistin für verschiedene britische Zeitungen tätig war, beschloss sie, sich ganz der Schriftstellerei zu widmen. Mit ihren Krimi-Reihen um die englische Detektivin Agatha Raisin und den schottischen Dorfpolizisten Hamish Macbeth feierte sie große Erfolge in über 17 Ländern. Sie starb Ende 2019 im Alter von 83 Jahren.

M.C. BEATON

Hamish Macbeth

Hamish Macbeth lässt sich nicht um den Finger wickeln

Kriminalroman

Aus dem Englischen von
Sabine Schilasky

lübbe

Dieser Titel ist auch als Hörbuch und E-Book erschienen

FSC
www.fsc.org
MIX
Papier aus verantwortungsvollen Quellen
FSC® C014496

Vollständige Taschenbuchausgabe

Deutsche Erstausgabe

Titel der englischen Originalausgabe: »Death of a Charming Man«
Dieses Werk wurde vermittelt durch die Literarische Agentur
Thomas Schlück GmbH, 30161 Hannover.

Textredaktion: Dorothee Cabras, Grevenbroich
Titelillustration: © Arndt Drechsler, Leipzig
Umschlaggestaltung: Kirstin Osenau
Satz: two-up, Düsseldorf
Gesetzt aus der Garamond
Druck und Verarbeitung: GGP Media GmbH, Pößneck
Printed in Germany
ISBN 978-3-404-18414-9

3 5 4 2

Sie finden uns im Internet unter luebbe.de
Bitte beachten Sie auch: lesejury.de

Für Harry Scott Gibbons und
Charles David Bravos Gibbons

In Liebe

Kapitel 1

Der erste Trompetenstoß gegen die entsetzliche Weiberherrschaft.

John Knox

Hamish Macbeth zog die Vorhänge vor seinem Schlafzimmerfenster zurück und kratzte sich träge die Brust, während er hinaus auf den Loch blickte. Es war einer der ausgeblichenen Tage, an denen die hinter milchig weißen Wolken verborgene Sonne jede Farbe aus dem Wasser und den drum herum aufragenden Hügeln sog. Als wäre das Dorf Lochdubh eine Art Kunstfilm, der von Farbe auf Schwarz-Weiß wechselte.

Er öffnete das Fenster, sodass ein Schwall warmfeuchter Luft zusammen mit einem Schwarm kleiner Highland-Mücken hereinblies. Sofort knallte Hamish das Fenster wieder zu und sah zu seinem ungemachten Bett. Seit Monaten gab es hier keine Verbrechen, keinerlei Bösewichte, die nach der Aufmerksamkeit von Police Sergeant Macbeth verlangten. Folglich bestand auch kein Grund, weshalb er nicht zurück ins Bett gehen und noch eine Stunde in süßen Träumen verbringen sollte.

Und dann hörte er es: leises Schrubben aus der Küche.

Priscilla!

Seine inoffizielle Verlobung mit Priscilla Halburton-Smythe, der Tochter eines hiesigen Hoteliers und Grundbesitzers, hatte recht schnell ihren Reiz eingebüßt. Die allzeit beherrschte Priscilla würde niemals einen solch abgedroschenen Satz von sich geben wie: »Ich mache einen erfolgreichen Mann aus dir, Hamish Macbeth.« Aber genau das versucht sie, dachte Hamish finster. Er wollte keinen erfolgreichen Mann aus sich machen lassen. Sein Plan war, weiterhin im Dorf herumzuschlendern, zu tratschen, zu wildern und sich durchzuschnorren, wie er es in den seligen Zeiten vor der Verlobung gehalten hatte.

Draußen knirschten Reifen auf dem Kies, und Priscillas Stimme erklang. »Ah, schön! Bringen Sie ihn bitte gleich rein.«

Wen reinbringen?

Hamish öffnete die Schlafzimmertür und ging in die Küche. Wo sein holzbefeuerter Herd gestanden hatte, klaffte eine Lücke. Zwei Männer in Overalls trugen einen blitzblanken neuen Elektroherd herein.

»Was ist das denn?«, fragte Hamish verärgert.

Priscilla lächelte ihm zu. »Ach, Hamish, du Schlafmütze, das sollte eine Überraschung sein! Ich bin deinen furchtbaren alten Herd losgeworden und habe dir einen elektrischen gekauft. Freust du dich?«

Seine Highlander-Höflichkeit verhinderte, dass er direkt lospolterte, er wolle seinen alten Herd zurück, und so murmelte er nur: »Vielen Dank. Das wäre doch nicht nötig gewesen.«

»Miss Halburton-Smythe!«, dröhnte eine Stimme von der Tür, und herein kam Mrs. Wellington, die Pfarrersfrau. »Ich bin hier, um mir den neuen Herd anzusehen«, sagte sie. »Meine Güte, ist der prächtig! Sie haben eine Menge Glück, Hamish Macbeth!«

Hamish warf ihr ein Lächeln zu, das eher wie eine Grimasse geriet, und zog sich zurück. »Ja, einfach prächtig. Wenn die Damen mich entschuldigen? Ich gehe mich mal waschen und rasieren.«

Er begab sich in das frisch gestrichene Bad und blickte niedergeschlagen zu dem neuen Duschkopf über der Wanne. »Das ist so viel hygienischer, Hamish. Du verbringst zu viel Zeit in der Wanne«, hallte Priscillas Stimme durch seinen Kopf.

Hamish wusch und rasierte sich am Waschbecken, wobei er einen wohlig kindischen Trotz empfand, weil er weder duschte noch badete. Hinterher ging er zurück ins Schlafzimmer und zog sich seine Uniform an, bevor er das Fenster erneut öffnete und hinauskletterte. Wobei er sich ein wenig schlecht fühlte, aber auch sehr frei. Towser, sein Mischlingshund, kam um das Haus geflitzt und schloss sich ihm an. Zu zweit machten sie sich auf ans Wasser.

Hamish hatte sein Mückenschutzmittel vergessen, wollte aber auch nicht zurückgehen, um es zu holen, also kaufte er sich in Patels Laden ein neues. Dort waren gerade Jessie und Nessie Currie bei ihren Einkäufen, die beiden ledigen alten Schwestern.

»Ich habe von Ihrem neuen Herd gehört«, sagte Jessie. »Dem neuen Herd.« Sie hatte die leidige Angewohnheit, alles zu wiederholen.

»Haben Sie ein Glück«, fügte Nessie hinzu. »Neulich haben wir erst gesagt, dass Sie eine so feine junge Frau wie Miss Halburton-Smythe gar nicht verdient haben.«

»Die macht was aus Ihnen. Macht was aus Ihnen«, bestätigte Jessie.

Hamish lächelte matt und zog sich zurück.

Er ging weiter und hockte sich auf die Hafenmauer, um zu den Fischerbooten zu sehen, die dort ankernd auf den Wellen wippten. Während er die Mütze nach hinten schob und sich durch das rote Haar am Kopf kratzte, dachte er: Da ist etwas an mir, was den Putzteufel in Leuten hervorkitzelt. Kürzlich war er erfolgreich Willie Lamont losgeworden, seinen Police Constable, der nun im italienischen Restaurant in Lochdubh arbeitete, nachdem er Hamish mit seiner Putzerei wahnsinnig gemacht hatte. Und dann waren die ersten berauschenden Tage nach der inoffiziellen Verlobung mit Priscilla viel zu schnell vorbei gewesen.

Anfangs schien es nur richtig, dass sie begann, die Polizeiwache umzugestalten, denn immerhin würde sie dort wohnen. Und ohne Frage musste die Wache gründlich geputzt werden. Aber jeden Tag? Und dann hatte sie beschlossen, dass Hamish »nicht anständig« aß. Er fand nahrhafte Mahlzeiten langweilig, und je nahrhafter die von Priscillas zarten Händen zubereiteten Speisen waren, desto häufiger erwog er, nach Inverness zu fahren und sich mit Junk-Food vollzustopfen. Er kam sich undankbar vor, konnte aber auch nicht umhin, wehmütig an jene Zeiten zurückzudenken, als sein Leben noch ihm gehörte.

Ihm fiel ein Brief von einer »verzweifelten« Hausfrau an einen Kummerkasten ein, den er gelesen hatte. Die Frau hatte sich darin beklagt, ihr Mann würde ihr nicht genug »Raum« geben. Damals hatte er zynisch gedacht, sie hätte wenig Grund zur Klage; doch jetzt verstand er, wie sie sich fühlte. Nicht bloß Priscilla wuselte fortwährend umher, klapperte mit Töpfen und Pfannen, auch die Frauen aus dem Dorf hatten sich angewöhnt, sehr häufig vorbeizuschauen. Die Polizeiwache war immerzu von weiblichen Stimmen erfüllt, die all die Verschönerungen lobten. Und so würde es heute wohl auch den Rest des Tages bleiben. Ein neuer Elektroherd entsprach in Lochdubh dem, was andernorts eine Marienerscheinung war.

Er stand von der Mauer auf und wanderte, Towser dicht auf den Fersen, am Ufer entlang und bergan aus dem Dorf hinaus. Hamish hatte beschlossen, zum *Tommel Castle Hotel* zu gehen, das nun von Priscillas Vater geleitet wurde. Vielleicht hatte Mr. Johnson, der Manager, einen Kaffee für ihn. Priscillas Elternhaus schien dieser Tage der einzige Ort zu sein, an dem er ihr sicher nicht über den Weg lief.

Mr. Johnson war in seinem Büro. Er lächelte, als er Hamish sah, und nickte zur Kaffeemaschine in der Ecke. »Bedienen Sie sich. Es ist lange her, dass Sie zum Schnorren hier waren. Wo ist Priscilla?«

»Sie hat mir gerade einen neuen Herd gekauft«, antwortete Hamish, während er sich einen Becher Kaffee einschenkte. Dabei rollte er die »r« sehr stark.

Mr. Johnson wusste aus Erfahrung, dass der Police Sergeant besonders schottisch klang, wenn er aufgebracht war. »Ah, verstehe.« Der Hotelmanager sah zu Hamishs steifem, schmalem Rücken. »Tja, so ist die Ehe. Frauen wissen eben, wie sie das Leben organisieren.«

»Ich bin glücklich«, sagte Hamish verkniffen. Er sprach mit niemandem über Priscilla. Oft fragte er sich, ob es jemanden gäbe, mit dem er es könnte, sollte ihm danach sein. Jeder, allen voran seine eigene Mutter, erzählte ihm immer wieder, welches Glück er hatte.

»In den nächsten ein oder zwei Wochen werden Sie wohl weniger von ihr sehen.«

»Und warum?« Hamish setzte sich auf den Stuhl vor Mr. Johnsons Schreibtisch und nippte am Kaffee.

»Das Hotel ist dann voll ausgebucht, und da die Zimmermädchen dauernd wegen irgendwas ausfallen, wird Priscilla einspringen müssen. Wie gesagt, dann werden Sie sie nicht viel sehen. Sie brauchen ein Verbrechen.«

»Ich langweile mich nicht«, gab Hamish versöhnlich zurück. »Und ich bin nicht auf der Suche nach Verbrechen, um mich zu unterhalten.«

Der Hotelmanager betrachtete freundlich den großen schlaksigen Polizisten. »Oft frage ich mich, warum Sie überhaupt zur Polizei gegangen sind, Hamish. Wieso nicht einfach ein Highland-Faulpelz sein, Sozialhilfe kassieren und ein bisschen wildern?«

»Oh, die Polizei ist prima für mich. Doch sollte ich hier wieder ein größeres Verbrechen haben, schicken die mir womöglich einen Assistenten, und ich brauche keinen, der mich in die Flucht schrubbt.«

»Und was machen Sie hier, wenn Sie eigentlich bei Ihrer Liebsten sein sollten? Apropos Schrubben, da macht unserer Priscilla auch keiner so schnell was vor.«

Hamish sah ihn verständnislos an, und plötzlich hatte Mr. Johnson das Gefühl, unverschämt zu sein.

»Oh, ich habe etwas Tratsch für Sie«, sagte der Hotelmanager hastig. »Drim gehört doch zu Ihrem Zuständigkeitsbereich, oder?«

»Ja, aber da ist nie irgendwas passiert und wird es auch nicht. Das muss der ödeste Flecken auf den Britischen Inseln sein.«

»Oh, es ist aber sehr wohl etwas passiert! Die Schönheit hat nach Drim gefunden, und nicht in Gestalt einer Frau, sondern in der eines Mannes. Die Leute sagen, er sieht wie ein Filmstar aus.«

»Was führt den an einen Ort wie Drim?«

»Weiß der Himmel. Er kam eines Tages ins Dorf spaziert, hat sich einen kleinen Bauernhof gekauft und angefangen, ihn zu renovieren. Ein vornehmer Typ. Engländer.«

»Ach, einer von denen.«

»Ja, der wird eine Weile lang Dörfler spielen, vom einfachen Leben schwärmen, und nach einem Winter hier oben ist er wieder weg.«

»So schlimm sind die Winter nicht.«

»Ich rede nicht vom Wetter, Hamish. Was ich meine, ist, dass sich hier alles im Winter verlassen anfühlt. Man sitzt da und glaubt, der Rest der Welt wäre irgendwo zu einer Party gefahren und hätte einen in der dunklen Wildnis zurückgelassen.«

»Geht mir nicht so.«

»Nein? Tja, dann liegt es eventuell daran, dass ich aus der Stadt komme«, sagte Mr. Johnson, der aus Glasgow war.

»Ich könnte mal drüben in Drim vorbeischauen und diesem Kerl einen Besuch abstatten. Kann ich einen der Wagen vom Hotel leihen?«

»Was ist mit Ihrem Land Rover passiert?«

Hamish wurde verlegen. »Der steht unten an der Wache. Ich bin zu Fuß hier und wollte mir nur den Rückweg ersparen.«

»Nun, wenn Sie ihn beizeiten zurückbringen«, meinte Mr. Johnson, der sich noch rechtzeitig bremste, ehe er erwähnte, dass Hamish auch zu Fuß ins Dorf zurückgehen müsste, wenn er den Leihwagen wieder herbrachte. Er zog die Schreibtischschublade auf und angelte ein Schlüsselbund heraus. »Nehmen Sie den Volvo. Aber behalten Sie ihn nicht den ganzen Tag. Die neuen Gäste kommen heute. Ich rufe Priscilla an und sage ihr, dass sie lieber hier sein sollte, um sie in Empfang zu nehmen.«

Hamish nahm die Schlüssel und ging. Als er zur Straße nach Drim fuhr, kam es ihm vor, als wäre er im Urlaub und käme weit weg von der »entsetzlichen Weiberherrschaft«, wie John Knox es genannt hatte. Vor allem von der einen Frau, die wild entschlossen war, einen erfolgreichen Mann aus ihm zu machen. Priscilla hatte angefangen, sich mit der Frau von Chief Superintendent Peter Daviot anzufreunden. Sie wollte, dass Hamish weiter befördert wurde. Doch das hieße, in Strathbane zu wohnen, Prüfungen abzulegen und Detective zu werden … und nie wieder zurück nach Lochdubh zu dürfen. Diese schaurigen Gedanken verdrängte er gleich wieder.

Der Wind frischte auf und riss die milchigen Wolken in Fetzen. Die Sonne lugte hin und wieder hervor, die Heide leuchtete violett an den Berghängen, und als Hamish den Kamm eines Hügels erreichte, blickte er über eine atemberaubende Weite aus Berg- und Moorlandschaft, in der die kleinen Bergseen von Sutherland saphirblau glitzerten und tollpatschige Moorhühner vor einem Rudel Hirsche davonstolperten, ehe sie schließlich aufflatterten.

Hamish konzentrierte sich auf die Frage, was diesen Adonis in ein Dorf wie Drim verschlagen haben mochte.

Drim war ein eigenartiger Ort am Ende eines schmalen Lochs auf einem Stück Flachland, umgeben von hohen schwarzen Bergen. Der Loch war ebenfalls schwarz und verlief wie ein Korridor zwischen mächtigen Berghängen, auf denen nur mickrige Sträucher zwischen Geröll und dunklem Fels wuchsen. Der einzige Weg nach Drim, sofern man nicht wahnsinnig genug war, übers Wasser zu kommen, war eine schmale, einspurige Straße von Osten aus über die Hügel.

Das Dorf selbst bestand aus einer Gruppe von Häusern, einer Kirche, einem Gemeindesaal, einem Laden. Eine Polizeiwache gab es nicht, weshalb Hamish Macbeth aus Lochdubh hier zuständig war. Allerdings sah man ihn selten im Ort. Es hatte noch nie irgendwelche Vorkommnisse in Drim gegeben, nicht einmal Ruhestörung durch Betrunkene, denn hier gab es keinen Pub und keinen Alkohol zu kaufen.

Hamish parkte den Wagen und ging in den Dorfladen, den ein Hüne namens Jock Kennedy führte.

»Hamish«, rief Jock, »Sie habe ich ja seit Ewigkeiten nicht gesehen! Was führt Sie zu uns?«

»Reine Neugier«, antwortete Hamish. »Wie ich höre, haben Sie einen Neuzugang.«

»Oh ja, Peter Hynd. Netter junger Mann. Hat Geordie Blacks alten Hof oben überm Dorf gekauft. Verlegt gerade Abwasserrohre. Der alte Geordie hatte nur eine Bude hinten im Garten als Toilette benutzt, und es gab kein Bad. Geordie hielt nichts davon, sich von oben bis unten zu waschen, es sei denn für Beerdigungen oder Hochzeiten.«

»Dann ist Geordie tot?«

»Ja, vor sechs Monaten gestorben. Seine Tochter hat das Haus verkauft. Ich kann Ihnen sagen, die war genauso baff wie wir alle, als ihr dieser junge Bursche Geld dafür angeboten hat. Sie hat gedacht, das steht da ewig leer und fällt langsam in sich zusammen.«

»Vielleicht gehe ich mal hin und unterhalte mich mit ihm.« Hamish kaufte sich eine Flasche Limonade und zwei Würstchen in Brotteig, die er auf einer Bank vor dem Laden aß. Mit einem Anflug von schlechtem Gewissen dachte er, dass Priscilla zweifellos ein nahrhaftes Mittagessen gekocht hatte – Vollkornreis mit irgendwas. Er hätte sie anrufen sollen.

Der Loch war nur wenige Meter entfernt, und die schwarzen Wellen schwappten auf den öligen Strand. Alles war sehr still. Die Berge schirmten den Wind, aber auch das meiste Licht ab. Ein grimmiger, trüber Ort. Was in aller Welt machte ein schöner junger Engländer hier?

Dieses von der Zeit vergessene Dorf bestand aus mehreren Cottages um den Laden herum. Das einzige neue Gebäude war der hässliche, quadratische Gemeindesaal mit Blechdach und schwefelgelben Mauern. Dahinter stand die kleine Kirche mit einem keltischen Kreuz am einen Dachende und einer Eisenglocke am anderen. Überrascht stellte Hamish fest, dass er zwar Jock Kennedy kannte, sonst jedoch kaum jemanden hier, mit dem er reden könnte. Er stand auf, streckte sich und gab Towser den Rest des zweiten Würstchens. Dann machte er sich auf den Weg zu Peter Hynds Cottage.

Als er sich dem Haus näherte, hörte er eine Spitzhacke, die auf Fels geschlagen wurde. Das hässliche kleine graue

Cottage hatte ein gewölbtes Blechdach. Ein neuer Zaun war um den von Unkraut überwucherten Garten gezogen worden. Hier wuchsen keine Blumen. Hamish folgte dem Geräusch der Spitzhacke um das Cottage herum, und dort in einem Graben arbeitete mit freiem Oberkörper der schönste Mann, den Hamish je gesehen hatte.

Sobald er ihn bemerkte, legte der Mann die Hacke ab, stieg geschmeidig aus dem Graben und sah Hamish an, die Hände in die Hüften gestemmt.

Peter Hynd musste knapp einen Meter neunzig groß sein, war schlank, muskulös und leicht sonnengebräunt. Sein goldblondes Haar lockte sich. Er hatte hohe Wangenknochen und mittelbraune, von dichten Wimpern gesäumte Augen. Sein Mund war fest und wohlgeformt und sein Hals von der Art, wie sie sich klassische Bildhauer erträumten. »Hallo«, grüßte er. »Ist das ein offizieller Besuch?«

»Nein«, antwortete Hamish. »Ich wollte nur mal Guten Tag sagen.«

Da lächelte Peter, und Hamish blinzelte geblendet. »Dann kommen Sie lieber mit rein. Was kann ich Ihnen anbieten? Tee oder Kaffee?«

»Kaffee wäre nett«, sagte Hamish, der auf einmal schüchtern wurde.

Peter nahm ein kariertes Hemd von einem Nagel am Zaun und zog es an. Er hatte einen leichten, angenehmen Oberklassenakzent, aber ohne jede Arroganz oder Affektiertheit.

Hamish folgte ihm ins Haus, wobei er den Kopf einziehen musste, weil die Tür so niedrig war. Innen war es im üblichen Stil gestaltet, mit einem großen Herd auf der einen Seite und einem Wohnbereich auf der anderen. Peter hatte daraus eine Behelfsküche gemacht und auf einer Seite einen Tresen mit Regalen aufgestellt, auf denen sich Teller stapelten, darüber hingen Töpfe und Pfannen. In der Raummitte stand ein großer, von hochlehnigen Stühlen umrahmter Küchentisch.

Peter stellte einen Kessel auf einen Campingkocher am Tischende. »Zuerst habe ich den alten Kessel an der Kette überm Feuer benutzt«, erklärte er grinsend, »aber der braucht unendlich lange. Der Torf hier bringt nicht viel Hitze. Milch und Zucker?«

»Schwarz, bitte«, sagte Hamish und entspannte sich ein wenig.

»Ich baue hinten eine neue Küche an«, erklärte Peter und nahm zwei Becher aus einem der Regale.

»Und was machen Sie im Garten?«, fragte Hamish.

»Da verlege ich Abwasserrohre und grabe eine Sickergrube. Ich habe vor, eine Toilette und ein Bad einzubauen. Sie haben ja keine Ahnung, wie es ist, wenn man sich mitten in der Nacht erleichtern und dazu raus zu der Bude im Garten muss.«

»Es könnte schwierig sein, Hilfe zu bekommen«, sagte Hamish. »Die Einheimischen sind meistens etwas abweisend.«

Peter wirkte verwundert. »Ganz im Gegenteil. Ich habe

schon mehr Hilfsangebote bekommen, als ich zählen kann. Die Leute sind sehr freundlich. Ich habe allerdings nicht gewusst, dass wir einen Polizisten haben.«

»Haben Sie auch nicht. Ich bin drüben in Lochdubh. Dieses Dorf fällt aber mit in meine Zuständigkeit.«

»Passiert hier viel?«

»Nein, zum Glück ist es sehr ruhig.«

»Macbeth, Macbeth, der Name kommt mir bekannt vor. Ah, ich weiß! Sie waren an einigen Mordermittlungen hier oben beteiligt.«

»Ja, und ich hoffe, dass es nie wieder vorkommt. Danke für den Kaffee.«

Peter setzte sich ihm gegenüber hin und streckte sich wie eine Katze.

Wie gut, dass es in Drim keine jungen Frauen gibt, dachte Hamish, mit diesem Herzensbrecher im Ort.

»Wollen Sie hierbleiben?«, fragte er neugierig.

»Ja, warum nicht?«

»Sie sind ein junger Mann. Hier gibt es nichts für Sie.«

»Oh doch! Ich denke, hier habe ich gefunden, wonach ich gesucht habe.«

»Und was wäre das?«

Peter zögerte, und Hamish fröstelte plötzlich. »Ruhe«, antwortete Peter ausweichend. »Dinge bauen, mit meinen Händen arbeiten.«

Hamish trank den Kaffee aus und stand auf.

»Kommen Sie gern wieder«, sagte Peter, und das blendende Lächeln erschien erneut.

Hamish lächelte ebenfalls. »Ja, tue ich, und vielleicht packe ich nächstes Mal mit an.«

Immer noch lächelnd, ging er von dem Cottage weg. Als er jedoch Abstand zu Peter Hynd gewonnen und den Wagen im Dorf erreicht hatte, schwand sein Lächeln, und er schüttelte sich ein wenig. Peter Hynd war ohne Frage sehr charmant. Nur passte er irgendwie nicht hierher, und Hamish war es beinahe, als würde er den Mann nicht mögen, ja, er fürchtete sich fast vor ihm. Und er fragte sich, warum. Seufzend öffnete er die Beifahrertür, damit Towser ins Auto springen konnte, und stieg dann auf der anderen Seite ein.

Seine Stimmung hellte sich auf, als er den Hügel hinauf, aus Drim hinaus und in den Sonnenschein fuhr. Vorerst musste er nicht wieder in diesen Ort zurückkehren. Eine ganze Weile nicht.

Er parkte den Hotelwagen vor dem *Tommel Castle Hotel* und ging hinein, um Mr. Johnson die Schlüssel zurückzugeben.

»Priscilla ist hier«, sagte der Manager. »Soll ich ihr Bescheid geben, dass Sie da sind?«

»Nein, nein, ich muss arbeiten. Ich rufe sie später an.«

Hamish eilte davon.

Fünf Minuten später kam Priscilla ins Hotelbüro. »Jemand hat mir erzählt, dass er Hamish und Towser gesehen hat.«

»Ja, und Hamish hat gesagt, dass er keine Zeit hat, weil er arbeiten muss.«

»Was mag das wohl sein?«, entgegnete Priscilla spitz. »Er

muss nichts weiter tun, als das Abendessen, das ich ihm hingestellt habe, in den neuen Ofen schieben. Hat er Ihnen von dem Elektroherd erzählt?«

»Ja, er hat es erwähnt. Hatten Sie ihn gefragt, ob er einen neuen Herd will?«

»Nein, warum? Dazu bestand kein Grund, denn der alte Herd war eine Zumutung.«

»Ich glaube, Hamish hat ihn gemocht«, sagte Mr. Johnson vorsichtig. »Im Winter war er gemütlich.«

»Er hat jetzt eine Zentralheizung.«

»Ja, aber es geht nichts über ein richtiges Feuer. Sie werden Hamish nicht ändern, Priscilla.«

»Das versuche ich gar nicht! Doch Sie vergessen, dass ich auch in der Polizeiwache wohnen werde.«

»Tja, wie Sie meinen.«

»Übrigens muss ich jetzt kurz hin. Ich habe die Bedienungsanleitung für den Herd auf den Tisch gelegt, aber Sie kennen ja Hamish.«

»Ja, er ist ein erwachsener Mann, kein Kind mehr.«

Priscilla spielte nervös mit einem Stift auf dem Schreibtisch. »Trotzdem sehe ich lieber nach, wie er zurechtkommt.«

Mr. Johnson schüttelte traurig den Kopf, als sie fort war. Es war, als hätte sich die sonst so ruhige und gelassene Priscilla in den Kopf gesetzt, Hamish Macbeth auf Biegen und Brechen zu einem anderen Mann zu machen.

Priscilla hielt vor der Polizeiwache. Dr. Brodie kam vorbei und lüpfte die Mütze.

Der Arzt war einer der wenigen Menschen im Dorf, die gegen die bevorstehende Heirat von Hamish Macbeth und Priscilla Halburton-Smythe waren. Über Priscillas Schulter hinweg sah er Hamish vom Ufer näher kommen. Priscilla musste an ihm vorbeigefahren sein, ohne ihn zu sehen.

»Falls Sie Hamish suchen«, sagte Dr. Brodie, »der wollte zu Angus Macdonald.«

»Dem alten Schwindler!«

»Ihm geht es in letzter Zeit nicht gut.«

Priscilla öffnete die Autotür wieder. »Dann rette ich Hamish besser, ehe Angus ihm einredet, dass er ihm die Zukunft voraussagen kann.«

Sie fuhr los.

Das war kindisch von mir, dachte der Arzt. Ich wollte Hamish nur eine Verschnaufpause verschaffen, aber jetzt wird sie ihn sehen.

Als er jedoch zum Ufer blickte, war Hamish nirgendwo mehr zu entdecken. Priscillas Wagen preschte davon. Dann tauchte Hamish auf, und Dr. Brodie grinste. Der Polizist war offenbar in Deckung gegangen. Priscilla sollte jemanden von ihrem Schlag heiraten, ging es dem Arzt durch den Kopf, wo sich altmodischer Snobismus mit gesundem Menschenverstand paarte.

Angus Macdonald hatte einen gewissen Ruhm als Weissager erlangt. Priscilla hielt ihn für einen gerissenen alten Mann, der sich sämtlichen Dorfklatsch anhörte und seine angeblichen Prophezeiungen entsprechend formulierte.

Als sie bei ihm ankam, arbeitete er im Garten. Er winkte ihr zu.

Widerwillig näherte sie sich ihm. Der Land Rover hatte vor der Wache gestanden, und Hamish war gewiss nicht zu Fuß hergekommen. »Dr. Brodie hat gesagt, es geht Ihnen nicht gut«, begann sie. »Wo ist Hamish?«

»Wie kommt er darauf? Hamish habe ich nicht gesehen.«

»Dann fahre ich lieber zurück.«

»Ach, bleiben Sie doch eine Minute, und gönnen Sie einem alten Mann das Vergnügen Ihrer Gesellschaft.«

Priscilla folgte dem Seher in sein Cottage und bemerkte verdrossen, dass er den Wasserkessel auf das Torffeuer stellte. Bei dem Geld, das er den Leuten auf betrügerische Weise abknöpfte, könnte er sich leicht etwas Moderneres leisten, dachte sie.

Doch sie erkundigte sich höflich nach seinem Befinden und erfuhr, dass es ihm »besser denn je« ging, was ihren Verdruss noch steigerte.

Endlich setzte sich Angus mit der Teekanne zu ihr und stellte ihr eine Menge Fragen über die Leute im Dorf.

»Ich dachte, Sie sind Seher«, sagte Priscilla nach einer Weile ungeduldig. »Da müssten Sie das doch eigentlich alles so wissen, indem Sie nur auf Ihrem Allerwertesten sitzen und träumen.«

»Oh, ich sehe Dinge.« Angus Macdonald war ein großer dünner Mann in den Sechzigern. Er hatte dichtes schlohweißes Haar und ein wettergegerbtes Gesicht mit einer rie-

Worte des Sehers durch den Kopf. Doch wenn sie Hamish jetzt nachgab, hätte sie nie mehr die Kraft, ihre ehrgeizigen Pläne für ihn zu verwirklichen. Und Hamish Macbeth brauchte wirklich nur einen *Schubs*.

In der Hotelrezeption kam ihr Mr. Johnson entgegen. »Sie müssen die Bar für die letzte Stunde übernehmen, Priscilla. Roger ist umgekippt.« Roger war der Barkeeper.

»Betrunken?«, fragte Priscilla.

»Mal wieder.«

»Hat er die Drinks geklaut?«

»Nein, da muss ich ihn in Schutz nehmen«, entgegnete Mr. Johnson. »Die Gäste haben immer wieder gesagt: ›Und nehmen Sie sich selbst auch einen, Roger.‹ Das hat er getan. Leider können die Hausmädchen diese raffinierten Cocktails nicht mixen.«

»Wo ist mein Vater?«

»Zu Bett gegangen.«

»Ich mache es.«

»Vielleicht knöpfen Sie lieber Ihre Bluse hinten wieder zu. Die rutscht Ihnen gleich von den Schultern.«

Priscilla wurde wieder rot.

»Warten Sie, ich helfe Ihnen.« Der Manager schloss die Knöpfe wieder und lächelte zustimmend, weil er dies als hoffnungsvolles Zeichen sah, dass Hamish endlich zur Sache kam.

Erleichtert stellte Priscilla fest, dass es nicht mehr sehr voll in der Bar war. Sie löste das Hausmädchen ab, das einen Gast ratlos fragte, wie man einen Manhattan mixte.

Die Bar schloss um elf, und Priscilla blickte zur Uhr. Nicht mehr allzu lange.

Dann, als die Leute einer nach dem anderen auf ihre Zimmer oder nach nebenan gingen, um fernzusehen, bemerkte sie an einem Ecktisch einen der schönsten jungen Männer, die sie jemals gesehen hatte. Er las eine Zeitschrift und hatte ein halb volles Bierglas vor sich stehen. Sein blondes Haar schimmerte sanft im Lampenschein, und die langen Wimpern warfen Schatten auf die sonnengebräunten Wangen. Er schaute auf, sah, dass sie ihn beobachtete, und warf ihr ein träges, seltsam vertrautes Lächeln zu, das Priscilla wie von selbst erwiderte.

Ein anderer Gast kam, und kurz vergaß sie den schönen jungen Mann.

Doch kurz vor Schluss trat er an die Bar und fragte: »Habe ich noch Zeit für einen Drink?«

»Knapp«, antwortete Priscilla. »Noch ein Bier?«

»Nein, ich nehme einen Whisky für den Weg.«

»Passen Sie auf, dass Sie nicht über der Promillegrenze sind.« Priscilla hielt ein Glas unter den Abfüllhahn. »Die Polizei kann ziemlich streng sein.«

»Ich glaube nicht, dass Hamish Macbeth bei irgendwas allzu streng ist«, erwiderte er.

Plötzlich wurde ihr unbehaglich. War dies der schöne junge Mann, den Angus erwähnt hatte? Doch sie drehte sich um, stellte das Glas auf die Bar und sagte: »Demnach kennen Sie unseren Polizisten?«

»Er hat mich heute besucht. Ich wohne in Drim.«

»Haben Sie dort Verwandte?«

Er bezahlte seinen Drink. »Nein, ich bin einfach eines Tages dort hingekommen und geblieben. Wie ist es mit Ihnen?«

»Meinen Eltern gehört dieses Hotel.«

»Sie Arme! Die Arbeit muss sehr anstrengend sein. Haben Sie jemals einen Abend frei?«

»Hin und wieder, wenn nicht viel los ist.«

»Sie müssen mal nach Drim kommen und sich mein Haus ansehen.« Er lehnte sich über die Bar und streckte ihr die Hand hin. »Peter Hynd.«

»Priscilla Halburton-Smythe.« Sie ergriff seine Rechte und sah ihn erschrocken an, weil ihr war, als schösse ein Stromschlag ihren Arm herauf. »Auch an meinen freien Abenden bin ich nicht frei«, sagte sie. »Ich bin verlobt, und damit ist meine Freizeit ausgefüllt.«

»Wer ist der Glückliche?«

»Hamish Macbeth.«

Er trat einen Schritt zurück und musterte die kühle, kultivierte Priscilla von oben bis unten – oder vielmehr von ihrem glatten blonden Haar bis zu ihrem teuren französischen Top, denn mehr konnte er von ihr hinter der Bar nicht sehen. »Na, schau einer an. Sie erstaunen mich!«

Priscilla schüttelte sich im Geiste. Peter Hynd redete mit ihr, als würden sie sich schon lange kennen. Diesen Eindruck vermittelte er weniger durch seine Worte als durch sein Verhalten, das für eine befremdlich vertraute Atmosphäre sorgte. Zum Glück kam ein anderer Gast an den Tresen, und Peter nahm den Whisky mit an den Ecktisch. Er blieb in der Bar, bis Priscilla sie schloss und das Gitter vor dem Tresen nach unten zog. Dann schien er wieder etwas zu ihr sagen zu wollen, doch sie huschte schnell nach draußen und zu Mr. Johnson. Bei ihr trat das gleiche verstörende Phänomen auf wie bei Hamish: Kaum war sie Peters magischem Orbit entkommen, stellte sie fest, dass sie ihn weder mochte noch ihm traute.

Ich muss es Hamish erzählen, dachte sie. Doch dann vergaß sie die Begegnung und sollte sich erst einige Zeit später wieder an sie erinnern.

Am nächsten Tag war Miss Alice MacQueen in Drim früh auf, um alles für die Arbeit vorzubereiten. Und ihre Geschäfte waren noch nie besser gelaufen. Sie war die Friseurin im Ort, und ihr Salon war das Wohnzimmer in ihrem Cottage. Bevor Peter Hynd hergezogen war, hatte sie nie viel zu tun gehabt. Die Frauen von Drim ließen sich ungefähr einmal im Jahr eine Dauerwelle legen, gewöhnlich vor Weihnachten. Doch jetzt waren ihre Dienste sehr gefragt, und die Zahl der grauen Schöpfe, die blond oder schwarz gefärbt werden sollten, stieg.

Mrs. Edie Aubrey machte sich ebenfalls auf einen geschäftigen Tag gefasst. Seit sechs Monaten bot sie Fitnesskurse im Gemeindesaal an, was zunächst ein aussichtsloses Unterfangen zu sein schien. Neuerdings aber waren ihre Kurse voll von Frauen, die dringend etwas für Bauch, Beine und Po tun wollten.

Im Dorfladen packte Jock Kennedy eine frische Lieferung von Kosmetika aus und stellte sie ins Schaufenster. Er hatte erfahren, dass die Frauen nach Strathbane fuhren, um ein Vermögen für die neuesten Antifalten-Cremes auszugeben, und beschlossen, selbst ein bisschen Geld mit dem Wunsch nach Jugendlichkeit zu verdienen, der sich gegenwärtig in so vielen Herzen mittleren Alters regte. Da seine eigene Frau unbeeindruckt schien, war er einer der Wenigen im Dorf, denen Peter Hynd keine Sorgen bereitete. In Drim gab es keine jungen Frauen, höchstens Teenager, die noch die Schule besuchten. Die Töchter, die ihren Schulabschluss bereits hatten, gingen in die Städte, um Arbeit zu finden.

Jimmy Macleod, ein Kleinbauer, kam zum Essen von den Feldern. In den meisten Häusern in Drim wurde die Hauptmahlzeit nach wie vor mittags eingenommen.

Seine Mahlzeit bestand aus Suppe, Gehacktem mit Kartoffeln und starkem Tee. Beim Essen hatte er die Sportseite der Zeitung aufgeschlagen und an den Milchkrug gelehnt. Er hatte eben aufgegessen, als er merkte, dass etwas anders war. Zum einen hätte seine Frau ihm gegenübersitzen sollen, anstatt an der Küchenspüle herumzukramen.

»Isst du nichts?«, fragte er. Ihm blieb der Mund offen stehen, als er sie betrachtete. »Was ist denn mit deinem Haar passiert?«

Die sonst grauen Locken seiner Frau Nancy waren jetzt pechschwarz und in diesem altmodischen Wellenschnitt frisiert, der das Beste war, was Alice MacQueen zustande brachte. Noch dazu hatte Nancy ihr sonst gerötetes Gesicht unter einer Maske von Make-up und Puder verborgen und ihre Lippen scharlachrot geschminkt.

Unsicher griff sie zu ihrem Haar. »Ich hatte es satt, alt auszusehen«, sagte sie, drehte sich wieder zur Spüle um und begann, lauter als nötig mit dem Geschirr zu klappern.

»Du siehst albern aus«, erwiderte ihr Mann erbost. »Und mit diesem Kram im Gesicht hast du was von einem Flittchen.«

»Und was weißt du von Flittchen, kleiner Mann?«

»Pass bloß auf, oder es gibt was hinter die Ohren.«

Langsam drehte sie sich um und hob das Brotmesser an. »Versuch's nur«, sagte sie leise.

»Hey, ich bin hier weg, bis du wieder zur Vernunft gekommen bist.« Er war ein kleiner, drahtiger Mann mit gekrümmten Schultern und einem staksigen Gang. Rasch eilte er aus dem Haus. Zum ersten Mal bedauerte er, dass Drim ein »trockenes« Dorf war, denn ihm war nach einem großen Whisky.

Draußen auf den Feldern winkte sein Nachbar Andrew King ihm zu. »Du siehst ein bisschen mürrisch aus, Jimmy.«

»Weiber!«, knurrte er und ging zu ihm. »Meine Nancy hat sich das Gesicht angemalt wie ein Flittchen und das Haar schwarz gefärbt. Ja, und sie hat mich mit dem Brotmesser bedroht. Was ist aus der Welt geworden?«

»Ach, keine Sorge«, sagte Andrew, ein älterer Bauer mit einem Nussknackergesicht. »Ich weiß noch, wie meine Jeannie seltsam geworden war. Weißt du, was das ist?«

»Nee, weiß ich nicht.«

»Ist die Männopause.«

»Die was?«

»Die Männopause. Wechsel-Irgendwas. Macht die Weiber ganz schön verrückt, oh ja. Ich habe damals mit dem Doktor wegen Jeannie geredet, und er hat gesagt: ›Achten Sie einfach nicht drauf. Das geht wieder weg‹, und so war es.« Andrew kramte in den geräumigen Taschen seiner Jacke und zog eine Halbliterflasche Whisky hervor. »Willst einen Schluck?«

»Mann, und ob! Aber lassen wir das ja nicht den Pfarrer sehen!«

Drims Pfarrer, Mr. Callum Duncan, verlieh seiner Predigt den letzten Feinschliff und seufzte zufrieden. Nun hätte er Zeit, an seinen Sohn in Edinburgh und seine Tochter in London zu schreiben.

»Ich schreibe nur noch an Agnes und Diarmuid«, sagte er zu seiner Frau Annie, die nähend am Fenster saß. »Möchtest du eine Nachricht hinzufügen?«

»Ich habe den beiden gestern einen Brief geschrieben«, antwortete sie.

»Na, was hast du ihnen denn erzählt? Nur, damit ich den Tratsch nicht wiederhole.« Der Pfarrer stand auf und streckte sich. Er war ein hagerer Mann mit schütterem grauem Haar, grauen Augen und einem fast lippenlosen Mund. Neuerdings fing Annie an, diesen Mund zu hassen, der immerzu kritisch und verkniffen wirkte.

Ein Sonnenstrahl fiel ins Zimmer und beleuchtete Annies Haar. Der Pfarrer starrte seine Frau an. »Was hast du mit deinen Haaren gemacht?«

»Bloß eine rote Spülung genommen«, antwortete sie ruhig. »Jock hat neue Sachen reinbekommen. Die wäscht sich wieder raus.«

»Und was ist mit deinem braunen Haar?«, fragte er verärgert. Das braune Haar war immer das einzig Schöne an seiner Frau für ihn gewesen.

»Ich war es leid«, erwiderte sie mit einem leisen Seufzer. »Jetzt reg dich nicht über Kleinigkeiten auf, Callum. Das ist anstrengend.« Sie nähte weiter.

Harry Baxter fuhr seinen verbeulten alten Truck die gewundene Straße nach Drim hinunter. Er war Fischer, und es war Schlechtwetter angesagt. Deshalb würde der Fischkutter, auf dem er arbeitete, heute nicht rausfahren. Harry kaute Pfefferminzbonbons, weil er einen Teil des Vormittags in der Bar von Lochdubh verbracht hatte. Und wie die meisten Männer in Drim erhielt er gern das Märchen aufrecht, niemals Alkohol anzurühren.

Kurz vor dem Dorf sah er eine Frau mit hoch aufgestecktem, leuchtend blondem Haar auf sehr hohen Absätzen am Straßenrand entlangstöckeln. Ihre runden Hüften schwangen beim Gehen. Grinsend rollte er das Fenster herunter und pfiff. Dann wurde ihm klar, dass ihm diese Figur schrecklich bekannt vorkam, und er hielt an.

»Hallo, Harry«, sagte seine Frau Betty.

»Oh mein Gott!« Er war entsetzt. »Du siehst furchtbar aus.«

»War Zeit, dass ich was aus mir mache.« Sie zuckte mit den breiten Schultern. Betty hatte eine rosa Tasche dabei.

»Fahren wir nach Hause und reden darüber. Spring rein.«

»Kann ich nicht. Ich will zu Edies Fitnesskurs.« Damit drehte sie sich auf den lächerlichen Absätzen um und stöckelte von dannen.

Am frühen Abend hatte ein leichter Nieselregen eingesetzt. Peter Hynd arbeitete mit freiem Oberkörper weiter, sodass ihm Regenwasser über die goldbraun gebrannte Brust rann, und schien die Reihe von Frauen aus dem Dorf nicht wahrzunehmen, die ihn stumm beobachteten. Tropfen fielen aus frisch gefärbtem Haar und zogen Rinnsale über Körper, die von ungewohnter sportlicher Betätigung schmerzten. Füße litten in schmalen, hohen Schuhen. Und hinter den Frauen hatten sich die Männer des Ortes versammelt – kleine, faltige Männer, die mit angesäuerten Mienen alles beobachteten und plötzlich den Grund für all die Verschönerungen erkannten.

»Männopause«, ätzte Jimmy Macleod und spuckte auf die Erde.

Mehrere Tage später schlenderte Hamish mit seinem Hund am Ufer entlang, die Polizeimütze nach hinten geschoben. Ein böiger, warmer Wind blies vom Golfstrom herbei und vertrieb zumindest für den einen Tag die Mücken. Alles tanzte im Wind: die Fischerboote an ihren Ankern, die Rosen und Wicken in den Gärten und die Wäsche an den Leinen.

Kleine Wellen schwappten an den Strand, als wollten sie dem trägen Polizisten zu seinen Fortschritten gratulieren.

Dann hielt ein Wagen neben ihm. Hamish wandte sich lächelnd um, und sein Gesicht nahm sogleich einen skeptisch-verhaltenen Ausdruck an. Die Fahrerin war Susan Daviot, die Frau von Superintendent Peter Daviot. Sie war eine stämmige Frau, die stets aussah, als wäre sie auf dem Weg zu einer Gartenparty oder Hochzeit – in den Siebzigern, denn danach waren ihre Hüte eindeutig aus der Mode gekommen. In den abgelegenen Gegenden Schottlands wurden sie weiterhin verkauft. Heute war es ein braunes Filzding mit einer Feder vorn. Mrs. Daviots Gesicht war so gerötet, dass es sogar die dicke weiße Puderschicht, die sie aufgetragen hatte, nicht verbergen konnte. Ihr Mund war klein und geschürzt. »Ich komme gleich mit Priscilla wieder, um Sie einzusammeln«, verkündete sie.

»Ich bin im Dienst«, entgegnete Hamish steif.

»Seien Sie nicht albern! Ich habe Peter gesagt, dass Sie heute freihaben. Da ist ein ganz schnuckeliges Haus direkt außerhalb von Strathbane, und das müssen Sie und Priscilla sich ansehen.«

Hamish wollte widersprechen, dass er nicht vorhabe, nach Strathbane oder auch nur in die Nähe zu ziehen, wurde sich jedoch bewusst, dass es ihm einen Vortrag über seinen mangelnden Ehrgeiz eintrüge. Deshalb fragte er: »Aber haben Sie es nicht gehört? Es gibt drüben in Drim Ärger.«

»Was für Ärger?«

Hamish gab sich angemessen geheimnisvoll. »Darüber möchte ich momentan lieber nicht sprechen.«

Mrs. Daviot brummelte etwas vor sich hin und fuhr weiter. Nicht zum ersten Mal dachte sie, dass Priscilla keine sehr gute Partie machte. Andererseits hätte sie, wäre ihr Mann nicht Hamish Macbeths Chef, nie die Gelegenheit gehabt, mit einer solch vornehmen Person wie Priscilla auf Haussuche zu gehen.

»Jetzt sieh dir an, was ich gemacht habe«, sagte Hamish zu Towser. »Warum habe ich mich nicht durchgesetzt? Ach, na ja, dann fahren wir kurz nach Drim. Ist ja ein schöner Tag.«

Er ging zurück zur Wache und hob den Hund, der so faul wie sein Herrchen war und nicht springen wollte, hinten in den Land Rover. Als Hamish die einspurige Straße nach Drim hinunterfuhr, war ihm, als ließe er alle Luft und allen Sonnenschein hinter sich. Das Dorf spiegelte sich dunkel und still im Wasser des Lochs.

Hamish parkte vor Jock Kennedys Laden. Es waren Ferien, trotzdem spielten keine Kinder draußen. Was in diesen modernen Zeiten nicht außergewöhnlich war. Wahrscheinlich saßen sie alle drinnen vor irgendwelchen Computerspielen.

An der Ladentür innen hing das *Geschlossen*-Schild. Mittagspause. Hamish dachte daran, wie verwöhnt sie in Lochdubh waren, seit Patel den Dorfladen übernommen hatte. Patel hatte von acht Uhr morgens bis zehn Uhr abends geöffnet, und das an sieben Tagen die Woche.

Mit Towser zusammen machte Hamish sich auf den Weg hinauf zum Pfarrhaus. Es war ein kastenartiger viktorianischer Bau neben dem Loch mit einem deprimierenden Vorgarten mit struppigem Gras und wenigen Rhododendren. Das Haus war zu Zeiten erbaut worden, in denen Pfarrer große Familien hatten, und Hamish nahm an, dass heute diverse Zimmer ungenutzt waren. Er ging zur Küchentür und klopfte an.

Nach einigen Minuten öffnete Annie Duncan, die Pfarrersfrau. Sie war eine schlanke Frau mit hübschen, ebenmäßigen Zügen und langen rotbraunen Haaren.

»Ist etwas passiert?«, fragte sie mit einem beunruhigten Blick auf Hamishs Uniform.

»Nein, ich bin nur auf meiner Streifenrunde und dachte, ich sage mal Guten Tag.«

Sie zögerte. »Callum besucht gerade die Gemeindemitglieder. Möchten … möchten Sie vielleicht einen Kaffee?«

»Sehr gern.«

Einen Augenblick lang sah sie aus, als hätte sie sich gewünscht, er würde dankend ablehnen. Dann drehte sie sich um. Hamish folgte ihr in die Küche mit Steinboden. Der Raum war dunkel und fühlte sich selbst an diesem Sommertag kalt an. Ein wuchtiges Büfett nahm beinahe eine ganze Wand ein und war voller blau-weißer Teller, gigantischer Terrinen und Servierplatten aus dem neunzehnten Jahrhundert. Die Pfarrersfrau löffelte Instantpulver in einen Krug und nahm den Kessel mit dem bereits brodelnden Wasser vom Aga-Herd.

»Ich lasse ihn kurz ziehen«, sagte Annie. »Setzen Sie sich, Mr. …?«

»Macbeth.«

»Aus Lochdubh?«

»Genau.«

»Was führt Sie her?«

»Wie gesagt, Drim gehört zu meiner Streifenrunde. Aber es ist nichts passiert, keine Sorge.«

»In Drim passiert nie irgendwas.«

»Ausgenommen die Ankunft Ihres Neuankömmlings, Peter Hynd. Ich habe ihn kennengelernt.«

Eine Art Leuchten erschien auf ihrem Gesicht, verschwand jedoch gleich wieder. »Ja, ein charmanter junger Mann«, sagte sie sachlich, schenkte einen Becher Kaffee ein und reichte ihn Hamish Macbeth.

»Ein komischer Ort für solch einen Mann«, bemerkte Hamish. »Ich meine, was gibt es hier für ihn?«

»Was gibt es hier für irgendeinen von uns?«

»Nun, für uns ist der schottische Norden die Heimat, doch die Gegend ist sehr abgeschieden, und das nirgendwo mehr als in Drim. In Lochdubh haben wir wenigstens Touristen.«

Annie schlang die dünnen Finger um ihren Kaffeebecher, als müsste sie sich wärmen, und hielt ihn dann an ihre Brust. »Ich bin nicht von hier, sondern aus London.«

»Und wie lange leben Sie schon in Drim?«

»Seit fünfundzwanzig Jahren«, antwortete sie, und es klang, als redete sie von einer Gefängnisstrafe. »Ich habe Callum kennengelernt, als ich in Edinburgh im Urlaub war. Wir haben geheiratet, und zuerst schien alles so romantisch. Ich habe all die jakobitischen Romane gelesen, Bonnie Prince Charlie und so, und mich über die Clan-Geschichten schlaugemacht. Die Kinder kamen und nahmen meine Zeit in Anspruch. Jetzt sind sie erwachsen und fortgegangen. Es gibt nur noch Callum und mich ... und Drim.«

Hamish rutschte auf seinem Stuhl hin und her. Er wollte fliehen. Einmal hatte er jemanden im Gefängnis in Inverness besucht, und jetzt überkam ihn das gleiche Gefühl: als würde er ersticken, wenn er hier nicht rauskam.

Er trank den letzten Schluck aus seinem Becher. »Tja, der Kaffee war sehr lecker, Mrs. Duncan. Ich mache mich dann mal wieder auf den Weg.«

Sie lächelte verhalten. »Schauen Sie gern wieder rein, wenn Sie in der Gegend sind.«

Hamish ging nach draußen und atmete mehrmals tief durch. Towser, der im Garten geblieben war, wedelte träge mit dem Schwanz. »Da wir schon hier sind«, sagte Hamish zu seinem Hund, »sehen wir mal bei Jimmy Macleod rein.« Er kannte den Kleinbauern nicht sehr gut, doch er wollte noch nicht zurück nach Lochdubh, wo ihn Mrs. Daviot und Priscilla zu Hausbesichtigungen zwingen könnten.

Er wanderte in Richtung des Hofs, der gleich außerhalb des Dorfes lag. Klamme Schafe fraßen das nasse Gras auf der Weide. In Drim schien der Boden ständig nass zu sein. Hamish konnte Jimmy zwei Felder entfernt sehen, wo er einen Zaunpfahl einschlug. Er ging hin.

»Was ist los?«, rief der Bauer erschrocken, als Hamish sich ihm näherte. Sahen die Einwohner von Lochdubh ihn, nahmen sie automatisch – und zu Recht – an, dass er etwas schnorren wollte; die Leute in Drim hingegen dachten beim Anblick eines Polizisten an schlechte Nachrichten.

»Nichts«, antwortete Hamish, als er bei ihm war. »Ich sollte häufiger nach Drim kommen, dann gewöhnen Sie sich alle an mich. Heute fühle ich mich wie ein Todesengel.«

Jimmy hieb noch einmal schwungvoll mit dem Vorschlaghammer auf den Zaunpfahl. »Lust auf ein Essen? Nancy kocht genug für ein ganzes Regiment.«

»Das ist sehr freundlich von Ihnen«, sagte Hamish, der neben dem Bauern her zum Hof ging. »Ist irgendwas los in Drim?«

»Nee, nichts«, antwortete Jimmy.

Sie schwiegen, bis sie das niedrige Haus erreichten, wo Hamish ihm in die Küche folgte. »Ich habe Besuch mitgebracht, Nancy«, erklärte Jimmy. »Mach noch einen Teller zurecht.«

»Na gut.« Mürrisch warf sie eine weitere Makrele in die Bratpfanne.

»Falls es Ihnen nichts ausmacht«, sagte Hamish zu

ihrem Rücken, »hätte ich gern eine Schale Wasser für meinen Hund.«

Sie griff nach einer Schüssel auf dem Abtropfbrett und knallte sie vor ihn hin. »Bedienen Sie sich.«

Hamish füllte die Schüssel mit Wasser und stellte sie Towser auf den Boden. Von der angespannten Stimmung des Paares schien die Luft in der Küche geradezu zu knistern.

»Setzen Sie sich«, befahl Jimmy, also ließ Hamish sich auf einem der Stühle nieder und bereute, die Einladung angenommen zu haben.

Jimmy starrte auf die Tischmitte. Die Makrele brutzelte in der Pfanne. Auch Towser entging die dicke Luft anscheinend nicht, denn er legte seufzend den Kopf auf die Vorderpfoten.

Nancy stellte Hamish und Jimmy grob die Teller hin und sagte: »Ich bin weg.«

»Du bleibst, wo du bist, Frau«, knurrte Jimmy.

Sie warf ihr offensichtlich schwarz gefärbtes Haar nach hinten und verließ die Küche.

Jimmy stocherte in seiner Makrele, dann warf er sein Besteck auf den Tisch und ging hinaus.

Hamish hörte, wie er die Treppe hinaufstieg, wo sich höchstwahrscheinlich das Schlafzimmer unter dem Dach befand. Er versuchte, nicht zu lauschen, doch sie schrien sich an.

»Du machst dich lächerlich! Ein Kerl, der halb so alt ist wie du, alberne alte Schachtel!«

»Verschwinde«, antwortete Nancy. »Ich bin nicht dein Eigentum.«

»Mir reicht's! Hör mir gut zu, Nancy Macleod: Wenn du nicht zur Vernunft kommst, bringe ich diesen englischen Mistkerl um!«

»Ach, geh mir aus dem Weg, du kleines Frettchen, oder ich bringe *dich* um!«

Es war ein Klatschen zu hören, gefolgt von einem Schrei und einem deutlich lauteren Klatscher. Dann erklang Nancys schrille Stimme: »Da, du Schwein, und wag das ja nie wieder!«

Hamish stand halb auf. Er hasste jede Art von »häuslicher Gewalt«. Doch er hörte Jimmy Macleod die Treppe herunterkommen und setzte sich schnell wieder.

Jimmy kehrte zum Tisch zurück, und seine eine Wange war dunkelrot. Er nahm sein Besteck auf, wobei seine rauen Hände zitterten. Dann warf er Messer und Gabel wieder hin und fing an zu weinen.

»Aber, aber«, sagte Hamish, stand auf, ging um den Tisch und legte eine Hand auf Jimmys Schulter. »Ist ja gut.«

»Ich bringe diesen Engländer um, ja, das tue ich«, schluchzte Jimmy. »Er macht uns nichts als Kummer! Die Frauen sind alle verrückt geworden.«

»Tut er etwas, um sie zu ermuntern?«, fragte Hamish.

»Immer nur lächeln und lächeln. Und er küsst sie wie ein Franzose, scharwenzelt um sie herum.«

»Vielleicht rede ich mal mit ihm«, sagte Hamish. Er sah

eine Whiskyflasche auf der Küchenarbeitsfläche stehen, ging hin und goss ein Glas ein. »Hier, trinken Sie das.«

»Ich hatte nie Alkohol im Haus, außer an Silvester. Bis das jetzt passiert ist.«

Die Küchentür ging auf, und Nancy stand da. Ihre Figur hatte sich dramatisch verändert, und Hamish nahm an, dass es an einem sehr engen Korsett lag. Außerdem war sie stark geschminkt. In ihren Augen spiegelte sich eine Mischung aus Vorsicht und Trotz. »Ich bin weg«, erklärte sie und stürmte davon.

Jimmy trank Whisky und aß. Schließlich schob er den Teller von sich, drehte sich eine Zigarette und zündete sie an.

Hamish schnupperte in die Luft. Es war einige Zeit her, seit er zuletzt geraucht hatte, doch plötzlich lechzte er nach einer Zigarette. »Wo ist sie hin?«, fragte er.

»Da gibt es drei Möglichkeiten. Bei Alice MacQueen, um sich das Haar machen zu lassen, bei dieser albernen Schnepfe Edie Aubrey zum Turnen oder mit den anderen rauf, um an Hynds Zaun zu lehnen und ihn zu begaffen.«

»Dann gehe ich lieber rüber zu Peter Hynd und spreche mit ihm«, sagte Hamish. »Keine Bange, Jimmy. Sie kennen doch diese Zugezogenen. Die bleiben nie lange.«

Jimmy schwieg.

Hamish weckte den schlafenden Towser und verließ das Haus. Ihm wurde zunehmend unwohl. Als er sich dem Gemeindesaal näherte, hörte er Musik. Er stellte sich auf die Zehenspitzen und blickte durch eines der Fenster.

Drinnen wirbelten und schwitzten die Frauen von Drim zu den Klängen von *Saturday Night Fever.* Mächtige Busen wogten, und enorme Hinterteile hingen tief über dicken Schenkeln. Vor den Kursteilnehmerinnen stand eine dünne Frau mit Brille, so hager und flachbrüstig, wie ihre »Schülerinnen« breit und drall waren. Doch nirgends eine Spur von Nancy.

Hamish wanderte weiter zu Peter Hynds Cottage.

Peter war wieder mit seiner Spitzhacke in dem Graben. Über ihm stand Nancy mit dem schrecklich schwarz gefärbten Haar. Die Absätze ihrer altmodischen Schuhe versanken in der Erde. »Wenn du jetzt zu tun hast, gehe ich wieder«, hörte Hamish Nancy enttäuscht sagen.

Peter sprang aus dem Graben und lächelte sie strahlend an. »Komm später wieder, wenn ich nicht so beschäftigt bin.« Dann küsste er sie auf beide Wangen, jeweils recht nah an ihrer Nase. Nancy himmelte ihn an und sank beinahe in seine Arme.

»Schöner Tag heute«, sagte Hamish laut.

Peter lächelte wieder. Nancy warf Hamish einen hasserfüllten Blick zu, ehe sie davonstöckelte.

»Wieder ein Höflichkeitsbesuch?«, fragte Peter.

»Nein«, antwortete Hamish streng.

Peter wirkte amüsiert. »Gehen wir lieber rein, aber machen Sie es kurz. Ich habe furchtbar viel zu tun.«

Hamish folgte ihm in die Küche.

»Kaffee?« Peter hielt eine Thermoskanne in die Höhe.

»Nein.« Wie allen Highlandern widerstrebte es Hamish,

Gastfreundschaft von jemandem anzunehmen, den er nicht mochte. Oder, im Fall von Peter Hynd, gegen den er eine Antipathie entwickelt hatte.

»Also, was führt Sie her?«, fragte Peter, der sich eine Tasse Kaffee einschenkte.

»Ich möchte Sie bitten, die Frauen von Drim in Ruhe zu lassen.«

Zunächst sah Peter ihn verwundert an, dann lachte er los.

»Das ist nicht witzig«, sagte Hamish. »Ich mag das ruhige Leben und will keinen Ärger in meinem Zuständigkeitsbereich.«

»Das ist herrlich!« Peter kicherte. »Erwarten Sie ein Verbrechen aus Leidenschaft?«

»Ja, kann sein. Wir sind hier nicht in Südengland. Die Leute hier oben können hassen, und das abgrundtief.«

Für einen Moment schien Peter um Jahre jünger zu werden und sah fast wie ein gemaßregelter Schuljunge aus. Dann setzte er seinen geballten Charme bei Hamish ein. »Hören Sie, ich gebe zu, dass meine Anwesenheit den Damen ein wenig zu Kopf gestiegen ist. Aber haben Sie deren Männer gesehen? Glauben Sie mir, in wenigen Wochen ist der Reiz des Neuen verflogen, und sie werden mich genauso wenig beachten wie ihre Schafe.«

»Sie werden das Interesse verlieren, wenn Sie es nicht weiter befeuern«, fuhr Hamish fort, obwohl Peter ihm das Gefühl gab, sich lächerlich zu machen.

»Sie sorgen sich wegen nichts.«

»Versuchen Sie, zu den Männern genauso nett zu sein wie zu den Frauen.«

»Tja, das dürfte ein bisschen schwierig werden. Die wollten von Anfang an nichts von mir wissen. Sämtliche Hilfsangebote sind von den Frauen gekommen.«

»Probieren Sie es. Ein Jammer, dass es hier keinen Pub gibt.«

Peter grinste. »Oh, den gibt es.«

»Wo?«

»Hinten in Jock Kennedys Laden, abends nach Geschäftsschluss. Der Pfarrer lehnt Alkohol ab, und ich schätze, er ist der Einzige in Drim, der nichts von dem Pub weiß.«

Hamish stand auf. »Seien Sie vorsichtig. Das Highland-Temperament kann gefährlich sein.«

Er ging zurück ins Dorf. Wenn Jock Kennedy ohne Lizenz einen Pub betrieb, war es Hamishs Pflicht, dem ein Ende zu machen. Doch als er sich im dunklen Drim umschaute, beschloss er, es auf ein anderes Mal zu verschieben. Die Männer brauchten einen Trost.

Hamish stieg in den Land Rover, lehnte sich zurück und dachte an Peter Hynd. Er kam zu dem Schluss, dass er Jimmy Macleods Verzweiflung zu ernst genommen hatte. Früher oder später würde sich einer der Männer mit Peter prügeln, ihm eine saftige Abreibung verpassen, und dann würde der Engländer wieder fortziehen.

Hamish schloss die Augen, um ein kurzes Nickerchen zu machen, ehe er zurück nach Lochdubh fuhr. Die wummernde Musik aus dem Gemeindesaal lullte ihn ein, und als ihm eben die Augen zufallen wollten, sah er etwas, das ihn aufschreckte. Peter Hynd schlenderte auf den Gemeindesaal zu. Langsam stieg Hamish wieder aus, ging zu dem Gebäude und blickte durchs Fenster. Peter betrat den Saal.

Was für ein Gackern und Theater! Es ist, als stolzierte ein Hahn auf einen Hof voller Hennen, dachte Hamish finster. Edie Aubrey schaltete die Musik aus und lief auf Peter zu, der sie auf die Wangen küsste. Angewidert wandte Hamish sich ab.

Über Edies hagere Schulter hinweg sah Peter die Mütze des Polizisten verschwinden.

»Möchtest du bleiben und dem Kurs zusehen?«, fragte Edie.

Peter drehte sich um und lächelte den Frauen zu. Die Tür wurde geöffnet, und Nancy Macleod kam herein. Sie funkelte die anderen an. »Nein, ich gehe lieber wieder an die Arbeit«, erklärte Peter. »Ich bin nur vorbeigekommen und dachte, ich sage kurz Hallo. Das ist ein neues Outfit, Edie, stimmt's? Pink steht dir.«

Edie strahlte ihn verzückt an. Das Geld, das sie in dem Sportartikelgeschäft in Strathbane ausgegeben hatte, war jeden Penny wert gewesen. Wenn er sie so ansah, fühlte sie sich wie die junge Jane Fonda. Peter ging zur Tür, umarmte hier eine der Frauen, küsste dort eine andere, bis er bei Nancy angelangt war. »Dich habe ich schon geküsst«, scherzte er und schlüpfte an ihr vorbei nach draußen. Nancy blickte ihm unglücklich hinterher.

Peter kehrte hochzufrieden zu seinem Cottage zurück. Er war froh, dass Hamish ihn gesehen hatte. Doch der Polizist musste bestraft werden. Peter blätterte im Telefonbuch, bis er die Nummer vom *Tommel Castle Hotel* gefunden hatte. Dann nahm er den Telefonhörer auf und wählte.

»Ich erinnere mich nicht an Sie«, sagte Priscilla.

»Ich war neulich Abend bei Ihnen, kurz bevor Sie geschlossen haben. Sie hatten mich gewarnt, nicht zu viel zu trinken.«

»Ah ja, jetzt fällt es mir wieder ein.«

»Mir wäre nach einem anständigen Essen, und ich habe gehört, dass es in Lochdubh ein ziemlich gutes italienisches Restaurant gibt. Hätten Sie Lust, mit mir zu Abend zu essen?«

»Sehr freundlich, aber …«

»Ich habe Hamish heute Nachmittag in Drim gesehen. Anscheinend will er den ganzen Tag hierbleiben.«

»Was macht er da?«, fragte Priscilla scharf.

»Wandert nur herum und redet mit den Einheimischen. Ich könnte ein wenig Gesellschaft gebrauchen, Priscilla. Nicht wie ein Date, schließlich weiß ich, dass Sie mit Hamish verlobt sind.«

»Ach, na gut. Wann?«

»Passt Ihnen acht Uhr?«

»Ja.«

»Dann bis später.«

Priscilla legte auf. Warum hatte sie das getan? Nun, um ehrlich zu sein, war sie wütend auf Hamish. Es war sonnenklar, dass er nach Drim geflohen war, um sich vor der Hausbesichtigung zu drücken. Und das Haus außerhalb von Strathbane war ideal gewesen, auf einem Hügel gelegen mit einem schönen Garten und luftigen Räumen, kein bisschen wie die schäbige kleine Polizeiwache. Ihr Gewissen meldete sich und sagte ihr, sie solle Hamish Macbeths Charakter akzeptieren und nicht versuchen, ihn zu ändern. Aber ihr Vater hatte wegen der Verlobung getobt und Priscilla vorgeworfen, Hamish Macbeth wäre ein Faulenzer, der es nie zu etwas bringen würde. Und Priscilla wollte ihn unbedingt eines Besseren belehren.

Hamish war heiter gestimmt, als er nach Lochdubh zurückkehrte. Er konnte nicht umhin, sein eigenes Dorf sehr wohlwollend mit Drim zu vergleichen. Die kleinen weißen Häuser gegenüber dem Loch, dieses Offene und Freundliche hier … Die Luft war klar und leicht mit jenem ganz besonderen Licht Nordschottlands, wo die Nächte im Sommer kaum je richtig dunkel wurden. Eine Möwe segelte über den Loch, wandte den Kopf mal hier-, mal dorthin auf der Suche nach Fisch. Eine Robbe drehte sich so träge wie ein Badender im Mittelmeer. Leute standen an ihren Gartenpforten und unterhielten sich in sanften Highland-Tönen. Das Klappern und das Stimmgewirr aus dem italienischen Restaurant erinnerten Hamish daran, dass er Hunger hatte.

Um es bei Priscilla wiedergutzumachen, ging er in die Wache und rief sie an. Ihm wurde gesagt, dass sie ausgegangen sei, und er lehnte sich zurück, um zu warten. »Ausgegangen« konnte nur heißen, dass sie unterwegs zu ihm war. Doch als die Zeiger der Uhr weiterkrochen und sein Magen grummelte, wurde ihm klar, dass Priscilla woanders sein musste. Er entschied, sich ein Essen im italienischen Restaurant zu gönnen, und machte sich auf den Weg.

Als er sich dem Lokal näherte, sah er ein Paar am Fenstertisch sitzen. Ihm fiel das im Kerzenschein schimmernde blonde Haar auf, und erschrocken erkannte er, dass Priscilla mit Peter Hynd aß. Wie ein Reiher in einem Teich stand Hamish da, einen Fuß halb in der Luft. Dann drehte er sich um und schritt in die Richtung zurück, aus der er gekommen war.

Kapitel 3

Ein Mann, der auf Rache sinnt,
hält seine eigenen Wunden frisch.
Francis Bacon

Wäre Hamish aus den Lowlands, hätte er Priscilla und Peter zur Rede gestellt oder zumindest Priscilla später angerufen und ihr gesagt, was er von ihr hielt. Doch er war aus den Highlands und in seiner Eitelkeit zutiefst verletzt. Also fuhr er aufgebracht hinauf zum *Tommel Castle Hotel.*

Der erste willkommene Anblick, der sich ihm bot, war die neue Empfangsdame: ein kleines, hübsches junges Mädchen mit Wangengrübchen und dichten rotbraunen Locken.

Er hatte sie schon vorher gesehen, denn sie hatte vor ungefähr vierzehn Tagen hier angefangen. Lächelnd ging er auf sie zu und fragte: »Wo ist Priscilla?«

»Sie ist ausgegangen«, antwortete die Empfangsdame.

»Kann ich Ihnen helfen? Och, ich bin dumm. Sie sind Hamish!«

»Sie sind Schottin!«, rief er aus. »Ich dachte, nur Engländerinnen nehmen solche Stellen in Highland-Hotels an. Sind Sie aus dieser Gegend?«

»Nein, aus Perth.« Sie reichte ihm die Hand. »Sophy Bisset.«

»Nun, Sophy Bisset, müssen Sie heute Abend noch lange arbeiten?«

Sie blickte zur Uhr. »Harry, der Nachportier, müsste jeden Moment kommen, um mich abzulösen.«

»Hätten Sie Lust auf ein Abendessen?«

Ihre leuchtend grauen Augen blitzten. »Ich dachte, hier essen alle mittags warm und um fünf Uhr nachmittags nur ein leichtes Mahl.«

»Ich habe den ganzen Tag gearbeitet.«

»Tatsächlich hatte ich seit heute Mittag nur ein Sandwich. Oh, Harry ist da.«

»Dann kommen Sie. Ich lade Sie zum Italiener ein.«

Sie sah amüsiert aus, als wäre es eine Art privater Scherz, nahm jedoch ihre Handtasche und sagte munter: »Na gut, fahren wir!«

Im Land Rover bemerkte sie: »Das ist sehr freundlich von Ihnen, Hamish. Und ich bin sicher in den Armen des Gesetzes.«

»Absolut sicher.« Hamish warf ihr einen Seitenblick zu. War da eine Note von Spott gewesen?

Er wünschte, er würde nicht seine Uniform tragen, als er mit ihr ins Restaurant ging.

»Oh, da ist ja Priscilla. Was für eine Überraschung!«, bemerkte Sophy, und Hamish erkannte sofort, dass sie gewusst hatte, wo Priscilla war. Willie Lamont, Hamishs ehemaliger Assistent, kam herbeigeeilt in seiner Kellnerkluft, die aus einem gestreiften Pulli und einer unanständig engen Hose bestand.

»Tst, Willie«, schalt Hamish, »wenn Sie in solchen Hosen herumlaufen, kneift Ihnen noch jemand in den Hintern.«

»Lucia will, dass ich die trage«, entgegnete Willie finster. Lucia war seine italienische Frau. »Wollen Sie sich zu Priscilla setzen?«

»Nein, wir nehmen den kleinen Tisch in der Ecke.«

Willie gab ihnen die Speisekarten und zog sich wieder zurück.

Hamish blickte Sophy über den Rand seiner Karte hinweg an. »Sie haben gewusst, dass Priscilla hier ist«, sagte er vorwurfsvoll.

Sophy nickte fröhlich. »Ein Mann wie Sie, Hamish Macbeth, würde mich nur einladen, um sich an Priscilla zu rächen. Ich meine, sehen Sie sie sich an. Sie könnte direkt der *Vogue* entsprungen sein.«

Da war schlichte Bewunderung in ihrer Stimme. Zögerlich nahm Hamish die Speisekarte herunter und blickte zu seiner Liebsten. Sie hatte eine weiße Rüschenbluse mit einem tiefen Ausschnitt und einen kurzen, engen schwarzen Rock an. Ihr goldenes Haar glänzte im Kerzenlicht, und nun warf sie den Kopf in den Nacken und lachte über etwas, das Peter gesagt hatte.

»Sehen Sie zu mir«, befahl Sophy. »Sie genießt es kein bisschen.«

»Hätte mich glatt täuschen können«, brummelte Hamish.

Willie kam wieder und nahm die Bestellung auf.

Priscilla genoss es kein bisschen. Bevor Hamish gekommen war, hatte sie schon gehen wollen. Zuerst war es nett gewesen, mit solch einem attraktiven und charmanten Mann verabredet zu sein, nur war ihr auch bewusst, wie vorwurfsvoll Willie und wie unterkühlt andere Gäste aus dem Dorf zu ihr herüberschauten. Offenbar fanden alle, sie sollte nicht mit einem anderen essen gehen. Und etwas an Peter stieß sie ab. Sie spürte eine berechnende Kälte bei ihm, und als er darüber sprach, dass er nachmittags Hamish getroffen hatte, war Priscilla sich vollkommen sicher, dass er sie bloß eingeladen hatte, um Hamish eins auszuwischen. Allerdings verriet Peter ihr nicht, was Hamish zu ihm gesagt hatte. Schließlich nahm sie ihre Handtasche auf und meinte: »Danke für den netten Abend. Ich rede noch kurz mit Hamish, ehe ich gehe.«

Bevor Peter etwas erwidern konnte, war sie schon bei Hamishs Tisch. »Guten Abend«, grüßte sie süßlich. »Sind Sie fertig mit der Arbeit, Sophy?«

»Ja, Harry tut Dienst am Empfang.«

»Haben Sie den Dunsters von Zimmer fünfundzwanzig ihre Rechnung gegeben?«

»Ja. Sie haben bezahlt und reisen morgen früh ab.«

»Und sind die Trents angekommen?«

»Kurz nachdem Sie weg waren. Sie sind in Zimmer vierzehn untergebracht.«

»Und haben Sie …«

»Um Himmels willen«, unterbrach Hamish Macbeth sie laut. »Lass das Mädchen in Ruhe, Priscilla. Sie ist nicht mehr im Dienst.«

»Dann solltet ihr beide ja gut miteinander auskommen«, gab Priscilla patzig zurück. »Wann warst du das letzte Mal im Dienst, Hamish? Und erzähl mir keinen Unsinn von einer Ermittlung in Drim. Du wolltest dich bloß vor der Hausbesichtigung drücken.«

Peter stand unruhig hinter Priscilla. Es lief nicht so, wie er es geplant hatte. Er war außen vor, während allem Anschein nach zwei attraktive Frauen um Hamishs Aufmerksamkeit wetteiferten.

»Priscilla, wir reden später«, erwiderte Hamish. »Darf ich jetzt bitte essen?«

Priscilla machte auf dem Absatz kehrt und marschierte aus dem Restaurant. Sie erinnerte sich an den Seher, drehte sich zu Peter um und schüttelte ihm die Hand. »Ich wünsche Ihnen nur das Beste in Drim«, sagte sie und lief eilig zu ihrem Wagen, der unten am Wasser stand.

Obgleich er das ungute Gefühl hatte, zu weit gegangen zu sein, genoss Hamish Sophys Gesellschaft und ihre amüsanten Geschichten aus anderen Hotels in Glasgow und Perth. Als er sie zurück nach Tommel Castle fuhr und ihr eine gute Nacht wünschte, überlegte er, ob er zu Priscilla gehen sollte, entschied sich jedoch dagegen. *Er* war hier der Geschädigte!

Am nächsten Morgen setzte die Reue ein. Und Panik. Hamish vergaß, wie herrisch und bevormundend Priscilla sein konnte, und erinnerte sich nur an seinen geliebten »Watson« aus früheren Fällen. Es klopfte an der Küchentür. Er öffnete und sah sich Priscilla gegenüber.

Sie lächelte und streckte ihm die Hand hin. »Frieden?«, fragte sie.

Hamish nahm sie in die Arme und küsste sie, bis sich seine Zehen zusammenkrümmten.

Letztlich entwand sie sich ihm. »So leicht kommst du nicht davon, Hamish Macbeth. Wir sehen uns jetzt das Haus an.«

In diesem Moment hätte er allem zugestimmt.

Sie fuhren mit Priscillas Wagen, Towser auf der Rückbank. Hin und wieder jagten Sonnenstrahlen über die Moore, und der Wind roch süßlich nach Heidekraut. Hamish sprach nicht über Sophy, und Priscilla erwähnte Peter nicht.

Hamishs sonnige Laune blieb, bis sie in die kurze Einfahrt zu dem Haus einbogen. Es handelte sich um ein viktorianisches Einfamilienhaus, von dem aus man den kahlen Hügel hinab auf Strathbane blickte.

»Ich habe den Schlüssel behalten«, sagte Priscilla fröhlich. »Warte, bis du drinnen alles siehst.«

Hamish trottete hinter ihr her ins Haus, Towser direkt auf den Fersen. In der Diele blieb er stehen und schaute sich um. Auf der einen Seite war das Wohnzimmer, auf der anderen das Esszimmer.

»Komm rein und sieh dir die Aussicht an!«, rief Priscilla aus dem Wohnraum.

Er ging hinein, die Hände in den Taschen vergraben, und erschauderte. »Das ist ein böses Haus.«

Priscilla, die am Fenster stand, drehte sich zu ihm um und starrte ihn an. »Hör auf mit dem Quatsch, Hamish!«

»Es ist kein Quatsch, Priscilla. Dieses Haus ist traurig. Hier ist etwas Schreckliches passiert.«

»Meinst du, hier ist jemand gestorben?« Sie hatte die Hände in die Hüften gestemmt und beäugte ihn verärgert. »Ja, bestimmt ist es so. Das Haus ist ja mindestens hundert Jahre alt. Komm und sieh dir die Küche an.«

»Ich warte draußen auf dich«, sagte Hamish.

Sie lief zur Haustür und versperrte ihm den Weg. »Dass das klar ist: Ich falle nicht auf diesen Highland-Blödsinn über schlechte Schwingungen rein. Es ist ein sehr schönes Haus.«

»Wem gehört es?«

»Weiß ich nicht. Und es ist mir auch egal. Guck dir einfach die Küche an. Dann überlegst du es dir noch mal.«

Er zuckte mit den Schultern. »Na gut.«

Priscilla ging voraus nach hinten in eine große, quadratische Küche. Sie war lichtdurchflutet mit einem leuchtend gelben Aga-Herd und jeder Menge Schränke und Regale.

Hamish blickte sich um. »Mir reicht es. Ich muss hier raus.«

Priscilla folgte ihm nach draußen, ihre Züge waren vor Ärger verspannt. »Du willst partout nicht nach Strathbane ziehen, sondern in Lochdubh verrotten.«

»Tu mir einen Gefallen«, bat Hamish. »Du musst den Schlüssel doch zum Makler zurückbringen, oder? Lass mich da mal fragen, wer hier gewohnt hat.«

Schweigend ging sie zum Wagen, und er stieg neben ihr ein. Towser, dem nicht entging, wie schlecht die Stimmung war, duckte sich auf der Rückbank.

»Warum hast du den Herd für die Polizeiwache gekauft, wenn du gar nicht vorhattest, da zu wohnen?«, wollte Hamish wissen.

Die ehrliche Antwort wäre gewesen, dass Priscilla schon geahnt hatte, wie aussichtslos es wäre, Hamish Macbeth aus Lochdubh zu verpflanzen. Aber das wollte sie nicht einmal sich selbst eingestehen.

»Weil du einen gebraucht hast«, antwortete sie.

Strathbane schluckte sie mit seinen schäbigen Straßen und der allgegenwärtigen Ausstrahlung von Versagen. Dieser Ort war wie ein sozialer Brennpunkt, den man nach Nordschottland verlegt hatte. Öliges Wasser schwappte im

Hafen an die Kaimauern, und auf der einen Seite rostete ein alter Schiffsrumpf vor sich hin. Die Möwen schrien unglücklich.

Priscilla fuhr in ein Parkhaus, und sie stiegen die Treppe hinunter zu Strathbanes Einkaufsmeile The Highlander's Welcome. Sie war mit imitiertem, orangefarbenem Kopfsteinpflaster ausgelegt und mit künstlichen Palmen verziert, deren Wedel trübsinnig im feuchten Meerwind schwankten. Kleine, rundliche Frauen in Jogginghosen schleppten Plastiktüten. Männer standen in Gruppen zusammen, rauchten missgelaunt und spuckten hin und wieder aufs Pflaster, wütend auf alles und nichts. Priscilla ging voraus zum Maklerbüro.

Dort kam ihr ein junger Mann entgegengeeilt. »Ist alles zu Ihrer Zufriedenheit?«, fragte er und nahm die Schlüssel von ihr entgegen.

»Wir überlegen noch«, antwortete sie.

»Wem gehört das Haus?«, fragte Hamish.

»Das ist vertraulich«, sagte der junge Mann hastig. Er fürchtete offenbar, dass Hamish ihn umgehen und sich privat mit den Besitzern handelseinig werden könnte. »Ich habe hier noch eine Immobilie, Miss Halburton-Smythe.« Er zog einen Ordner aus dem Schreibtisch.

Während Priscilla sich den Ordner ansah, schaute Hamish sich im Büro um. Sein Blick verharrte auf einer jungen Frau an einem Arbeitsplatz am Fenster. Sie blickte auf, und Hamish zwinkerte ihr zu. Grinsend strich sie sich übers Haar.

»Vielleicht ein anderes Mal«, sagte Priscilla.

Draußen verkündete Hamish: »Ich bleibe noch ein wenig in Strathbane.«

»Was? Wie willst du nach Hause kommen?«

»Per Anhalter.«

»Du willst unbedingt hierbleiben und nach nicht existenten Verbrechern suchen, die mal in dem Haus gewohnt haben!« Priscilla wurde wütend. »Wie du meinst. Aber langsam solltest du dir eingestehen, dass du um keinen Preis aufsteigen willst.«

»Vielleicht solltest du dir das eher eingestehen.«

Priscilla ging davon, ohne sich noch einmal nach ihm umzusehen, und Hamish blickte ihr unglücklich nach. Dann fiel ihm ein, dass Towser noch im Wagen war. Aber Priscilla würde den Hund nach Hause bringen.

Er blieb vor dem Maklerbüro, diskret verborgen von einer Plastikpalme, bis er sah, wie die Angestellte zur Mittagspause ging. Wie zufällig lief er ihr über den Weg. »Verzeihung«, begann Hamish und gab sich überrascht. »Sind Sie nicht die hübsche junge Frau aus dem Maklerbüro?«

Kichernd blickte sie zu ihm auf. »Die bin ich.«

»Ich bin Hamish Macbeth.«

»Tracey McWhirter«, stellte sie sich vor.

»Wissen Sie was, Tracey? Ich wollte gerade in das Café da drüben gehen. Darf ich Sie einladen?«

Wieder kicherte sie, nickte und stöckelte auf ihren hohen Schuhen neben ihm her. Nachdem er ihr einen Kaffee und einen Highlandman's Lunch spendiert hatte, der aus einem Stück trockenem Baguette mit welkem Salat und geräucherter Makrele bestand, sagte Hamish: »Ich war heute Morgen bei dem Haus.« Er hoffte, dass sie nicht gehört hatte, wie er den jungen Mann nach den Besitzern gefragt hatte. »Es gehörte George Emming, oder?«

»Oh nein«, antwortete Tracey ahnungslos. Sie unterbrach sich, um sich die Krümel von ihrem T-Shirt zu streichen, das überraschend dezent und ohne jeden Aufdruck war. »Das gehört Mr. Hendry, dem Lehrer.«

»Ach, dem, der an der Strathbane High Englisch unterrichtet?«

»Chemie.«

»Ah.«

»Und was machen Sie so, Mr. Macbeth?«

»Hamish. Ich bin bei der Behörde.« Er war nicht in Uniform.

»Bei der Verwaltung?«

»So in der Art.«

»Arbeiten Sie für Miss Halburton-Smythe?«

Hamish zuckte beinahe zusammen, weil Tracey ganz unbedarft vermutete, dass er weit unter Priscillas Niveau war. Doch sie sollte nicht glauben, dass er sie bloß eingeladen hatte, um Informationen von ihr zu bekommen, also antwortete er vage: »Wir wohnen beide in Lochdubh.«

»Bin ich froh, dass ich nicht in solch einem Kaff hocke!«, sagte Tracey. »Ich meine, was gibt es da schon?«

»Wir haben Spaß«, verteidigte Hamish sein Dorf. »Es gibt Bunte Abende.«

»Ach, die!« Tracey schnaubte abfällig. »Große, dicke Frauen, die sich durch die Tänze wuchten, und winzige Männer, die sich gegenseitig winzige Flachmänner mit Whisky zustecken. In Strathbane haben wir Discos und Bars.«

»Wie ertragen Sie diese hämmernde Musik und das Stroboskoplicht, von dem man epileptische Anfälle bekommt?«, fragte Hamish.

»Ach, das kann jemand in Ihrem Alter wohl nicht verstehen«, antwortete Tracey in der sensiblen Art einer Achtzehnjährigen, die jemandem in den Dreißigern gegenübersaß.

Hamish fühlte sich wie ein hundertjähriger Bauer, als er sich von Tracey verabschiedete und sich auf den Weg zur Highschool machte. Bei der Schule handelte es sich um einen riesigen Backsteinkasernenbau aus den Dreißigerjahren, der inmitten vom Regen ausgewaschener Spielfelder stand. Auf dem Gras der Spielfelder hockten die Möwen. Die Schüler kehrten nach der Mittagspause zum Unterricht zurück. Hamish hielt einen Jungen auf und fragte ihn nach dem Büro des Direktors, wurde gleich korrigiert, dass es »Schulleitung« hieß, und in die Richtung gewiesen.

Die »Schulleitung« entpuppte sich als eine Frau, die sich als Beth Dublin vorstellte. Sie war eine kleine, mausgraue Erscheinung, die ungefähr genauso alt wirkte wie Tracey, aber ein gutes Stück älter sein musste. Auf Hamishs Bitte, den Chemielehrer Mr. Hendry zu sprechen, sagte sie nach einem Blick auf einen Plan, er habe eine Freistunde und sei im Lehrerzimmer. Sie brachte ihn hin. Auf dem Weg durch den finsteren Korridor, in dem es nach abgestandenem Zigarettenqualm und Desinfektionsmittel roch, sagte Beth: »Seine Kinder haben doch nicht wieder Ärger, oder?«

Erschrocken fragte Hamish sich, ob sie erraten hatte, dass er Polizist war, gelangte jedoch zu dem Schluss, dass sie ihn wohl eher für einen wütenden Vater hielt. »Nicht, dass ich wüsste«, gab er vorsichtig zurück. »Haben sie den denn oft?«

Sie kniff den Mund zusammen, bevor sie antwortete: »Dazu kann ich nichts sagen.«

Beth öffnete die Tür zum Lehrerzimmer, das von dichtem Qualm erfüllt war. In New York mochten sie einem die Zigaretten aus dem Mund klauben, in London missbilligend dreinschauen, doch Nordschottland blieb die letzte Hoffnung für die Tabakkonzerne. »Mr. Hendry?«, rief Beth. Ein kleiner Mann mit einem riesigen Kopf und einem Bürstenhaarschnitt erschien aus dem Nebel. »Besuch«, sagte Beth und ging.

»Ich bin Hamish Macbeth, Mr. Hendry«, stellte Hamish sich vor. »Meine Verlobte und ich haben gerade Ihr Haus besichtigt, das zum Verkauf steht.«

»Kommen Sie mit rüber zum Fenster, da können wir reden«, erwiderte Mr. Hendry eifrig. »Es ist ein großartiges Haus, und Sie bekommen ein gutes Angebot. Es wäre schon längst weg, hätten wir die verfluchte Rezession nicht.«

Sie setzten sich in zwei Sessel vor dem Fenster. Die anderen Lehrer gingen in ihren Unterricht, und bald waren Mr. Hendry und Hamish allein.

»Meine Verlobte«, flunkerte Hamish, »ist sehr abergläubisch und möchte nirgends wohnen, wo es schon mal einen gewaltsamen Todesfall gegeben hat.«

»Nicht doch«, sagte Mr. Hendry rasch. »Wir haben es vor fünfzehn Jahren von einem Paar gekauft, das nach Australien ausgewandert ist. Was mit den Leuten vor ihnen war, weiß ich nicht, aber hätte es dort einen Mord oder so gegeben, hätte ich davon gehört.«

»Meine Verlobte sagt, dass sie böse Schwingungen in dem Haus gefühlt hat.«

»Ach, ihr Highlander!« Mr. Hendry, der ein Lowland-Schotte war, lachte. »Ihr glaubt immer, dass ihr das Zweite Gesicht habt. Alles nur Geschwafel.«

»Das würde ich nicht sagen«, erwiderte Hamish verschnupft. »Wir haben uns noch nicht entschieden.«

»Falls Sie möchten, dass meine Frau Ihrer Verlobten zeigt, wo in der Küche was ist, tut sie es sicher gern.«

»Sie ist schon nach Hause gefahren. Doch wenn Mrs. Hendry etwas Zeit hätte …«

»Warten Sie kurz. Sind Sie mit dem Wagen hier?«

»Nein, ich bin zu Fuß.«

»Dann bitte ich sie, Sie hier abzuholen.«

Mrs. Hendry entpuppte sich als stille Frau mittleren Alters mit grau meliertem Haar und einer kräftigen Statur. Sie trug ein Tweedkostüm, und ihre winzigen Füße steckten in dicken Schnürschuhen. Hamish kam sich nun doch sehr albern vor, als sie ihn zurück zu dem Haus fuhr. Diesmal fiel ihm auf, dass es »Craigallen« hieß. Geduldig hörte er ihr zu, als sie Küchenschränke öffnete und auf die Steckdosen und den Aga-Herd hinwies.

Anschließend führte sie Hamish durch den Garten. »Wir sind in diesem Haus glücklich gewesen«, sagte sie. »Und ich hoffe, Sie werden es auch sein. Oh, sehen Sie sich das Unkraut an!«

Sie bückte sich über ein Beet und streckte eine kräftige, von Ringen verzierte Hand vor, um etwas Unkraut auszurupfen. Dabei rutschte ihr Ärmel nach oben. Hamish starrte zu dem üblen Bluterguss an ihrem Handgelenk. Als spürte sie seinen Blick, zog sie den Ärmel rasch nach unten.

Er versprach wiederzukommen und bat sie, ihn im Stadtzentrum von Strathbane abzusetzen. Dort ging er zur Polizeizentrale und in das dortige Archiv, wo er fragte, ob die Polizei jemals zu einem Haus namens »Craigallen« in der Lochdubh Road gerufen worden sei. Nachdem ihn die Schreckschraube, die dort Dienst tat, einen Haufen Formulare hatte unterschreiben lassen, händigte sie ihm eine schmale Akte aus.

Vor zwei Jahren war die Polizei dorthin gerufen worden. Craigallen lag ziemlich isoliert, doch ein Mann, der seinen Hund ausführte, hatte Schreie und laute Stimmen aus dem Haus gemeldet. Eine Streife war hingefahren, aber die Hendrys sagten, sie hätten nur sehr laut ferngesehen.

Hamish überlegte. Was, wenn Hendry ein gewalttätiger Ehemann war? Und warum hatte die Schulleiterin angenommen, dass etwas mit seinen Kindern wäre? Er seufzte. Eigentlich ging es ihn nichts an. Wahrscheinlich hatte Priscilla recht, und er tat es bloß, um nicht nach Strathbane ziehen zu müssen. Nun hatte er einen weiten Weg vor sich, und den einzigen Bus nach Lochdubh hatte er gerade verpasst.

Er verließ die Polizeizentrale und sah ein bekanntes Gesicht auf der anderen Straßenseite … Edie Aubrey. Er ging hinüber zu ihr und stellte sich vor. »Ich habe auf eine Mitfahrgelegenheit gehofft, zumindest einen Teil der Strecke.«

»Bis nach Drim kann ich Sie mitnehmen«, antwortete Edie, die durch ihre dicken Brillengläser zu ihm aufsah. »Vielleicht fährt jemand von da nach Lochdubh. Ja, Harry Baxter müsste zum Fischen hinfahren.«

»Hervorragend«, meinte Hamish. »Haben Sie alle Ihre Einkäufe erledigt?«

Sie nickte. In einer Hand trug sie eine Tüte mit der Aufschrift »Naughties«. Hamish wusste, dass es Strathbanes neuestes Dessous-Geschäft war, denn er hatte vorhin ins Schaufenster gesehen und sich gefragt, wer solche Reizwäsche kaufte. Auf den Wäscheleinen von Strathbane bis Lochdubh hingen eher praktischere, robustere Teile.

Auf der Fahrt bemerkte Hamish: »Peter Hynd scheint für einigen Aufruhr zu sorgen.«

»Was für ein charmanter Mann!«, schwärmte Edie. »Bevor er hergezogen ist, habe ich immer wieder gesagt, die Frauen sollten Sport machen. Es war vergebens. Jetzt sind sie alle täglich in meinen Kursen.«

»Schön für Sie. Ein Jammer nur, dass es für ihn in Drim keine jungen Frauen gibt«, ergänzte er boshaft.

Stille trat ein, ehe Edie erwiderte: »Ach, mir hat er neulich erst gesagt: ›Mit jungen Frauen kann ich nichts anfangen, Edie. Mir ist eine reife Frau allemal lieber.‹ Das waren seine Worte.«

»Und schwebt ihm eine bestimmte reife Frau vor?«

Edie kicherte und klimperte mit den Wimpern. »Ich petze nicht.«

Hamish vermutete, dass der perfide Peter jede Frau in Drim glauben ließ, sie wäre diejenige. Ihn fröstelte. Für Peter war es ein amüsantes Spiel, aber in einem abgelegenen Highland-Dorf konnte es gefährlich werden.

Edie plapperte von den Verbesserungen, die Peter an dem alten Bauernhaus vornahm, und Hamish war froh, als sie ihn vor Harry Baxters Cottage absetzte.

Vor dem Haus hockte ein Kind, dessen hellgraue Augen ins Nichts blickten. Hamish reichte dem Mädchen die Hand und stellte sich vor.

Die Kleine schüttelte sie. »Ich bin Heather«, sagte sie ernst. Hamish schätzte sie auf ungefähr zwölf Jahre.

»Sind deine Eltern zu Hause?«, fragte er.

»Mam ja. Dad auch, aber er schläft.«

»Dann gehe ich mal zu deiner Mam.« Hamish schritt an dem Mädchen vorbei, dessen starrer Blick ihn ein wenig nervös machte.

Betty Baxter war in der Küche, hatte ihr krauses, blond gefärbtes Haar hochgesteckt und ihren eigentlich dunkleren Teint unter einer dicken Schicht weißer Grundierung versteckt. »Ich wollte fragen, ob Ihr Mann mich mit nach Lochdubh nehmen kann, wenn er zum Fischen rausfährt«, sagte Hamish.

»Ja, das kann er sicher«, antwortete Betty. »Möchten Sie etwas essen? Ich will Harry sowieso jetzt wecken.«

»Sehr freundlich von Ihnen.«

»Setzen Sie sich.« Sie ging zur Tür und rief die Treppe hinauf: »Harry! Essen!«

Wenig später kam ihr Mann hereingeschlurft, ungewaschen und unrasiert. Seine Hosenträger baumelten lose über der weiten Hose. Hamish fragte sich verdrossen, was die Männer in Drim denn erwarteten, wenn sie so herumliefen.

Das Essen bestand aus Fisch, Pommes frites, starkem Tee und einem Berg Butterbrote. Nachdem Hamish seine Bitte um eine Mitfahrgelegenheit wiederholt hatte und sie ihm zugesagt wurde, aßen alle drei schweigend.

»Isst eure Tochter nicht mit?«, fragte Hamish.

»Ach die.« Betty zuckte mit den Schultern. »Die kommt rein, wenn sie Hunger hat.«

Hinterher zog Harry die Hosenträger nach oben, wischte sich den Mund mit dem Handrücken ab und schlüpfte in Gummistiefel und Öljacke. »Warten Sie draußen am Wagen, Hamish«, sagte er. »Ich komme gleich.«

Hamish ging hinaus, setzte sich auf den Beifahrersitz und rollte das Fenster nach unten. Aus dem Haus waren die Stimmen klar und deutlich zu hören.

»Du gehst heute nicht zum Bunten Abend!«

»Ich gehe, wohin ich will!«, erwiderte Betty schrill und verächtlich.

»Ach, ihr macht euch alle zum Narren wegen einem bisschen Kerl, der euch nur auslacht. Und du brauchst dir sowieso keine Hoffnung mehr zu machen. Ailsa Kennedy, Jocks Frau, ist letzte Nacht gesehen worden, wie sie um zwei Uhr aus seinem Cottage gekommen ist.«

»Du lügst!« Betty keuchte vor Wut.

Hamish drehte den Kopf ein wenig und sah die kleine Heather. Sie saß mit dem Rücken an die Hausmauer gelehnt im Gras. Hamish stieg aus dem Truck. »Kommen Sie, Harry?«, rief er laut und ärgerlich. »Und die kleine Heather hier draußen könnte einen Happen zu essen vertragen.«

Plötzlich wurde es im Cottage still, dann kam Harry mit hochrotem Kopf herausgestürmt. Er stieg in den Wagen, und Hamish sprang eilig zurück auf den Beifahrersitz.

Es war eine schweigsame Fahrt nach Lochdubh. Harry nahm die Kurven in halsbrecherischer Geschwindigkeit, als wollte er so schnell wie möglich so weit weg wie möglich von seiner Frau kommen. Hamish dachte finster, um seines eigenen Seelenfriedens willen sollte er sich nicht mehr um Drim kümmern. Es blieb jedoch die Sache mit dem illegalen »Pub«, den Jock Kennedy betrieb. Hamishs Pflichtgefühl sagte ihm, dass er etwas deswegen unternehmen musste. Aber nicht jetzt.

Nachdem Harry ihn abgesetzt hatte, stieg Hamish in seinen Wagen und fuhr zum *Tommel Castle Hotel.* Towser war in Sophys Obhut, denn Priscilla war nach Inverness zu Freunden gefahren, wie Hamish erfuhr. Zu welchen Freunden? Er war deprimiert, als er sich ein großes Haus außerhalb von Inverness vorstellte, in dem es einen wohlhabenden Sohn gab – wohlhabend und *erfolgreich*.

Sophy betrachtete ihn amüsiert. »Also, ich denke, heute wäre ein guter Abend, *Sie* mal zum Essen einzuladen. Wie wäre es wieder mit dem italienischen Restaurant?«

»Warum nicht?«, antwortete Hamish verdrossen. »Wir treffen uns dort um acht. Ich habe noch zu tun.«

Er kehrte zur Polizeiwache zurück und fütterte den entzückten Towser. Der Hund hatte bereits von Priscilla etwas zu fressen bekommen, ehe sie nach Inverness gefahren war. Widerwillig wusch Hamish sich, zog sich um und machte sich auf den Weg zum Restaurant.

»Sie werden noch Stammgast bei uns«, bemerkte Willie Lamont. »Miss Halburton-Smythe mag den Fenstertisch.«

»Ich esse nicht mit Priscilla.«

»Dann setzen Sie sich irgendwohin«, entgegnete Wille angesäuert.

Hamish seufzte. Niemandem in Lochdubh würde gefallen, dass er zweimal hintereinander mit Sophy essen ging, und morgen würde es jeder wissen, Priscilla eingeschlossen.

Sophy kam herein. Sie trug einen rosa Pullover und einen Tweedrock, sah frisch, bodenständig und unkompliziert aus. Hamish war froh, dass sie sich nicht herausgeputzt hatte. Priscilla zieht sich immer chic an, dachte der untreue Hamish, sogar für dieses Lokal hier. Doch eigentlich war er aus einem feigen Grund erleichtert. Eine elegant gekleidete Sophy hätte dieses gemeinsame Essen mehr wie eine richtige Verabredung aussehen lassen.

»Wie war das Haus?«, erkundigte sich Sophy, nachdem sie bestellt hatten.

Hamish fragte sie nicht, woher sie von der Besichtigung wusste. In den Highlands zu leben bedeutete, dass alle wussten, was man tat oder wo man war.

»Es hat mir nicht gefallen«, antwortete er. »Nein, Willie, ich muss den Wein nicht probieren. Es wird der gleiche sein wie gestern Abend.«

»Kein großer Weinkenner, was?«, erwiderte Willie. »Wein variiert von Flasche zu Flasche.«

»Aber nicht der bulgarische Rote aus den Riesenflaschen, aus denen ihr diese Karaffen befüllt. Ich kenne die Küche.«

»Och, Sie sind ein richtiger Miesepeter«, sagte Willie ohne einen Funken Scham.

»Warum mochten Sie das Haus nicht?«, fragte Sophy.

»Sie werden es für lächerlich halten … schlechte Schwingungen.«

»Nein, das finde ich überhaupt nicht lächerlich, Hamish. Einige Häuser haben eine böse Atmosphäre.«

»Ja, aber ich habe es ein bisschen zu weit getrieben. Ich habe Priscilla allein nach Hause geschickt und mich auf die Suche nach den Besitzern gemacht. Mir scheint, der Ehemann misshandelt seine Frau.«

»Dagegen sollte etwas unternommen werden. Denken Sie an die Kinder.«

»Ich kann gar nichts tun. Das kann keiner, solange die Frau ihn nicht anzeigt.«

»Dann sollten Sie sie ermutigen, das zu tun!«

»Ich versuche es. Doch das ist schwierig. Was in Strathbane passiert, geht mich eigentlich nichts an.«

»Nein, wohl nicht«, sagte Sophy. »Oh, wie ich gehört habe, wohnt dieser schöne junge Mann, mit dem Priscilla gestern hier war, drüben in Drim – ausgerechnet da!«

»Ja, und ich wünschte, es wäre nicht so.«

»Eifersüchtig, Hamish?«

»Auf ihn? Nein, Priscilla ist nicht dumm. Es ist nur so, dass er den Frauen von Drim den Kopf verdreht und sie ganz verrückt macht. Sie verschönern sich alle – Haartönungen, Fitness, raffinierte Unterwäsche …«

Sophy schmunzelte. »Woher wissen Sie von der Unterwäsche?«

»Ich habe heute eine von ihnen mit einer Einkaufstüte von *Naughties* getroffen, dem neuen Dessous-Laden.«

»Sicher ist es ganz harmlos. Wenn er mit allen flirtet, muss keine gefährlich eifersüchtig werden.«

»Drim ist nicht Perth«, entgegnete Hamish überheblich, als läge Perth in Südengland und nicht mitten in Schottland. »Die Männer sind schnell sauer und können gewalttätig werden.«

»Na, dann wird einer von denen ihm eins auf die Nase geben, und er verschwindet.«

»Ich rieche Ärger.«

»›Bei des Däumchens Juckerei, jemand Böses kommt herbei‹?« Sie lachte.

»Etwas in der Art.«

Der Bunte Abend im Gemeindesaal war in vollem Gange. Ailsa Kennedy tanzte den *Dashing White Sergeant* mit Peter Hynd. Sie hatte leuchtend rotes Haar – ungefärbt –, und ihre wogenden Brüste schienen vorwurfsvoll nach vorn zu zeigen. Ihre Taille war schmal, und die Hüften unter dem weit schwingenden Rock waren breit. Sie hatte sehr strahlende blaue Augen, die freudig blitzten, als Peter sie über die Tanzfläche wirbelte.

Jock Kennedy lehnte an einer Säule und betrachtete alles sichtlich verstimmt, die kräftigen Arme vor der gewölbten Brust verschränkt. Plötzlich stemmte er sich von der Säule ab und ging nach draußen ins perlweiße Licht des nordschottischen Abends. Dort gesellte er sich zu einer Gruppe von Männern, die eine Whiskyflasche herumreichten.

»Wir besprechen gerade, was wir mit dem da drinnen machen«, sagte Jimmy Macleod mit einem Nicken zum Saal.

»Dem Engländer?«, fragte Jock. »Ich hätte Lust, ihm den Kopf einzuschlagen.«

Die Männer scharten sich um ihn. Lauter kleine, wütende und verbitterte Männer. »Ja, mach das, Jock«, sagten sie, und einer, der lauter als die anderen war, bot an: »Ich ruf ihn auf einen Drink her, und du zeigst es ihm.«

Jock lächelte. »Ja, hol ihn hier raus. Wird Zeit, dass er die Gastfreundlichkeit der Highlands kennenlernt.«

Die Frauen sahen, wie Peter angesprochen und nach draußen geführt wurde.

»Ich gehe hinterher«, sagte Betty Baxter zu Ailsa Kennedy. »Die hecken doch was aus.«

Die beiden Frauen folgten den Männern vor den Gemeindesaal, und Betty begann zu kreischen, denn Jock Kennedy krempelte die Ärmel hoch und sagte: »Wird Zeit, dass Sie mal eine Tracht Prügel bekommen.«

Die übrigen Tanzenden kamen ebenfalls nach draußen, und bald hatte sich ein Kreis um die beiden Männer gebildet. Die Frauen schrien und fürchteten, Peter würde umgebracht.

Jock fing an, seine großen Fäuste zu schwingen. Blitzschnell wich Peter jedem Hieb aus, während Jock torkelte und ins Leere boxte. Dann schnellte Peters Fuß zu einem Karate-Kick vor und erwischte Jock Kennedy direkt im Schritt. Jock ging stöhnend zu Boden, wo er sich würgend auf den Bauch rollte.

»Sie haben es so gewollt«, sagte Peter lässig. Umgeben von lauter aufgeregten Frauen, die ihm bewundernd nachschauten, kehrte er in den Saal zurück.

Heather Baxter bewegte sich langsam aus dem Schatten. Ihr kleines Gesicht war weiß, und ihr schönstes Kleid flatterte im fahlen Licht, als sie lautlos und leicht wie eine Motte zurück nach Hause huschte.

Kapitel 4

Er spricht die freundlichsten Worte,
sieht am schönsten aus,
schwört mit solcher Inbrunst,
beteuert mit solcher Anmut,
dass es dem Himmel auf Erden gleicht,
von ihm getäuscht zu werden.

Nathaniel Lee

Priscilla hatte eben gehört, dass Hamish Macbeth am vergangenen Abend wieder mit Sophy im Restaurant gesehen worden war, da erhielt sie einen Anruf von Susan Daviot.

»Es ist ganz in der Nähe von Craigallen«, flötete Mrs. Daviot. »Unglaublich hübsch und ein richtiges Schnäppchen, Priscilla. Ich bin heute auf der Tagung im Rathaus, aber falls Sie und Hamish es sich ansehen wollen, sage ich Ihnen, wie Sie hinkommen.«

Priscilla notierte sich die Einzelheiten. Sie hatte nicht

vor, sich wieder ein Haus anzusehen. Warum sollte sie Hamish noch mehr verärgern? Doch als sie auflegte, kam ihr Vater ins Büro, betrachtete sie und wippte auf den Fersen. »Wie war es gestern bei den Frasers?«

»Schön«, antwortete Priscilla. »Ein netter Abend.«

»War John Fraser da?«

»Ja, er ist für einige Tage zu Hause.«

»Also das ist mal ein Bursche, über den du nachdenken solltest. Erfolgreicher Börsenmakler. Wenn ich mir vorstelle, dass meine einzige Tochter auch nur erwägt, sich an einen Faulpelz von einem Highlander zu vergeuden …«

»Das reicht«, unterbrach Priscilla ihn streng. »Wer hat denn all die Fälle aufgeklärt, die den hohen Herren in Strathbane über den Kopf gewachsen waren? Wer …?«

»Und wer ist ein fauler Wilderer und will nicht befördert werden?«

»Eines Tages wird Hamish Chief Superintendent sein.«

»Blödsinn!«

Priscilla nahm ihre Notizen auf und ging zur Tür. »Hör auf, ihn zu kritisieren, Pa. Es hat nicht die geringste Wirkung auf mich.«

Hatte es doch, denn Priscilla fuhr zur Polizeiwache, entschlossener denn je, Hamish aus diesem Dorf und zum Erfolg zu scheuchen.

Hamish fütterte gerade seine Hühner. Sein Gesicht leuchtete auf, als er Priscilla sah, doch sobald er die Notizen in ihrer Hand bemerkte, fiel sogleich ein Schatten darüber. »Du hast wieder ein Haus gefunden«, sagte er.

»Hör mal, es schadet nicht, mal hinzufahren und es sich anzusehen, Hamish. War dein Abendessen gestern nett?«

»Ja, das war super.«

»Als deine Verlobte habe ich das Gefühl, ich sollte dich nach deinen Absichten bezüglich Sophy Bisset fragen.«

»Meine Absichten sind, für Ausgleich zu sorgen. Sie hat mich eingeladen, nicht andersrum, und da du nach Inverness gefahren warst, ohne auch nur anzurufen …«

»Ich hatte angerufen, aber du warst noch nicht zurück. Was hast du herausbekommen?«

»Anscheinend misshandelt der Besitzer von Craigallen seine Frau.«

»Und das weißt du sicher?«

»Nein, nicht sicher.«

Priscilla seufzte. »Sehen wir uns das Haus an, Hamish. Wir brauchen ein anständiges Zuhause, in dem unsere Kinder groß werden.«

Seine Augen funkelten boshaft. »Ja, Kinder wären schön. Hast du eine Ahnung, wie die zustande kommen, Priscilla?«

»Hamish! Kommst du jetzt mit, das Haus ansehen, oder nicht?«

»Unter einer Bedingung: Auf dem Rückweg fahren wir in Drim vorbei.«

»Warum?«

»Jock Kennedy betreibt einen illegalen Pub hinten in seinem Laden. Und jetzt, da ich davon weiß, muss ich das beenden.«

»Na gut.«

»Ich fahre, weil wir heute auch dienstlich unterwegs sein werden. Towser, runter!« Der Hund hatte sich auf die Hinterbeine gestellt und die matschigen Vorderpfoten an Priscillas Rock abgestützt.

»Er stört mich nicht«, sagte Priscilla. »Wir nehmen ihn mit.«

Hamish bekam weiche Knie. Es war der gelegentlich aufscheinende Kontrast zwischen Priscillas kühler Schönheit und ihrer Unbekümmertheit, was den zudringlichen, schmutzigen Towser betraf, der ihn immer wieder aufs Neue in sie verliebt machte. Er schob den Mischling beiseite und nahm sie in die Arme, doch sie sagte: »Deine Nachbarin beobachtet uns.«

Hamishs Stimmung erlitt einen herben Dämpfer. Ihm war vollkommen gleich, wer sie beobachtete, und er wünschte, Priscilla wäre weniger reserviert. Plötzlich holte ihn eine Erinnerung an Willie Lamont ein, als er sich mit Lucia verlobt hatte. Er hatte sie umarmt und geküsst, bevor sie merkten, dass sie von einer Gruppe grinsender Dorfbewohner beobachtet wurden. Da hatte Willie etwas zu Lucia gesagt, und sie hatte lachend einen Arm um seine Taille gelegt, den Kopf an seine Schulter gelehnt und war mit ihm ins Restaurant gegangen. Allmählich wurde Hamish sehr wütend auf Priscilla. Er *verdiente* etwas mehr Wärme und weniger Bevormundung.

Priscilla fühlte den Stimmungswechsel, als sie in den Land Rover stieg. Ihr erster Impuls war, die Hand auf Hamishs Arm zu legen und zu sagen: »Vergessen wir das.« Doch dann dachte sie an das verächtliche Gesicht ihres Vaters und blieb still.

Sie näherten sich Craigallen, und Priscilla fragte: »Möchtest du es dir noch mal ansehen, Hamish?«

Er schüttelte den Kopf, doch als sie langsam vorbeifuhren, sah er Mrs. Hendry im Garten und hielt an. »Ach, vielleicht einmal kurz von außen anschauen.«

Kaum erblickte Priscilla die Frau, begriff sie, warum Hamish noch einen Blick auf das Haus werfen wollte, das er nicht leiden konnte. Sie wollte ihn bitten weiterzufahren, doch Mrs. Hendry stand bereits von dem Blumenbeet auf, in dem sie Unkraut jätete.

»Wie schön, Sie wiederzusehen«, sagte sie zu Hamish. »Kommen Sie mit rein. Ich wollte mir gerade einen Tee aufbrühen.«

Priscilla wollte ablehnen, aber Hamish kam ihr zuvor. »Ein Tee wäre wunderbar«, antwortete er und folgte Mrs. Hendry ins Haus, ohne auch nur nachzusehen, ob Priscilla mitkam.

»Mir war der Garten richtig peinlich«, sagte Mrs. Hendry. »Dieser Tage bekommt man keine anständigen Gärtner mehr. Besteht Hoffnung, dass Sie das Haus kaufen?« Sie lachte verlegen. »Mein Mann denkt, es ist allein meine Schuld, dass wir es nicht verkauft bekommen, und jetzt sind Sie wieder hier. Tja, Männer, nicht? Die brauchen immer jemanden, den sie beschuldigen können.«

»So ist es«, stimmte Hamish ihr zu, ohne Priscilla anzusehen. »Was habe ich nicht schon an Fällen von häuslicher Gewalt gesehen, weil Männer ihr eigenes Versagen an ihrer Frau auslassen mussten.«

»Also wirklich, Mr. Macbeth! Sie wollen doch hoffentlich nicht andeuten, mein Mann würde mich schlagen!«

Hamish hob entsetzt eine Hand. »Klang das so? Oh nein! Es ist bloß so, dass ich Polizist bin, Mrs. Hendry.«

»Ach so?« Sie räumte laut die Tassen hin und her.

»Und man mag gar nicht glauben, was für eine Hölle manche Frauen durchleben. Aber wenn ich ihnen gesagt habe: ›Bringen Sie den Mann vor Gericht‹, kamen immer wieder dieser entgeisterte Blick und die übliche Beschwichtigung: ›Er hat ja nichts verbrochen. Außerdem gibt es die Kinder.‹ Oft genug sind Kinder da, die unglücklich und verkorkst aufwachsen.«

Mrs. Hendry ließ den Kessel fallen, sodass sich kochendes Wasser auf den Fußboden ergoss.

Priscilla nahm ein Tuch von der Spüle.

»Nein, lassen Sie!«, rief Mrs. Hendry schrill. »Lassen Sie es! Ich schlafe in letzter Zeit nicht gut und bin mit den Nerven am Ende. Tut mir leid, aber gehen Sie bitte.«

»Komm, Hamish«, sagte Priscilla. »Möchten Sie wirklich nicht, dass ich Ihnen hiermit helfe, Mrs. Hendry?«

Die Frau schüttelte den Kopf.

Hamish und Priscilla gingen schweigend.

Als sie weiterfuhren, räusperte er sich. »Man kann nichts tun, solange sie es nicht will.«

»Genau«, pflichtete Priscilla ihm bei. »Bieg hier nach

links, Hamish. Das Haus, das wir suchen, heißt Haven und ist wenige Hundert Meter weiter auf der rechten Seite. Die Besitzer sind Mr. und Mrs. Peterman.«

Hamish parkte am Straßenrand. Das Haus war niedrig und musste irgendwann in den Fünfzigern gebaut worden sein. Der Garten war gepflegt mit schnurgeraden Blumenbeeten und symmetrisch angeordneten Pflanzen, als wären die Abstände zwischen ihnen mit einem Lineal abgemessen worden.

Es war ein eingeschossiger Bau mit Schieferdach und Rauputzfassade. Die Eingangstür hatte oben eine Buntglasscheibe. Priscilla läutete an dem Schiffsglockenimitat neben der Tür.

Eine dünne, nervöse Frau öffnete. Ihre Schultern waren gebeugt, und ihre Arme hingen gerade nach unten, der Kopf leicht vorgestreckt, als hätte ihr jemand einen Bügel hinten in den Pullover gesteckt. Der Pony reichte ihr bis zu den Augenbrauen, und darunter lugten schiefergraue Augen hervor. Sie trug eine hautenge Jeans und Baseballstiefel.

»Guten Morgen«, sagte Priscilla. »Wir sind hier, um uns das Haus anzusehen. Mrs. Peterman?«

»Ja.« Die Frau reichte ihr eine Hand, deren Haut gerötet und deren Fingerknöchel geschwollen waren.

»Ich bin Priscilla Halburton-Smythe, und dies ist Hamish Macbeth, mein Verlobter.«

»Freut mich, Sie kennenzulernen.« Sie hatte einen leichten Yorkshire-Akzent. »Ich führe Sie herum. Und eines sage ich Ihnen gleich: Dieses Haus ist immer sauber. Sie könnten hier vom Fußboden essen. Wir fangen mit dem Wohnzimmer an.«

In dem Wohnzimmer, auf das sie offensichtlich sehr stolz war, stand eine mittelbraune Couchgarnitur, die wirkte, als hätte noch nie jemand auf den Möbeln gesessen. Obwohl die Zeiten von Pomade und Haaröl längst vergangen waren, lagen auf sämtlichen Sofa- und Sessellehnen Schondeckchen. In dem rosa gekachelten Kamin stand ein elektrisches Heizgerät mit falschen Holzscheiten. Den niedrigen Couchtisch schützten Glasuntersetzer mit Flamencotänzern. An einer Wand war eine Stereoanlage, und über dem Kamin hing ein Bild von einer Berglandschaft, das ein Amateur gemalt haben musste. Die Farben schmerzten in den Augen, und die Perspektive war eigenartig. Die Luft im Raum war kalt und abgestanden.

»Und jetzt das Esszimmer.« Mrs. Peterman eilte voran, die Schultern vorgebeugt und die Arme gerade nach unten wie in einem billigen Cartoon, bei dem sich der Künstler allzu viel Zeichnen ersparen wollte.

Priscilla und Hamish blickten zu einem langen Esstisch, umgeben von Stühlen mit Sprossenlehnen und gepunkteten Sitzkissen in solch abscheulichen Farben, dass Hamish annahm, Mrs. Peterman sei für sie verantwortlich. Es gab eine Anrichte im sogenannten »skandinavischen Stil«, deprimierend geometrisch. Draußen heulte der Sutherland-Wind typisch unvermittelt auf, und das Haus kam Hamish auf einmal wie ein spontaner Auswurf der Highland-Landschaft vor, die jenseits der »Panoramafenster« lag.

»Haben Sie keine Zentralheizung?«, fragte er und blickte sich um.

»Wir haben Speicheröfen«, sagte Mrs. Peterman. »Aber die benutzen wir nur im Winter. Zu viel Wärme verweichlicht einen bloß. Zur Küche geht es hier durch.«

Die Küche war mit den weißen Schrankelementen möbliert, wie man sie in Baumärkten bekam. Die schwarz-weißen Linoleumfliesen auf dem Boden blitzten hell genug, dass es blendete. Ein quadratischer Tisch mit Resopalplatte und vier Metallküchenstühle nahmen die Raummitte ein. »Den Kühlschrank und den Herd nehmen wir mit«, sagte Mrs. Peterman.

Ausnahmsweise war Priscilla sprachlos. Sie wollte fliehen, doch es gab noch die zwei Schlafzimmer zu besichtigen, ein kleineres und ein großes. In dem größeren Schlafzimmer standen zwei einzelne Betten, getrennt durch einen Nachtschrank, auf dem eine große Bibel lag. An der Wand über den Betten prangte ein gesticktes Bild: DU, GOTT, SIEHST MICH!

»Das Gästeschlafzimmer«, erklärte Mrs. Peterman und warf die nächste Tür auf. Stumm schauten Priscilla und Hamish in die Zelle von einem Raum.

»Ja, das ist alles sehr nett«, sagte Priscilla munter. »Wir melden uns bei Ihnen. Es gibt noch einige andere Häuser, die wir uns ansehen möchten.«

»Ein besseres als dieses finden Sie nicht«, entgegnete

Mrs. Peterman. »Wir haben es eben erst auf den Markt gebracht. Nicht wie das von Craigallen. Das steht schon seit einem Jahr zum Verkauf.«

Hamish zögerte an der Haustür. »Mrs. Hendry ist eine charmante Frau.«

»Ach, was die Frau durchmacht!«

»Was?«

Sie kniff den Mund zusammen, ehe sie sagte: »Ich tratsche nicht über meine Nachbarn.«

Hamish seufzte erleichtert, als er losfuhr. »Na, das war es dann. Erzähl mir nicht, dass du in so einem Haus leben willst, Priscilla.«

»Nein, das war ziemlich schaurig. Aber Craigallen ist in Ordnung.«

»Ein böses Haus«, erwiderte er streng. »Fahren wir nach Drim.«

»Übrigens bin ich in all den Jahren, die ich schon hier oben lebe, nie in Drim gewesen. Ich habe gehört, dass es ein toter Ort ist.«

»Ja, ist es.« Sie fuhren die Straße nach Drim hinunter. Unter ihnen war der schwarze Loch zu sehen, dessen Wasseroberfläche die hohen Felsen spiegelte, die ihn umgaben. Die Berge waren kahl bis auf einige wenige kleine Bäume, die aus dem Geröll aufragten. Beim Aussteigen unten bemerkten sie gleich, dass die Luft schwer und drückend war. Es war windstill. Entweder hat der Wind plötzlich aufgehört, dachte Priscilla, oder Drim ist so vor den Elementen abgeschirmt, dass kaum eine Brise bis hierher dringt.

»Warum will irgendwer hier leben?«, fragte sie, während sie sich umschaute.

Hamish zuckte mit den Schultern. »Warum will irgendwer in einer Stadt wie Strathbane leben? Warte hier. Ich rede lieber allein mit Jock.«

Nachdem Hamish im Dorfladen verschwunden war, kamen nach und nach Frauen vom Sport aus dem Gemeindesaal. Bei Priscillas Anblick neben dem Polizei-Land-Rover blieben sie alle stehen. Priscilla trug einen kurzen blauen Wollrock zu einem kurzärmeligen Wollpulli und hatte sich eine weiße Kaschmirjacke über die Schultern gelegt. Dazu hatte sie eine Feinstrumpfhose und hellbraune Pumps mit recht flachem Absatz kombiniert. Die Frauen rückten näher zusammen und musterten sie von oben bis unten.

»Was will denn so eine hier?«, fragte Betty Baxter schroff.

»Vielleicht will sie Peter besuchen«, sprach Nancy Macleod aus, was sie alle befürchteten.

»In einem Polizeiwagen?«, wandte die Friseurin ein, Alice MacQueen.

Priscilla sah, dass sie beobachtet wurde, und lächelte verhalten. Das Lächeln wurde nicht erwidert. Alle starrten sie nur misstrauisch an.

In dem Laden stellte Hamish Jock Kennedy zur Rede, den seine Frau Ailsa aus dem Hinterzimmer geholt hatte. »Hören Sie, Jock, ich weiß, dass Sie nach Ladenschluss hinten eine Art Pub betreiben, und das geht einfach nicht.«

Jock runzelte die Stirn. »Wer hat Ihnen das erzählt?«

»Das spielt keine Rolle. Sie müssen damit aufhören.«

»Sie können mir nicht verbieten, einige Freunde einzuladen.«

»Nein, und ich schlage vor, dass Sie es genau so halten. Sollten meine Kollegen in Strathbane hiervon erfahren und Ihren Laden eines Abends stürmen, wie würde es dann für mich aussehen? Ich melde Sie nicht, Jock, und will es mir auch gar nicht ansehen. Aber sorgen Sie dafür, dass Sie in Zukunft nichts Illegales mehr tun.«

»Statt einen ehrlichen Mann wie mich zu belästigen, sollten Sie sich lieber mal um diesen verdammten Engländer kümmern.«

»Was hat er denn getan?«

»Er kämpft nicht fair. Hat mir in die Eier getreten.«

Ailsa lachte schrill. »Das war Notwehr. Das müssen Sie sich anhören, Macbeth. Es war beim Tanzabend. Er hier hat den anderen gesagt, sie sollen Peter Hynd auf einen Drink nach draußen holen, und kaum ist Peter da, droht Jock ihm Dresche an. Er wollte ihn zu Brei schlagen, oh ja.« Wieder lachte Ailsa. »Na, der hat dir eine Lektion verpasst, und jetzt lass Peter Hynd in Ruhe.«

»Seine Tage sind gezählt, Frau!«

»Ich gehe dann mal«, erklärte Hamish eilig. »Vergessen Sie nicht, was ich gesagt habe, Jock.«

Er trat wieder nach draußen, wo er sogleich stehen blieb und die Szene vor sich beäugte. Priscilla hatte sich zum Loch gewandt und versuchte, unbekümmert auszusehen. Die Frauen von Drim waren vorsichtig näher an sie herangerückt, als wollten sie ein seltenes Raubtier inspizieren.

»Sch-sch, sch-sch!«, rief Hamish, lief auf die Dorfbewohnerinnen zu und schwenkte die Hände.

Dann kehrte er zu Priscilla zurück. Er war ernst. »Dieser Hornochse Jock Kennedy hat eine Prügelei mit Peter Hynd angefangen, und Peter hat ihn dahin getreten, wo es am meisten wehtut.«

»Das ist übel. Ein Highlander vergisst oder vergibt das nicht, ehe er seine Revanche bekommt.«

»Sie werden ihm geschlossen in einer dunklen Nacht auflauern«, sagte Hamish. »Gehen wir zum Pfarrer.«

»Warum?«

»Weil er auf die Moral seiner Schäfchen aufpassen soll.«

Sie marschierten zum Pfarrhaus, und diesmal waren sowohl Mr. Callum Duncan als auch dessen Frau Annie zu Hause. Die beiden luden sie zum Tee im Wohnzimmer ein, und Hamish plauderte beiläufig, bis Annie mit Tee und Scones kam. Hamish fiel auf, dass Annies Haar wieder seine natürliche braune Farbe hatte.

»Also, was führt Sie nach Drim?«, fragte der Pfarrer schließlich.

»Ich sorge mich um Peter Hynd.«

»Unseren neuen Dorfbewohner?«, erwiderte der Pfarrer. »Ein äußerst liebenswerter und intelligenter junger Mann. Es ist doch nichts mit ihm, hoffe ich?«

»Er flirtet mit den Frauen Ihrer Gemeinde.« Hamish fühlte sich wie ein viktorianischer Sittenwächter. »Damit wühlt er hier einige Gefühle auf. Haben Sie nicht bemerkt, wie sich die Frauen benehmen?«

»Ach, die sind ein bisschen albern, aber so sind Frauen nun mal«, sagte der Pfarrer nachsichtig.

Hamish blickte zu Annie Duncan, die jedoch den Kopf über die Teekanne gebeugt hielt.

»Es ist mehr als das«, entgegnete Hamish streng. »Es hat eine Prügelei gegeben. Jock Kennedy wollte Peter Hynd zusammenschlagen, und Peter … ähm … hat ihn an eine Stelle getreten, an die er ihn nicht hätte treten sollen.«

»Da er es mit einem massigen Kerl wie Jock aufnahm, würde ich meinen, dass er sich auf jede erdenkliche Art schützen musste«, sagte Mr. Duncan. »Die beruhigen sich auch alle wieder. Sie wissen doch, wie es in den Highlands ist. Neu Zugezogenen wird stets mit einer gewissen Feindseligkeit begegnet.«

»Und wegen genau dieser blöden Feindseligkeit gehen viele gute Leute weg von hier und lassen den Abfall zurück«, antwortete Hamish bitter.

Annie mischte sich kühl und amüsiert ein. »Peter Hynd scheint Eifersucht bei Männern wie Frauen auslösen zu können.«

»Ich bin nicht eifersüchtig«, konterte Hamish. »Es ist eine ernste Sache. Wenn dieser junge Mann nicht aufhört, alberne Spielchen mit den Einheimischen zu treiben, wird ihn jemand hinterrücks erstechen. Ich nehme es sehr ernst. Reden Sie am Sonntag zu den Leuten, Herr Pfarrer, und warnen Sie sie vor Verbitterung, Neid und Lust.«

»Du meine Güte, und da nennen sie Callum einen Frömmler«, warf Annie merklich belustigt ein.

»Erlauben Sie mir den Hinweis, dass die Ursache, weshalb die meisten Gefühle mit Menschen durchgehen, starke Getränke sind?«, wandte der Pfarrer ein. »Und die gibt es bei uns in Drim nicht.«

»Unsinn!«, widersprach Hamish. »Jeder Mann hier hat eine Flasche. Die Tatsache, dass kein Schnaps offen verkauft wird, hält sie nicht vom Trinken ab, und ich würde wetten, dass es noch einige illegale Brennereien oben in den Hügeln gibt.«

»Ich bin mir sicher, dass Sie es nur gut meinen.« Auf einmal klang Mr. Duncan frostig. »Sie machen Ihre Arbeit und ich meine. Ich bin nicht nachlässig, wenn es darum geht, meine Schäfchen sonntags an die Tugenden des Lebens zu erinnern. Können wir nun über etwas Angenehmeres reden? Miss Halburton-Smythe, ich glaube, Ihr Elternhaus ist jetzt ein Hotel, nicht wahr? Stört Sie das, oder haben Sie sich damit abgefunden?«

Priscilla sprach freundlich über die anfänglichen Schwierigkeiten, während Hamish grübelnd neben ihr saß. War er eifersüchtig auf Peter Hynd? Nein, er hatte schon ein ungutes Gefühl bei dem Mann gehabt, bevor Hynd Priscilla zum Essen ausgeführt hatte.

Als sie das Pfarrhaus verließen, krochen Nebelschwaden an den Bergen herab wie lange, tastende Finger.

Beim Land Rover zögerte Priscilla. »Hamish, als ich bei dem Seher war, um nach dir zu suchen, hat er etwas Komisches gesagt.«

»Ach ja? Und was?«

»Er meinte, er würde einen schönen jungen Mann sehen, der zwischen uns steht.«

Hamish blickte in den Nebel. »Du hast ihm noch nie ein Wort geglaubt.«

»Ja. Und warum sollte ich es jetzt?«, fragte Priscilla munter. »Du hast recht, Hamish. Dieser Ort ist unheimlich.«

Sie stiegen in den Wagen. Hamish löste die Handbremse, da sah er eine kleine Gestalt, die durch den Nebel in ihre Richtung gelaufen kam. Heather Baxter. Ihre Augen blickten so leer wie zuvor, nur strömten ihr Tränen über die Wangen. Hamish fluchte leise, zog die Handbremse wieder an und stieg aus. Das Mädchen bemerkte ihn, verließ die Straße und verschwand über das Torfmoor im Nebel. »Heather!«, rief Hamish streng. »Heather!« Doch es herrschte absolute Stille. »Irgendwas muss bei ihren Eltern los sein«, sagte er zu Priscilla. »Ich gehe mal hin.«

Doch als er zum Cottage der Baxters kam, war es verschlossen und still. Es stieg kein Rauch aus dem Schornstein. Hamish überlegte, ob er zurück ins Dorf gehen und nach Betty Baxter suchen sollte. Während er noch unentschlossen dastand, kam Heather Baxter von hinten um das Haus gelaufen. Sie sah ruhig und gefasst aus.

»Oh, Mr. Macbeth, kann ich Ihnen helfen?«

»Ich habe dich weinen gesehen.«

»Mich? Ach nein, das muss der Nebel gewesen sein.«

»Wo ist deine Mam?«

»Edie Aubrey veranstaltet heute einen Bingoabend. Bei dem ist sie.«

»Nicht zum Turnen?«

»Danach ist manchmal Bingo.«

»Und dein Vater?«

»Oben im Bett.«

»Hör mal, Heather, falls du je mit mir über irgendwas reden willst, ruf mich an.« Er schrieb die Nummer der Wache in Lochdubh auf einen Zettel und gab ihn ihr.

»Danke«, sagte Heather und knüllte das Papier sofort zusammen.

Hamish ging zurück zu Priscilla und fuhr davon. Sie krochen die schmale geschlängelte Straße hinauf durch den dichten Nebel. Oben gelangten sie in strahlenden Sonnenschein. Der Himmel über ihnen war blau. Hamish hielt an und blickte sich um. Unter ihnen, komplett von Nebel verhüllt, lag Drim. Er fröstelte.

»Ich habe mein Bestes getan«, sagte er zu Priscilla. »Aber bei diesem Dorf kommen mir die schaurigsten Gedanken. Ich sollte es einfach in Ruhe lassen.«

Und tatsächlich schmolzen seine Befürchtungen inmitten der blühenden Heide und mit der warmen Sonne über ihnen dahin. Es gab eine Menge befremdliche Orte in den schottischen Highlands, an denen die Erde pures Elend auszustrahlen schien, als hätten sich Jahre von Mühsal in den uralten Felsen und der kargen Erde eingelagert. An jenen Stellen wirkte alles übertrieben düster. Erleichtert fuhr Hamish nach Hause nach Lochdubh.

Um zwei Uhr in dieser Nacht wurde Peter Hynd vom Klirren zerbrechenden Glases geweckt. Er kämpfte sich aus dem Bett und kletterte die Leiter hinunter von seinem Schlafzimmer unter dem Dach. In der Küche schaltete er das Licht ein. Ein von Papier umwickelter Ziegelstein lag unter dem eingeworfenen Küchenfenster. Peter wickelte das Papier ab und strich es auf dem Tisch glatt. Die Botschaft in Großbuchstaben lautete:

VERSCHWINDE AUS DRIM, ODER WIR BRINGEN DICH UM.

Betty Baxter kam in Peters Morgenmantel die Leiter heruntergestiegen. »Was ist passiert?«, fragte sie.

Er zeigte ihr die Nachricht. »Vielleicht gehst du lieber nach Hause.«

»Harry ist zum Fischen draußen und nicht vor morgen früh zurück«, sagte sie. »Das sind wahrscheinlich Jock und die anderen. Du solltest dir was anziehen«, ergänzte sie mit Blick auf Peters nackten Körper.

»Warum? Ich gehe wieder ins Bett. Du glaubst doch nicht, dass ich mich hiervon um den Schlaf bringen lasse.«

»Ich habe Angst«, flüsterte Betty.

Er zog sie an sich und küsste sie auf den Mund. Keiner von ihnen sah das Gesicht, das für einen Moment aus dem Nebel auftauchte und wieder verschwand.

In den folgenden Wochen hatte Hamish Macbeth so viel zu tun, dass er Drim fast vergaß. Es gab eine Einbruchserie in Carrask, einem kleinen, vierzig Meilen entfernten Dorf, das auch in seine Zuständigkeit fiel. Leider konzentrierte sich sein Verdacht auf einen Zugezogenen, obwohl Hamish fand, die meisten Neuankömmlinge hätten zu Unrecht einen schlechten Ruf.

In diesem Fall allerdings war er überzeugt, dass es sich bei dem Schuldigen um einen Mann namens Sammy Dolan handelte, einen irischen Gelegenheitsarbeiter, der gerade keine Arbeit hatte und von Sozialhilfe lebte. Hamish verzweifelte schon, weil er keine handfesten Beweise fand, da erzählte ihm ein Einheimischer, dass Dolan gesehen worden war, wie er vormittags um Miss Tabbets Haus schlich. Miss Tabbet war die Lehrerin im Ort, die in einem gepflegten Bungalow außerhalb des Dorfes lebte und deren Haus sich bisher als einbruchsicher erwiesen hatte.

Hamish besuchte sie und schlug vor, dass er die Nacht in ihrem Wohnzimmer verbrachte. Miss Tabbet war eine dieser direkten, schroffen Frauen, die trotz ihrer akademischen Bildung recht dumm waren.

»Unsinn, Mr. Macbeth«, sagte sie. »Kein Einbrecher wäre so blöd, es bei mir zu versuchen.«

Hamish unterdrückte ein Seufzen. Warum musste er immer geduldig und beherrscht sein? Er wollte ihre hageren Schultern packen und sie schütteln. »Nun, dann setze ich ein Schreiben auf, dass ich sicher war, Dolan würde heute Nacht versuchen, in Ihr Haus einzubrechen, und Sie haben jede Polizeihilfe abgelehnt. Ich werde es in doppelter Ausführung schreiben, eine für die Zentrale in Strathbane, die andere für Ihre Versicherung …«

»Das ist nicht nötig«, unterbrach sie ihn erschrocken. »Sicher kann man mir nicht nachsagen, ich würde nicht versuchen, der Polizei zu helfen, wenn sich die Gelegenheit ergibt.«

»Dies ist die Gelegenheit.«

»Na schön«, sagte sie verärgert. »Sie dürfen in meinem Wohnzimmer warten, aber putzen Sie sich die Schuhe gründlich ab. Ich habe den Teppich erst kürzlich frisch shampooniert. Und erwarten Sie nicht, dass ich Ihnen dauernd Tee mache. Ich zahle meine Steuern, das muss genügen. Sie verschwenden Ihre Zeit. Dieses Haus ist einbruchsicher.«

»Wie das?«

»Mitkommen«, antwortete sie, und für einen flüchtigen Moment dachte Hamish, sie würde ihn beim Ohr packen und mit sich ziehen wie ein unartiges Kind. Doch sie ging nur voran zur Haustür, wo sie stolz auf eine ganze Auswahl an Riegeln, Ketten und Sicherheitsschlössern wies.

»Was ist mit der Hintertür?«, fragte Hamish.

Schnaubend ging sie abermals voran zur Küche. Dort war die Tür ähnlich bewehrt.

Hamish trat einen Schritt zurück, sah zum Küchenfenster und lächelte. »Der Mann muss bloß das Fenster einschlagen, den Arm reinstecken und den Riegel lösen.«

»Aber das Klirren würde ich hören«, widersprach sie siegesgewiss. »Ich habe einen sehr leichten Schlaf.«

»Ich könnte das Glas da einschlagen, ohne dass Sie irgendwas hören«, erwiderte Hamish. »Tun Sie mir den Gefallen. Ich bin um sechs Uhr heute Abend bei Ihnen.«

»Warum so früh?«, wollte sie spöttisch wissen. Sie war insgesamt eine recht spöttische Frau, was vielleicht den Jahren zu verdanken war, in denen sie Schüler mit beißendem Sarkasmus kontrolliert hatte. »Kommt er schon zum Tee?«

»Ich will hier sein, bevor er anfängt, das Haus zu beobachten«, erklärte Hamish. Er lächelte sie freundlich an, und sie konnte nicht anders, als das Lächeln benommen zu erwidern.

»Du alberner Mann«, schalt Hamish sich auf dem Weg zurück durchs Dorf. »Du wirst schon wie Peter Hynd.« Und mit diesem Gedanken hatte er wieder das Bild des dunklen Dorfes am Ende des Lochs vor Augen, mitsamt all den brodelnden Emotionen. Er war so in Gedanken versunken, dass er beinahe an Sophy Bisset vorbeigegangen wäre, die ihm begeistert zuwinkte.

»Was machen Sie denn hier?«, fragte Hamish überrascht.

»Ich habe meinen freien Tag und spiele Touristin«, antwortete Sophy. »Aber was tun Sie hier?«, erkundigte sie sich, als hätte sie nicht gehört, wie Priscilla Mr. Johnson erzählte, dass Hamish in Carrask ermittelte.

»Dienst«, antwortete Hamish.

»Haben Sie Zeit für einen Tee? Hier gibt es ein kleines Café hinten in einem Kunsthandwerksladen am Dorfende.«

»Ja, das wäre nett«, sagte Hamish, und ihm wurde warm. Keine Sekunde glaubte er, dass Sophy nicht gewusst hatte, wo er zu finden wäre. Sie hatte sich auf die Suche nach ihm gemacht, nicht Priscilla. Vor ihrer Verlobung wäre Priscilla hergekommen, um ihn zu sehen. Dass sie sich vor jeder Intimität fürchtete, wurde beständig offensichtlicher, und Hamish begann allmählich zu denken, dass ihre Beteuerung, sie wäre »in Ordnung in jener Nacht«, also ihrer Hochzeitsnacht, extrem naiv wirkte. Anders als Priscilla war die hübsche Sophy hier und schien entzückt von seiner Gesellschaft zu sein. Und ein freundlicher Spatz in Carrask war ihm allemal lieber als die Taube auf dem Dach in Lochdubh. Er war gekränkt und wütend auf Priscilla, und diese Regung war es, die ihn bewegte, besonders charmant zu Sophy zu sein, als sie in dem nach Pfeffer duftenden Café hinten in dem Kunsthandwerksladen saßen.

Schließlich blickte er auf die Uhr. »Ich muss los«, sagte er ehrlich bedauernd. Sie traten zusammen nach draußen.

»Dann sehen wir uns, wenn Sie wieder in Lochdubh sind.« Sophy stellte sich auf die Zehenspitzen und küsste ihn auf die Wange.

Von der anderen Straßenseite beobachtete alles Mrs. Fair, der das kleine Hotel namens *Carrask Arms* gehörte, und nahm den Telefonhörer auf. »*Tommel Castle Hotel?*«, fragte sie. »Schön. Könnte ich mit Miss Halburton-Smythe sprechen?«

Hamish war froh, dass er nachmittags mit Sophy Tee und Kuchen gehabt hatte, denn der Abend zog sich hin. Er hätte gern ferngesehen, um sich die Zeit zu vertreiben. Doch Miss Tabbet hatte sich hinreichend von seinem Lächeln erholt, um ihm zu erklären, dass sie nichts von Fernsehen hielt. Verärgert fragte Hamish sich, warum sie dann einen Apparat hatte. Sie saß da und strickte energisch, während sie sich ein Konzert im Radio anhörte, ein modernes Stück von einem ungarischen Komponisten und voller niederschmetternder Moll-Akkorde. Entsprechend war Hamish froh, als sie endlich nach oben ins Bett ging. Und er schmunzelte beim Geräusch ihres lauten Schnarchens wenig später. Miss Tabbet schläft wie ein Stein, dachte er. Hier könnte eine ganze Einbrecherhorde die Haustür einrammen, und sie würde nichts hören.

Er blickte zur Uhr. Es war erst zehn. Nun schaltete er den Fernseher ein, sah die Nachrichten und danach eine Sendung auf Gälisch. Im Anschluss daran sang eine sehr dicke Frau aus Glasgow irgendein Klagelied, das sie selbst geschrieben hatte, und abgesehen davon, dass Hamish für einen Moment von dem Gälisch im kehligen Glasgower Dialekt fasziniert war, wurde ihm doch schnell langweilig, und er schaltete das Gerät wieder aus.

Die Minuten zogen sich wie Kaugummi. Um Mitternacht löschte er alle Lichter im Erdgeschoss und saß im Dunkeln. Die Nächte wurden dunkler, und er wusste, dass gegen zwei Uhr etwa eine Stunde garantierte Dunkelheit einsetzte. Dann würde Dolan wohl zuschlagen, der auch die vorherigen Einbrüche zu verantworten hatte, davon war Hamish überzeugt.

Es wurde zwei Uhr, und er streckte sich gähnend. Die Zeit verstrich, und er kam zu dem Schluss, dass nichts passieren würde. Miss Tabbet war eine alte Schreckschraube, weshalb sogar Dolan entschieden haben musste, es nicht bei ihr zu versuchen. Draußen legte der Wind zu und heulte ums Haus. Doch auf einmal hörte Hamish etwas: das leise Klirren von berstenden Glasscherben aus der Küche.

Lautlos schlich er sich nach hinten. Dort langte eine Hand durch das Loch in der Fensterscheibe und löste den Riegel. Gleich darauf kletterte eine massige Gestalt auf die Abtropffläche der Spüle und sprang behände auf den Fußboden.

Hamish Macbeth schaltete das Licht in der Küche an.

Da stand Sammy Dolan und blinzelte in die plötzliche Helligkeit. Doch ehe Hamish ihn sich schnappen konnte, zog Dolan ein gruselig aussehendes Jagdmesser aus dem Stiefel.

»Keinen Schritt!«, sagte er. »Dann wird niemand verletzt.«

Hamish griff hinter sich nach der Bratpfanne auf dem Herd und sprang blitzschnell nach vorn, wobei er sich duckte, um dem Messer auszuweichen. Gleichzeitig schmetterte er die Pfanne mit voller Wucht gegen Dolans Stirn.

Der Einbrecher sackte stöhnend in sich zusammen. Er war am Boden, aber noch nicht außer Gefecht gesetzt. Deshalb zog Hamish ihn über den Küchenboden und fesselte ihn mit Handschellen an den Eisenfuß des Herdes, klärte ihn über seine Rechte auf und ging dann nach vorn ins Haus, um Verstärkung aus Strathbane anzufordern, die Dolan abholen sollte.

Als er wieder in die Küche kam, blickte Sammy Dolan böse zu ihm auf und stieß einen Schwall Flüche und Verwünschungen aus.

»Klappe halten«, sagte Hamish. Er ging nach oben und folgte dem Schnarchen. Miss Tabbet lag auf dem Rücken in ihrem Bett, das Gesicht glänzend von Nachtcreme. Hamish legte eine Hand an ihre Schulter und rüttelte sie wach.

»Raus aus meinem Schlafzimmer, Sie … Sie *Vergewaltiger!*«, schrie sie.

»Der Tag, an dem ich auch nur auf den Gedanken komme, jemanden wie Sie zu vergewaltigen, wird der sein, an dem ich mich selbst einliefere«, erwiderte Hamish schroff. »Ich habe Ihren Einbrecher geschnappt.«

»Was reden Sie denn?« Offenbar wollte Miss Tabbet den Gedanken an Vergewaltigung nicht ohne Weiteres aufgeben.

»Ich habe Ihren Einbrecher gefasst. Und ich warte auf den Wagen aus Strathbane, der ihn in Untersuchungshaft bringt.«

Sie rappelte sich mühsam halb auf. »Wo ist er?«

»Mit Handschellen an Ihren Herd gekettet.« Hamish drehte sich um und ging wieder nach unten in die Küche.

Dolan war ruhiger, doch kaum sah er Hamish, verkündete er: »Sie zeige ich an wegen Brutalität!«

»Wie Sie meinen.« Hamish zuckte mit den Schultern und stöpselte den Wasserkocher ein. Er fand, dass er einen Kaffee verdient hatte.

Miss Tabbet erschien in einem Morgenmantel aus rosa Chenille in der Tür und betrachtete Dolan. Dann fiel ihr Blick auf die Bratpfanne, die Hamish auf die Arbeitsfläche gestellt hatte. Sie nahm sie auf. »Warum hat meine beste Bratpfanne eine Delle im Boden?«

»Weil ich sie Dolan über den Kopf gezogen habe.«

»Polizeibrutalität ist das, genau!«, jammerte Dolan.

»Meine beste Pfanne!«, kreischte Miss Tabbet. »Und was machen Sie da mit meinem Wasserkocher?«

»Sie können die Pfanne in Rechnung stellen, wenn Sie wollen«, sagte Hamish ruhig. »Und da ich eben verhindert habe, dass Sie ausgeraubt werden, erlauben Sie mir vielleicht eine Tasse Kaffee.« Er sprach ruhig, dennoch blinzelte Miss Tabbet sehr viel und zog sich einige Schritte zurück. Hamish atmete auf, als er hörte, dass sie wieder nach oben ging. Mit dem Instantkaffee trat er nach vorn ins Wohnzimmer und wartete, bis die Polizei aus Strathbane eintraf und Dolan wegbrachte.

Als es so weit war, war es sechs Uhr morgens. Er sollte die Lehrerin wirklich wieder wecken und bitten, hinter ihm abzuschließen, doch er ertrug nicht noch mehr Beschwerden von ihr.

Und der Einbrecher war gefasst. Aber Hamish empfand eine kindische Freude, als er seinen schmutzigen Kaffeebecher auf dem Couchtisch stehen ließ. Er ging hinaus in den sonnigen Morgen, stieg in seinen Land Rover und fuhr sehr froh und befreit nach Lochdubh.

Nachdem er seinen Bericht geschrieben hatte, verschlief er den Großteil des Tages. Dann rief er Priscilla an. Sophy nahm ab und versprach, sie suchen zu gehen. Nach einer ganzen Weile berichtete sie amüsiert, dass Priscilla gesagt habe, sie wäre nicht da.

»Und weshalb ist sie sauer?«, fragte Hamish.

»Irgendeine alte Schachtel hat ihr erzählt, sie habe uns gesehen, wie wir uns vor dem Kunsthandwerksladen in Carrask geküsst haben«, antwortete Sophy schadenfroh.

»Sie haben Priscilla hoffentlich erklärt, dass da nichts dran war.«

»Ja, natürlich, aber sie schien mir nicht zuhören zu wollen.«

»Ich komme.« Hamish knallte den Hörer auf und verfluchte Sophy.

Er fühlte schon, dass seine bisher inoffizielle Verlobung dabei war, sich aufzulösen. Und er wusste selbst nicht mehr, was er wollte. Warum war Priscilla so bevormundend geworden und wollte ihn unbedingt verändern? Plötzlich fragte er sich, ob sie sich jemals ändern würde. Würde sie ewig in der Polizeiwache in Lochdubh herumwuseln und »Verschönerungsarbeiten« vornehmen, wenn sie endlich erkannte, dass er nicht vorhatte, das Dorf zu verlassen? Warum begriffen Menschen nicht, dass es ein rares Glück war, mit seinem Los im Leben zufrieden zu sein? Selbst wenn das Los dieses einen Polizisten gegenwärtig, dank Priscilla und Sophy, kein glückliches war.

Als er zum Hotel kam, verkündete Sophy ihm heiter, sie würde Priscilla holen. Hamish ging vor dem Empfang auf und ab. Als die beiden Frauen zurückkamen, trat Sophy hinter den Empfangstresen und lehnte sich mit den Ellbogen darauf.

»Ja, Hamish?«, fragte Priscilla frostig.

Er nahm sie in die Arme, und mit einem kleinen Seufzer lehnte sie sich an ihn. Sophy beobachtete mit großen Augen, wie Hamish den Arm um Priscillas Schultern legte und sie nach draußen führte.

»Na, was soll das alles?«, fragte er sanft.

»Ich musste wieder daran denken, dass du als Weiberheld verschrien warst«, antwortete Priscilla leise.

»Hör mal, Sophy muss irgendwie erfahren haben, wo ich war, und ist mir nachgefahren. Wir haben zusammen einen Tee getrunken, und dann hat sie mich zum Abschied auf die Wange geküsst. Mehr war nicht. Aber ich konnte nicht umhin, an die Zeiten zu denken, als du dorthin gekommen wärst, um mich zu sehen.«

»Ich bin ziemlich schlimm gewesen, was, Hamish? Vergiss die Beförderung und die Häuser in Strathbane. Sicher werden wir auch in der Wache von Lochdubh glücklich.«

»Komm mit mir nach Hause«, drängte Hamish. »Wir haben nie richtig Zeit allein für uns.«

Einen schrecklichen Moment lang zögerte sie, ehe sie nickte.

Hamishs Vorfreude wuchs, als er sich der Polizeiwache näherte. Priscilla folgte ihm in ihrem Wagen. Endlich war es so weit! War seine Bettwäsche sauber? Verflixt, er brauchte ein Bad. Und er hatte noch nicht zu Abend gegessen, deshalb grummelte sein Magen. Aber der konnte warten.

Drinnen verwarf er Priscillas Vorschlag, einen Kaffee zu trinken, und nahm sie fest in die Arme. Dann hob er sie hoch, um sie ins Schlafzimmer zu tragen, doch sie war groß, und ihre Füße schlugen gegen den Rahmen der Küchentür.

»Lass mich runter!« Priscilla lachte. »Ich kann selbst gehen.«

Hamish stellte sie auf den Boden. Im selben Moment wurde an der Tür zur Wache Sturm geklingelt.

Sie sahen sich an. Die Einheimischen benutzten alle die Hintertür. Nur Fremde läuteten vorn.

»Dauert bloß eine Minute«, sagte Hamish atemlos. »Wahrscheinlich ein Tourist, der irgendwas im Moor verloren hat.«

Der Wind rüttelte am Haus, und die blaue Lampe draußen schwang wild hin und her, als er öffnete … und dann den Blick senkte.

Die kleine Heather Baxter stand vor der Tür.

In ihrem Highland-Singsang sagte sie: »Ich muss einen Mord melden.«

Kapitel 5

Nein, nein, er ist tot. Geh in dein Totenbett,
er kommt ja nimmer zurück.
William Shakespeare

»Komm rein«, meinte Hamish ruhig. Er nahm Heathers kalte, klamme Hand und führte sie in die Küche. »Wir brauchen heißen, süßen Tee«, sagte er zu Priscilla.

Er setzte Heather auf einen Stuhl und hockte sich vor sie. »Wer ist ermordet worden?«

»Der Engländer, Peter Hynd.«

»Und wie wurde er ermordet?«

Sie schüttelte den Kopf.

»Wo ist er gefunden worden?«

»Er ist noch nicht gefunden worden.«

Hamish richtete sich auf und setzte sich neben sie. »Und woher weißt du dann, dass er ermordet wurde?«

Sie richtete ihre seltsamen grauen Augen auf ihn und

zeigte zu ihrem Kopf. »Ich habe es hier drinnen gesehen«, flüsterte sie. »Sie sagen alle, dass er weggegangen ist. Er hat eine Nachricht dagelassen. Seine Sachen sind fort. Aber ich weiß, dass er umgebracht wurde. Ich *fühle* ihn im Dorf.«

Hamish nahm den Teebecher, den Priscilla ihm reichte, und gab ihn Heather. »Trink das. Wie bist du hergekommen?«

»Ich bin mit dem Wagen von meinem Vater gefahren. Ich habe mir Klötze unter die Füße gebunden und bin so an die Pedale gekommen. Er ist betrunken und schläft. Heute Abend ist er nicht zum Fischen rausgefahren.«

»In letzter Zeit war es schwer für dich zu Hause, Heather«, sagte Hamish. »Und vielleicht hast du deshalb solche Gedanken.«

Stumm schüttelte sie den Kopf.

»Wir machen Folgendes. Ich sperre dich nicht ein wegen Fahrens ohne Führerschein. Das bleibt unser Geheimnis. Aber mach das nie wieder. Ich fahre dich in dem Truck zurück, und Priscilla folgt uns mit meinem Wagen, damit sie mich zurückbringen kann. Und morgen komme ich ins Dorf und frage mal rum.«

Heather schaute zu Priscilla auf, und es war ein merkwürdig femininer Blick für solch ein kleines Mädchen. Dann sah sie Hamish an. »Sie soll nicht mit.«

»Und wie komme ich dann zurück?«

»Ich fahre selbst«, sagte Heather. »Ich habe schon gegen das Gesetz verstoßen, als ich hergefahren bin. Einmal mehr ist egal.«

Hamish seufzte. »Ich bringe sie lieber zurück, Priscilla.«

»Schon gut«, meinte Priscilla und ging zur Tür. »Bis morgen.«

»Es dauert nicht lange. Willst du nicht warten?«

»Morgen«, erwiderte Priscilla entschlossen.

Plötzlich stieg Ärger in Hamish auf. Sie würde die Frau eines Polizisten werden, das fing ja gut an! Aber er wartete geduldig, bis Heather ihren Tee ausgetrunken hatte.

»Wo ist der Truck?«

»Der steht draußen neben der Wache.«

»Dann komm. Ich fahre hinter dir her.«

Draußen wartete er wieder, während Heather sich eine Herrenjacke anzog, eine Mütze aufsetzte und sich Holzklötze unter die Füße band. Nachdem sie rückwärts auf die Straße gesetzt hatte, stieg Hamish in seinen Land Rover und folgte ihr. Im Scheinwerferlicht seines Wagens wirkte sie mit der tief in die Stirn gezogenen Mütze wie ein Mann. Zu seiner Erleichterung fuhr sie schnell und sicher nach Drim. Dort parkte sie vor dem Haus, löste die Klötze von den Füßen und kletterte aus dem Truck.

»Die schlafen wie die Toten«, flüsterte sie. »Ich schleiche mich rein. Erzählen Sie keinem was, aber kommen Sie morgen wieder.«

Hamish nickte. Sobald sie leise ins Haus geschlüpft war, machte er sich nachdenklich auf den Heimweg.

Er hoffte bei Gott, dass Heather sich irrte und Peter Hynd schlicht fortgegangen war.

Ein sonniger Morgen hob seine Stimmung und verbannte die meisten Gespenster der Nacht, obwohl Hamish immer noch ärgerlich auf Priscilla war.

In Drim ging er direkt in den Dorfladen. »Ich habe gehört, dass Peter Hynd weg ist«, sagte er zu Jock Kennedy. »Seit wann?«

»Zwei Wochen«, antwortete Jock. »Er hatte eine Nachricht und den Schlüssel hier in den Briefkasten gesteckt. Da stand, dass er in den Süden ist und Cummings and Bane, die Makler in Strathbane, den Verkauf des Cottage regeln.«

»Haben Sie die Nachricht noch?«

»Ja, die ist hier.« Er kramte unter dem Ladentresen und gab Hamish ein gefaltetes Blatt Papier. Hamish faltete es auseinander. Es war mit der Maschine getippt und nicht unterschrieben.

> *Mir ist langweilig geworden*, stand da, *und ich verkaufe das Cottage. Können Sie den Schlüssel an Kaufinteressenten geben, Jock? Die Makler sind Cummings and Bane, Strathbane. Meine Anwälte sind Brand and MacDougal, Castle Wynd, Inverness. Peter Hynd.*

Auch *Peter Hynd* war mit der Maschine getippt.

Hamish betrachtete den Brief stirnrunzelnd. »Haben sich schon Interessenten gemeldet?«

»Ja, neulich war ein großer Kerl da, ein Bauunternehmer aus Newcastle. Hynd verlangt nur fünfzehntausend.«

»Ich bezweifle, dass er die bekommt. Hatte er die Abwasserleitungen fertig verlegt?«

»Nein.«

»Tja ...«

»Aber die Weide hinten gehört zum Haus. Dieser Kerl aus Newcastle hat was gesagt, dass er vielleicht eine Baugenehmigung kriegt. Er will es als Ferienhaus.« Und um klarzumachen, was er davon hielt, rotzte Jock in hohem Bogen auf den Fußboden.

»Gewiss werden Sie alle hier ihn in guter Highland-Manier willkommen heißen«, bemerkte Hamish trocken. »Geben Sie mir den Schlüssel, Jock. Ich schaue mich mal um.«

Für einen kurzen Moment dachte Hamish, der Ladenbesitzer würde sich weigern, doch schließlich nahm er einen Schlüsselbund von einem Nagel hinter dem Tresen.

Hamish ließ den Land Rover stehen und ging zu Fuß zu Peters Cottage. Dort schloss er auf und schnupperte. Towser, der ihm ins Haus gefolgt war, schnüffelte ebenfalls in die Luft. »Hier ist schon länger niemand mehr gewesen«, sagte Hamish. »Sehen wir uns um.«

Peter hatte die Töpfe, die Pfannen und das Geschirr dagelassen, aber der Campingkocher war verschwunden. In den Regalen standen halb volle Packungen mit Lebensmitteln. Ein kleiner Kühlschrank war ausgeschaltet und leer. Hinten im Haus befanden sich Holz- und Backsteinstapel, wo Peter den Anbau hatte machen wollen. Werkzeug war auf dem Boden verteilt, und auf ein paar Sägeböcken lagen Holzlatten, fertig zum Sägen. Hamish schüttelte den Kopf.

Sicher hätte Peter die Arbeiten beendet, um einen besseren Preis für das Haus zu bekommen. Es waren auch Schieferplatten da, die das Blechdach hatten ersetzen sollen.

Hamish ging ins Wohnzimmer, das Peter Hynd als Ess- und Wohnraum genutzt hatte. Hier war nichts von Wert: kein Fernseher, kein Radio, keine Bücher, nur einige Möbelstücke. Hamish kehrte in den Hauptraum zurück, der Peter als Küche gedient hatte. Er nahm die Leiter auf, die seitlich an der Wand lehnte, und stieg hinauf zur Bodenluke, die er aufschob. Unter dem Dach war das Schlafzimmer. An einer Wand stand ein niedriges Doppelbett, daneben ein Tisch. Es war keine Bettwäsche da. Hamish suchte die Ecken ab, doch alles, was er fand, war eine Haarnadel. Er hielt sie ins Licht, das durch das Dachfenster fiel. Die Haarnadel war hell, für blondes Haar. Hamish steckte sie in die Tasche und stieg wieder nach unten.

Er kratzte sich am Kopf. Warum sollte Peter ausgerechnet Jock Kennedy eine Nachricht schreiben? Hamish schloss ab und steckte den Schlüssel ein.

Als er zurück ins Dorf wanderte, hörte er Musik aus dem Gemeindesaal. Er ging hin und öffnete die Tür. Nur vier Frauen bewegten sich zu den Klängen der Musikanlage. Hamish wartete, bis sie aufhörten, dann schritt er auf Edie Aubrey zu. Sie strich sich das dünne Haar nach hinten und blinzelte durch ihre dicken Brillengläser zu ihm auf.

»Nicht viele Frauen hier«, bemerkte Hamish.

»Nein«, bestätigte Edie traurig. »Nichts ist mehr, wie es war.«

»Seit Hynd weg ist?«

»Warum ist er einfach so verschwunden?«, murmelte Edie. Sie nahm ein Handtuch von einem Stuhl auf und wischte sich die Stirn ab. »Er hätte wenigstens vorbeikommen und sich verabschieden können.«

»Hat jemand ihn wegfahren sehen?«, fragte Hamish.

»Eigentlich redet keiner mit mir darüber.«

Hamish drehte sich zu den anderen Frauen um.

Nancy Macleod war hier, in deren schwarz gefärbtem Haar sich graue Ansätze zeigten. Sie sah klein und alt aus. Ailsa, Jocks Frau, trank Kaffee und unterhielt sich mit Betty Baxter. Die vierte Frau kannte Hamish nicht. Auf einmal sind sie alle älter, dachte Hamish, als wäre das Leben aus ihnen gewichen.

Er ging auf Betty Baxter zu. »Ist Harry zu Hause?«

»Ja. Der Idiot hat sich betrunken und konnte nicht zum Fischen raus.«

»Dann sehe ich vielleicht mal bei ihm vorbei.«

»Warum?«, fragte Betty schroff.

»Ich versuche herauszufinden, warum Peter Hynd weggegangen ist und ob jemand gesehen hat, wie er das Dorf verließ.«

»Und was hat das mit Harry zu tun?«

»Er könnte etwas gehört oder gesehen haben, sonst nichts.«

»Es gibt kein Verbrechen!« Betty lachte schrill. »Um Himmels willen, der Mann ist weg, hat sein Haus zum Verkauf angeboten, und das war es.«

»Trotzdem rede ich mal mit Harry.« Hamish tippte sich an die Mütze und ging.

Harry Baxter saß am Küchentisch und starrte ins Nichts.

»Schlimme Nacht?«, fragte Hamish verständnisvoll.

Harry sah ihn mürrisch an, antwortete aber nicht.

»Gibt es einen Grund, weshalb Hynd verschwunden ist?«, fuhr Hamish fort.

Offensichtlich strengte Harry sich an, klar zu denken. »Ach, der hat hier bloß ein bisschen Highlander gespielt. Ist zurück in den Süden, glaube ich.«

»Hat jemand gesehen, wie er abgereist ist?«

»Die Leute denken, er ist nachts weg.«

»Gab es vorher Ärger mit den Einheimischen?«

»Wieso sollte es?«

»Stellen Sie sich nicht blöd«, entgegnete Hamish. »Alle Männer hier haben ihn gehasst, und das aus gutem Grund.«

»Er ist eben weg, sonst nichts. Haben Sie nichts Besseres zu tun, als nach einem Mord zu suchen, wo keiner ist?«

»Ich habe nichts von Mord gesagt. Wo ist Heather?«

»In der Schule. Die hat wieder angefangen.«

»Passen Sie auf das Mädchen auf, Harry. Ich denke, Ihre Streitereien mit Betty setzen ihr zu.«

»Kümmern Sie sich um Ihren eigenen Dreck!«

Hamish beschloss, es bei Jimmy Macleod zu versuchen, doch als er zu seinem Land Rover kam, sprang das Funkgerät an. Ein wenig überrascht sah er hin, denn das geschah überaus selten. Es war Detective Jimmy Anderson, der ihm sagte, er solle umgehend zum Chief Superintendent in Strathbane kommen.

Hamishs finsterer Gedanke war, dass sein Chef nun auch mitmischte und die Beförderung und Strathbane unvermeidbar waren. Dabei hatte er bisher gedacht, der Chief Superintendent hätte sich nicht auf die hochtrabenden Pläne seiner Frau eingelassen.

Was auch mit Peter Hynd geschehen sein mochte, musste noch einen Tag warten.

Als Hamish in die Polizeizentrale kam, traf er direkt auf seinen Lieblingsfeind, Detective Chief Inspector Blair.

Blair grinste, dass seine fetten Wangen seine untere Gesichtshälfte erheblich weiteten. »Unterwegs nach oben, was? Mann, Mann, viel Spaß!«

Hamish runzelte die Stirn. Sollte Blair von einer möglichen Beförderung Wind bekommen haben, wäre er extrem schlecht gelaunt. Mit einem mulmigen Gefühl nahm Hamish den Fahrstuhl in den sechsten Stock.

Die Sekretärin des Chief Superintendent, Helen Jessop, tippte eifrig. Sie blickte auf, als Hamish hereinkam. »Sie müssen warten«, sagte sie. »Er ist beschäftigt.« Helen tippte weiter.

»Haben Sie eine Ahnung, worum es geht?«, wollte Hamish wissen.

»Das werden Sie abwarten müssen.« Helen riss ein Blatt aus der Maschine und legte das nächste ein.

»Warum haben Sie keinen Computer anstelle des altmodischen Dings?«

»Diese Maschine leistet mir gute Dienste, und ich halte nichts von Computern«, antwortete Helen.

»Sie meinen, Sie verstehen nichts von ihnen und sind zu ängstlich, es zu probieren«, gab Hamish boshaft zurück. »Das nennt man ›Technikangst‹. Die Plage der Leute mittleren Alters.«

Helen schnaubte nur.

»Besteht die Chance auf einen Tee?«

»Nein!«

Hamish saß unruhig auf dem Besucherstuhl. Er konnte Stimmen aus Peter Daviots Büro hören. Auf dem Regal hinter Helens Schreibtisch stand ein Dschungel deprimierender Grünpflanzen. Sekretärinnen mit Zimmerpflanzen sind eine furchterregende Spezies, dachte Hamish. Je mehr Zeit verstrich, desto nervöser wurde er. Es war, als wartete er in der Schule vor dem Zimmer des Direktors. Schließlich ging die Tür auf, und fünf Männer in Anzügen kamen heraus.

»Ich werde gleich den fraglichen Beamten anhören«, sagte Mr. Daviot. »Und dann bekommen Sie meinen vollständigen Bericht.«

Die Anzugträger drehten sich geschlossen um und musterten Hamish, bevor sie rausgingen. Einen von ihnen hörte er draußen auf dem Flur sagen: »Für mich sah der nicht gewalttätig aus, aber man kann ja nie wissen.«

»Kommen Sie rein, Macbeth«, befahl Daviot. Er nannte ihn nicht Hamish. Das war ein Warnsignal, so deutlich wie ein Sturmtrichter über Hamishs Kopf. Er klemmte seine

Mütze unter den Arm und stellte sich eingeschüchtert vor den Schreibtisch seines Chefs.

»Setzen Sie sich«, forderte Mr. Daviot ihn auf. »Entschuldigen Sie, dass Sie warten mussten. Hat Helen sich um Sie gekümmert?«

»Sie wollte mir keinen Tee geben«, antwortete Hamish in der Hoffnung, einen Dolch zwischen die Stangen von Helens Korsett zu treiben.

»Kommen Sie mal im zwanzigsten Jahrhundert an, Macbeth. Man läuft nicht rum und bestellt Tee bei Sekretärinnen, wenn man keinen Anpfiff vom Gleichstellungsausschuss riskieren will.«

»Bitte, Sir?«

»Es ist erniedrigend, Tee zu kochen oder zu servieren.«

»Verstehe ich nicht«, sagte Hamish verwundert. »Ist es nicht das Gleiche wie ›Tippen Sie diesen Brief‹, ›Holen Sie mir den oder den ans Telefon‹ oder ›Bestellen Sie Blumen für meine Frau‹?«

»Es impliziert, dass Sie eine berufstätige Frau wie eine Hausfrau behandeln.«

»Verstehe ich immer noch nicht. Eine Hausfrau kann sagen: ›Mach das gefälligst selbst‹, eine Sekretärin nicht.«

»Weil … Hören Sie, ich habe Sie nicht herbestellt, um über Emanzipation zu reden. Es liegen ernste Anschuldigungen gegen Sie vor.«

»Von wem?«

»Sammy Dolan.«

»Diese Sumpfratte! Was hat er gesagt?«

»Er hat Beschwerde wegen Polizeibrutalität eingereicht. Und er hat einen Anwalt. Laut Dolan haben Sie ihn mit einer Bratpfanne geschlagen, und er hat eine Beule am Kopf, die es beweist.«

»Ich habe ihn mit der Bratpfanne geschlagen, weil er sich der Verhaftung widersetzt hat, oder um es klarer auszudrücken: Hätte ich ihn nicht mit dem Ding geschlagen, wäre ich von ihm erstochen worden. Ich hatte einen vollständigen Bericht abgeliefert.«

»Erzählen Sie es mir einfach noch einmal in Ihren eigenen Worten.«

Hamish wurde ärgerlich. Ihm war danach zu erwidern: »Nein, ich erzähle es Ihnen in den Worten von jemand anders«, um sodann Blairs ausgeprägten Glasgower Akzent und dessen polterige Ausdrucksweise zu imitieren.

»Ich hatte Grund zu der Annahme, dass Dolan in das Haus der Lehrerin einbrechen wollte«, erklärte er stattdessen gefasst. »Um kurz nach zwei in der Nacht hörte ich Glasklirren aus der Küche und ging nachsehen. Dolan hatte die Scheibe eingeschlagen. Er öffnete den Fensterriegel und stieg in die Küche ein. Ich schaltete das Licht an, und er zog ein Jagdmesser aus dem Stiefel, mit dem er auf mich zustürmte. Ich griff hinter mich und nahm die Bratpfanne auf. Bevor er mich mit dem Messer erwischen konnte, zog ich ihm die Pfanne über den Kopf. Er fiel zu Boden, war aber nicht bewusstlos. Dann habe ich ihn mit den Handschellen an den Herd gefesselt. Ich habe ihn über seine Rechte aufgeklärt und Strathbane verständigt.

Danach habe ich gewartet, bis Ihre Leute gekommen sind. Das ist alles.«

»Miss Tabbet, die eine neue Bratpfanne von uns fordert, sagt, dass Sie sehr unverschämt waren. Sie seien zu ihr ins Schlafzimmer gekommen, hätten sich ohne Ihre Erlaubnis Kaffee bei ihr gekocht und seien gegangen, ohne irgendwas zu verschließen. Obendrein haben Sie offenbar auch noch Ihren benutzten Becher auf dem Couchtisch stehen lassen. Auch sie hat Beschwerde eingereicht.«

Hamish fühlte sich bereits von lauter albtraumhaften Vorwürfen eingekreist. Ausführlich erklärte er, was geschehen war, als er die Lehrerin geweckt hatte, und warum er gegangen war, ohne sie erneut aufzuwecken.

Mr. Daviot seufzte. »Bei Ihnen klingt das alles ganz vernünftig, und ich gestehe, dass Miss Tabbet eine sehr enervierende Dame ist. Doch kommen wir zurück zu Dolan. Wir möchten unbedingt eine Anklage wegen Brutalität vermeiden. Stellen Sie sich vor, was die Presse daraus machen würde!«

»Ich wette, Dolan ist vorbestraft«, sagte Hamish.

»Ja, ist er. Mehrfach.«

»Einfache und schwere Körperverletzung zum Beispiel?«

»Ja, und bewaffneter Raubüberfall.«

»Na, da haben Sie es …«

»Macbeth, Sie hatten immer schon eine unorthodoxe Art, Dinge anzugehen. Vernünftig wäre gewesen, in dem Augenblick, in dem Sie den Verdacht hatten, Dolan würde in das Haus einbrechen, Verstärkung aus Strathbane anzufordern. Zwei Leute hätten den Mann überwältigen können, ohne Gewalt anzuwenden.«

»Selbst mehrere Männer können wenig gegen ein Jagdmesser in der Hand eines Verbrechers wie Dolan ausrichten, ohne Gewalt anzuwenden.«

»Meine anderen Beamten bringen sich nicht in eine solche Lage«, entgegnete Mr. Daviot, wobei sich ein Hauch von Reizbarkeit in seine Stimme schlich.

»Ich habe eine Verhaftung vorgenommen, Sir. Und der Einbruchserie ein Ende bereitet. Statt mir zu danken, weist man mich zurecht, weil ein gefährlicher Krimineller sich in den Kopf gesetzt hat, mir eins auszuwischen.«

»Wir sind Ihnen alle sehr dankbar. Aber diese Beschwerde wurde vorgebracht, und Sie müssen vor den Untersuchungsausschuss. Ich schlage vor, dass Sie diese unverschämte Haltung ablegen, Macbeth. Also, haben Sie momentan noch anderes zu tun?«

»Nur eine kleine Sache. Da war ein Neuzugezogener drüben in Drim, ein Engländer. Er hat das Dorf verlassen, aber keiner hat ihn wegfahren sehen. Und er hat eine Nachricht hinterlassen, dass sein Haus zum Verkauf steht.«

»Und?«

»Er hat für eine Menge Aufruhr in dem Dorf gesorgt, weil er mit den Frauen geflirtet hat. Die Männer haben ihn gehasst. Etwas an der Geschichte gefällt mir nicht.«

»Wenn er sein Haus zum Verkauf angeboten hat, müsste meiner Meinung nach alles in Ordnung sein. Hat er alles dagelassen?«

»Nein.«

»Da haben Sie es. Mir ist klar, dass in Ihrem Streifenbezirk wenig los ist, aber deshalb müssen Sie nicht herumlaufen und Verbrechen erfinden. Ich möchte, dass Sie nach unten gehen, sich einen freien Schreibtisch suchen und mir einen vollständigen Bericht über Dolans Verhaftung schreiben.«

»Sehr wohl, Sir.« Hamish verließ das Büro. Helen war nicht im Vorzimmer, wohl aber eine volle Teetasse auf ihrem Schreibtisch. Die nahm Hamish mit und machte sich auf die Suche nach Jimmy Anderson, den er in der Kantine fand.

»Da haben Sie ja bei jemandem richtig einen Stein im Brett«, sagte Jimmy.

Hamish wusste nicht recht, was gemeint war. »Was für eine nette Abwechslung!«

»Es kommt wahrlich nicht oft vor, dass die eiserne Helen jemandem einen Tee anbietet, erst recht nicht in ihrem Lieblingsbecher.«

Erschrocken sah Hamish hinunter zu dem Becher in seiner Hand, der mit Rosen verziert war. Und schlagartig hatte er das Gefühl, dass ihn diese Tat in schlimmere Not bringen könnte als alles, was Dolan ihm vorhalten mochte. »Bin gleich wieder da«, meinte er.

Er eilte direkt zu Detective Chief Inspector Blairs Büro und spähte zur Tür hinein. Es war leer. Also huschte er hinein, stellte Helens Becher auf den Schreibtisch und lief zurück in die Kantine.

Dort holte er sich einen Tee und einen Teller mit Rührei und Pommes frites, bevor er sich zu Jimmy Anderson setzte.

»Dieser Dolan hat es auf Sie abgesehen, was?«, fragte Jimmy. »Wissen Sie, was komisch daran ist?«

»Abgesehen davon, dass es eine Frechheit sondergleichen ist? Nein.«

»Unser allseits beliebter Blair hatte Dolan einen Besuch abgestattet, obwohl es eigentlich nicht sein Fall ist. War ja alles klar. Dolan hatte die anderen Einbrüche in Carrask schon gestanden. War lammfromm. Dann kommt Blair mit einem fetten Grinsen auf seiner hässlichen Fratze zurück … und schwups will Dolan einen Anwalt und Anzeige gehen einen Hamish Macbeth erstatten.«

»Der Mistkerl!«

»Ja, und hier sind Sie.«

»Wo ist Dolan jetzt?«

»In U-Haft hier im Knast und wartet auf seinen Prozess.«

Missmutig aß Hamish Eier und Pommes, bevor er nach unten ging, sich Jimmys Schreibtisch lieh und den zweiten Bericht über Dolans Verhaftung schrieb. Seine Gedanken schweiften zu Priscilla ab. Er fühlte sich allein und wollte sich seinen Kummer von der Seele reden. Doch ehe er nach Lochdubh zurückfuhr, könnte er kurz bei den Maklern vorbeisehen.

Cummings and Bane waren dieselben Makler, bei denen er mit Priscilla gewesen war. Diesmal verriet er dem jungen

Mann, wer er war, und fragte nach dem Verkauf von Peters Haus.

»Ja, da ist alles in Ordnung«, sagte der Makler. »Mr. Hynd hat uns persönlich beauftragt. Wir glauben, dass wir schon einen Käufer haben. Ich kann Ihnen die Namen der Anwälte in Inverness sagen.«

»Die habe ich«, antwortete Hamish frustriert. Das war es dann. Kein Rätsel.

Er fuhr zurück nach Lochdubh und dort direkt nach Tommel Castle. Sein Ärger auf Priscilla war vergessen, kehrte jedoch gleich zurück, als sie ihm kühl und distanziert begegnete. Trotzdem musste er mit jemandem reden. Als Erstes erzählte er ihr, wie seine Nachforschungen in Drim unterbrochen worden waren.

Sie hörte sich aufmerksam die Geschichte von Dolan und Miss Tabbet an. Als er fertig war, fragte sie: »Soll ich mal mit Susan Daviot reden?«

»Das würde nichts nützen. Sie kann nichts tun. Dolan hat sich beschwert, sich einen Anwalt genommen, und das Ganze wird zu einer Untersuchung führen. Wahrscheinlich werde ich suspendiert. Ich habe viele Leute in Strathbane gegen mich aufgebracht.«

»Ich werde mal sehen, was ich tun kann.«

»Ach, was sollst du denn schon tun können?«, herrschte Hamish sie an. Plötzlich stieß ihn ihre Distanziertheit ab.

Priscilla blickte ihm traurig nach. Die ganze Situation war so schrecklich verfahren! Warum hatte sie nicht auf der Wache auf ihn gewartet? Aber sie wollte sich diese Frage nicht beantworten, deshalb konzentrierte sie sich wieder auf Hamishs Geschichte.

Sie ging ins Büro und rief Susan Daviot an. »Hamish steckt in Schwierigkeiten, und das nur wegen dieses Idioten Dolan«, sagte sie.

Mrs. Daviot klang weniger warmherzig als sonst. »Mir scheint, dass Hamish zu weit gegangen ist, Priscilla. Jetzt macht Dolans Schwester auch Ärger und droht, noch vor der Untersuchung mit der Presse zu reden.«

»Wie heißt sie?«

»Bridget Dolan.«

»Und wo wohnt sie?«

»Das sind vertrauliche Informationen.«

»Du liebe Güte, sind wir nicht ein bisschen albern, Susan?«, fragte Priscilla sehr überheblich.

»Ich darf Ihnen keine vertraulichen Informationen geben. Wie dem auch sei, wann treffen wir uns mal wieder zum Plaudern?«

»Ich werde in nächster Zeit zu beschäftigt sein, Susan.«

Susan Daviot sah ihre gesellschaftlichen Aufstiegschancen verpuffen.

»Wenn ich es mir recht überlege, habe ich gehört, dass diese Dolan in Nummer vierzig, Winnie Mandela Court, wohnt.«

»Danke, Susan. Mir fällt eben ein, dass es nächsten Dienstag etwas ruhiger sein müsste, falls Sie zum Tee kommen möchten.«

Mrs. Daviot sprach ein stummes Dankgebet zu jenem

Gott, der auf die sozialen Aufsteiger achtete. »Danke, Priscilla, meine Liebe.«

Priscilla legte grinsend auf. Sie fuhr nach Carrask, parkte vor dem Haus der Lehrerin und wartete geduldig. Schließlich sah sie eine Frau, bei der es sich nur um Miss Tabbet handeln konnte, und stieg aus dem Wagen. »Miss Tabbet?«

Die Frau drehte sich um und musterte die elegante Erscheinung vor sich wohlwollend. »Was kann ich für Sie tun, Miss …?«

»Churchill. Ich arbeite für den *Daily Bugle.*«

Miss Tabbets Lächeln schwand, denn der *Daily Bugle* war eines der schlimmsten Revolverblätter Großbritanniens. »Und was wollen Sie von mir?«, fragte sie.

»Sie haben bei der Polizei in Strathbane Beschwerde gegen einen Police Sergeant eingereicht, Hamish Macbeth. Laut Ihrer Aussage war er in Ihr Schlafzimmer gekommen.«

»Ja, aber …«

»Das ist ein super Stoff«, sagte Priscilla munter. *»Schulmeisterin lockt Polizisten in ihr Schlafzimmer.«*

»Aber er ist in mein Zimmer gestürmt, als ich geschlafen habe!«

»Der sexy Bulle? Noch besser!«

»Das ist furchtbar!«, empörte sich Miss Tabbet. »Ich will meinen Namen nicht in der Zeitung sehen. Ich bin immer eine ehrbare Frau gewesen. Sie ruinieren Menschen. Ich werde das nicht dulden!«

»Solange Sie eine offizielle Beschwerde eingereicht haben … Ach, lassen Sie uns lieber reingehen. Mein Fotograf wird jeden Moment hier sein, und ich will vor der Meute alles im Kasten haben.«

»Der Meute?!«

»Ja, die kommen garantiert alle noch. Vielleicht möchten Sie sich schnell das Haar machen und einen kürzeren Rock anziehen.«

»Ich nehme meine Beschwerde zurück!«, rief Miss Tabbet.

»Aber das heißt, dass es keine Story gibt«, entgegnete Priscilla.

»Ja, und ich mache es jetzt sofort. Gehen Sie mir aus dem Weg!«

Priscilla beobachtete amüsiert, wie die verängstigte Lehrerin zur Garage neben dem Bungalow eilte. Eine Minute später fuhr ein alter Rover rückwärts heraus, die geduckte Miss Tabbet hinter dem Lenkrad. Sie wendete und verschwand in Richtung Strathbane.

Als sie außer Sicht war, folgte Priscilla ihr gelassen.

In Strathbane holte sie eine Mappe mit Karten hervor und zog den Stadtplan von Strathbane heraus. Sie fand Winnie Mandela Court und fuhr hin. Das Haus entpuppte sich als einer dieser bedrückenden Hochhausklötze, in denen die nach Urin stinkenden Aufzüge außer Betrieb und die Wände mit Graffiti übersät waren.

Priscilla stieg die Treppe hinauf. Auf dem ersten Absatz versperrte ihr eine Gruppe Skinheads den Weg. »Ich komme vom Sozialamt«, sagte Priscilla frostig, »und überprüfe die Sozialhilfeansprüche.«

Sie wichen zurück und ließen sie durch. Hätte sie gesagt, sie sei Polizistin, wäre sie vermutlich zusammengeschlagen worden.

Schließlich erreichte sie Nummer vierzig auf einem vermüllten Laubengang mit Blick auf den düsteren Hafen.

Es öffnete eine massige Frau mit blond gefärbtem Haar und so vielen geplatzten Gefäßen im Gesicht, dass es wie eine topografische Karte aussah. »Was wollen Sie?«, fragte sie und musterte Priscilla mit den für eine Trinkerin typischen wässrigen Augen.

»Ich bin vom *Daily Bugle*«, antwortete Priscilla. »Wir würden gern die Geschichte Ihres Bruders über Polizeibrutalität kaufen.«

»Kommen Sie rein«, meinte Bridget eifrig. »Ich hatte schon bei euch angerufen, aber da habt ihr gesagt, interessiert euch nicht.«

»Da war jemand Neues am Telefon.« Priscilla wurde in ein unvorstellbar schmutziges und schäbiges Wohnzimmer geführt. Sie setzte sich lieber auf einen Stuhl, nachdem sie die Flecken auf den Polstermöbeln gesehen hatte.

»Ich erzähle Ihnen alles, was ich weiß«, sagte Bridget.

»Meine Zeitung ist bereit, eine große Summe zu zahlen, aber ich muss Ihren Bruder persönlich sehen. Haben Sie zufällig einen Besucherausweis für das Gefängnis?«

Bridgets Augen blitzten. »Ja, für morgen früh – zehn Uhr.«

Priscilla öffnete ihre Handtasche und zog zwei Zwanziger aus der Geldbörse. »Nur ein Abschlag.« Bridget schnappte sich die Scheine und steckte sie in ihr ausladendes Dekolleté. Dann ging sie zu ihrer zerschlissenen Tasche auf einer heruntergekommenen Anrichte und holte eine Ausweiskarte heraus. »Wie viel zahlt der *Bugle?*«, fragte sie. »Mehrere Tausend?«

»Das liegt beim Herausgeber.« Nachdem sie alle Angebote von Tee, Bier und Gin abgelehnt hatte, verabschiedete sich Priscilla. Sie fuhr zum Parkhaus ins Stadtzentrum und entschied, bei dem Makler reinzuschauen, Cummings and Bane, nur um zu sehen, ob noch mehr Häuser auf dem Markt waren. Zwar wollte sie Hamish nicht mehr drängen, nach Strathbane zu ziehen, aber vielleicht gab es etwas zwischen Lochdubh und hier.

Der junge Mann sprang auf, um sie zu begrüßen, hoffnungsfroh wie eh und je. Er holte Ordner von Häusern, und Priscilla setzte sich hin, um sie durchzugehen. Sie kam zu Peter Hynds Cottage und sah es sich neugierig an. Dann tippte sie auf die Unterlagen. »Ich habe Mr. Hynd gekannt. Haben Sie eine Ahnung, warum er weggezogen ist?«

»Oh, ich glaube, das habe ich nicht gefragt«, antwortete der junge Mann. »Sie wissen ja, wie das ist. Die Engländer kommen und gehen. Sind Sie interessiert, Miss Halburton-Smythe?«

»Nicht in Drim, nein. Ein außergewöhnlich schöner junger Mann, dieser Mr. Hynd.« Priscilla öffnete eine andere Mappe.

»Das kann ich nicht beurteilen.«

Priscilla blickte auf. »Aber Sie haben ihn doch gesehen!«

»Ja, nur hatte er eine schreckliche Erkältung, der arme Mann. Seine Stimme war kratzig, und er hatte einen Schal vor dem Gesicht, um uns vor den Keimen zu schützen, wie er meinte.«

»Und die Haarfarbe?«

»An die erinnere ich mich nicht. Tracey, erinnerst du dich an diesen jungen Mr. Hynd, den mit der Immobilie drüben in Drim?«

»Der mit der Erkältung?«

»Ja, der. Was für eine Haarfarbe hatte er?«

»Hell, glaube ich. Er hatte einen von diesen Deerstalker-Hüten auf, wie Sherlock Holmes.«

Priscilla nahm sich vor, diese Information an Hamish weiterzugeben. Sie sah sich noch einige Ordner an, hatte aber das Gefühl, keines dieser Häuser würde Hamish gefallen. Sie bedankte sich und ging. Da sie noch nicht zurückwollte, entschied sie, sich eine Zahnbürste und Wechselwäsche zu kaufen und im *Highlander* zu übernachten, dem besten Hotel in Strathbane. Es wäre angenehm, zur Abwechslung mal in einem Hotel zu schlafen, das jemand anders gehörte.

Kurz vor zehn Uhr am nächsten Morgen stellte Priscilla sich in die Schlange der deprimierten und deprimierenden Besucherinnen vor dem Gefängnis. Einige der Frauen versuchten, sie in ein Gespräch zu verwickeln, doch sie reagierte nicht, weil sie keine Lust mehr hatte, sich Geschichten auszudenken. Und so wartete sie stumm, bis sie unter einem Chor von Beschimpfungen wie »Eingebildete Kuh« oder »Blöde Schnepfe« endlich ins Innere des Gefängnisses gelangte.

Dolan erschien hinter der Glaswand und starrte die bildschöne Priscilla verblüfft an. »Die haben gesagt, dass meine Schwester hier ist!«

»Hören Sie mir sehr gut zu«, erwiderte sie und beugte sich vor. »Ich bin Hamish Macbeths Verlobte und gekommen, um Ihnen Folgendes zu sagen: Sollten Sie Ihre Beschwerde gegen ihn nicht zurückziehen, werde ich mal mit dem Sheriff sprechen. Er ist ein guter Freund von mir und wird dafür sorgen, dass Sie für lange Zeit in Inverness einsitzen. In dem Gefängnis dort hat Hamish viele Freunde unter den Wärtern. Und nicht nur das, denn ich habe reichlich Beziehungen und werde Sie jagen, im Gefängnis wie außerhalb. Auch wenn es heißt, dass ich die Wildhüter mit ihren Gewehren auf Sie ansetze.«

»Warten Sie, bis ich den Bullen von Ihnen erzähle«, höhnte Dolan. »Noch mehr Drohungen!«

»Und wem werden die glauben, was meinen Sie?«, fragte sie spöttisch. »Mir oder Ihnen? Nur zu. Ich werde beweisen, dass Sie ein Lügner sind. Ich will Sie bluten sehen, Dolan.«

Er betrachtete ihr schönes, makelloses Gesicht und krümmte sich innerlich. Er glaubte ihr jedes Wort. Wie so viele Kriminelle war auch er überzeugt, dass seine zahlreichen Gefängnisaufenthalte der gesellschaftlichen Ungerechtigkeit geschuldet waren. »Die« hatten es schon seit seiner Geburt auf ihn abgesehen, wobei »die« für ihn das Establishment waren. Er war sicher, dass diese schöne eingebildete Ziege dem Sheriff sonst was einreden konnte.

»Und wenn ich meine Beschwerde zurückziehe, legen Sie dann ein gutes Wort beim Sheriff für mich ein?«, fragte Dolan.

»Natürlich.«

»Ach, na ja, mal sehen«, brummte er.

»Tun Sie es«, sagte Priscilla kalt.

Später an dem Tag erhielt der überraschte Hamish Macbeth einen Anruf von Jimmy Anderson, der ihm mitteilte, dass nicht nur Miss Tabbet ihre Beschwerde über ihn zurückgezogen hatte – von ihrer Forderung einer neuen Bratpfanne ganz zu schweigen –, sondern Dolan ebenfalls.

»Dem Himmel sei Dank«, sagte Hamish. »Was mag über die gekommen sein?«

»Ja, es ist ein großartiger Tag für Sie, Hamish, denn als Dolan gefragt wurde, was ihn überhaupt veranlasst habe, die Beschwerde einzureichen, hat er gesagt, Blair habe ihn überredet. Worauf der umgehend zum Chef zitiert wurde.«

Hamish fuhr nach Tommel Castle, um Priscilla alles zu erzählen, die gleichzeitig mit ihm dort eintraf.

Nachdem er ihr seine Neuigkeiten berichtet hatte, erfuhr er staunend, dass er ihr sein Glück verdankte. Voller Bewunderung konstatierte er: »Du wirst mir immer ähnlicher.«

»Ja, ich entwickle mich zu einer guten Lügnerin«, stimmte Priscilla ihm zu. »Als Nächstes wildere ich den Lachs meines Vaters. Aber da ist noch etwas anderes.« Sie erzählte ihm von dem mysteriösen Peter Hynd, der vollständig verhüllt im Maklerbüro aufgetaucht war.

Hamishs braune Augen leuchteten. »Dann fahre ich lieber mal nach Inverness zu diesen Anwälten. Wie war noch gleich der Name? Ach ja, Brand and MacDougal, Castle Wynd. Die besuche ich morgen.« Unterdessen hatten sie das Hotel betreten. »Möchtest du mitkommen?«

»Würde ich sehr gern, aber morgen kommt eine neue Gästegruppe an.«

»Dann berichte ich dir hinterher. Hast du heute Abend zum Dinner frei?«

Ihre Miene wurde verschlossen. »Ich muss mit Mr. Johnson die Bücher durchgehen. Wenn wir schnell genug fertig sind, komme ich später zu dir.«

Mit einiger Mühe verbarg Hamish seine Enttäuschung. Sie hatte glänzende Arbeit geleistet und ihn vom Haken geholt, was diese Beschwerden anging, und er unterdrückte das Gefühl, dass er mit Freuden vor einen Untersuchungsausschuss treten würde, bekäme er im Gegenzug eine warmherzigere, weniger effiziente Verlobte.

Den Tag über schwoll Sophys Wange bedenklich an. Abends beklagte sie sich lauthals über die Schmerzen, worauf Priscilla widerwillig zustimmte, Sophy den nächsten Tag freizugeben, damit sie zum Zahnarzt gehen konnte.

Und so fuhr eine fröhliche Sophy am nächsten Morgen nach Inverness. Unterwegs hielt sie nur kurz, um den Wachsklumpen aus ihrer Wange zu nehmen und ihn in die Heide zu werfen.

Kapitel 6

Er gab diesem wunderlichen, primitiven Gefühl nach,
das einen Mann nach zwanzig Jahren Ehe packen kann,
wenn er über den Tisch in das Gesicht seiner Gemahlin blickt
und weiß, er würde dieselben Züge weiterhin sehen,
bis zum Tage ihres Todes oder seines eigenen.
RUDYARD KIPLING

Hamish traf schlecht gelaunt in Inverness ein. Priscilla war am vergangenen Abend nicht mehr gekommen, und er war zu stolz gewesen, sie anzurufen. »Eine schöne Freundin ist sie«, murmelte er vor sich hin. Er vergaß, dass Freunde eine Sache waren, Menschen, zu denen man eine tiefe emotionale Bindung hatte, eine andere. Eine Freundin hätte er einfach angerufen und gefragt: »Wo zur Hölle bleibst du?«

Die herbstliche Kühle machte die Luft in Inverness rau. Hamish parkte am Bahnhof und ging von dort zu Fuß zur Castle Wynd. Wie üblich wimmelte es in Inverness von

Leuten, die zum Einkaufen herkamen. Möwen segelten über den vollen Gehwegen.

Hamish entdeckte das Messingschild der Kanzlei und stieg eine ausgetretene Steintreppe mit gusseisernem Geländer hinauf. Aus dem Handlauf ragten Messingspitzen, die allzu glückliche Mandanten wohl davon abhalten sollten, schwungvoll nach unten zu rutschen.

Oben betrat er ein stilles, viktorianisches Büro. Trübes Licht drang durch die schmutzigen Fensterscheiben. An einem großen Holzschreibtisch saß eine müde aussehende junge Frau, die irgendwas mit ihren Fingernägeln anstellte.

»Polizei«, sagte Hamish. »Ich möchte einen der Anwälte sprechen.«

Sie stand auf, ging zu einer Eichentür, klopfte an und öffnete sie weit genug, um den Kopf hineinzustecken. »Die Polizei für Sie, Mr. Brand.« Es folgte eine gemurmelte Antwort, dann nickte sie Hamish zu. »Sie möchten bitte eintreten.«

Hamish stellte fest, dass es dieser Tage die Anwälte waren, nicht die Polizisten, die immer jünger wurden. Mr. Brand war ein schlanker junger Mann mit dichtem, welligem Haar und einem klugen Gesicht.

Er hatte einen Collie-Welpen auf dem Schoß. Als Hamish hereinkam, stand er auf und setzte den Hund in einen Korb in der Ecke. »Ein wunderbarer kleiner Kerl«, sagte der Anwalt. »Also, wie kann ich Ihnen helfen, Sergeant?«

Hamish erklärte es ihm und fragte, ob Peter Hynd die Papiere unterschrieben habe. »Ja, ein sehr netter Mann.

Wie ich vom Makler hörte, könnte es schon einen Käufer geben. Erstaunlich, bedenkt man, dass hier Burgen und Herrenhäuser zu Spottpreisen angeboten werden, und dann kommt ein halb verfallenes Cottage mit unfertigen Abwasseranschlüssen auf den Markt, und jemand greift sofort zu.«

»Wie sah er aus, dieser Peter Hynd?«, fragte Hamish.

»Sehr gut. Helles Haar, Engländer, Oberschicht. Warum die Fragen?«

»Ich halte es nicht für ausgeschlossen, dass sich jemand für ihn ausgegeben hat.« Doch der Beschreibung nach wüsste Hamish nicht, wer das gewesen sein könnte. Weder Jock Kennedy noch Harry Baxter konnte man für hellhaarig, englisch oder der Oberschicht angehörig halten – das gab selbst die wildeste Fantasie nicht her.

»Das glaube ich nicht. Ich meine, der Kaufpreis würde ja an seine Londoner Bank überwiesen, die City and London Bank in der New Bond Street. Wie kommen Sie darauf, dass sich jemand für ihn ausgegeben haben könnte?«

»Er hatte sich in dem Dorf Drim sehr unbeliebt gemacht, dann ist er verschwunden, aber niemand hat gesehen, wie er weggefahren ist. Er hatte eine Nachricht bei Jock Kennedy im Dorfladen hinterlassen, mit dem er sich vorher geprügelt hatte. Der Pfarrer wäre eine glaubwürdigere Wahl gewesen. Doch wenn er die Papiere unterschrieben hat, wie Sie sagen …«

»Nun, das können wir leicht überprüfen. Wir faxen seine Unterschrift an die Bank und bitten um Bestätigung.« Mr.

Brand nahm eine Akte hervor und holte die Papiere heraus. »Hier ist seine Unterschrift … da und da. Ich sage Jenny, dass sie das Blatt mit einem kurzen Anschreiben an die Bank faxen soll. Wie wäre es mit einem Drink? Ich muss ohnehin mit dem Hund raus.«

Jenny wurde entsprechend instruiert, und sie gingen zu einer Bar in der Castle Wynd, wo sie einen Whisky tranken und angeregt über unterschiedliche Fälle sprachen.

»Gehen wir zurück«, sagte Mr. Brand schließlich. »Inzwischen sollten wir eine Antwort haben.«

Sie kehrten ins Büro zurück, wo ihnen die wortkarge Jenny ein Fax von der Bank hinhielt, mit dem die Echtheit der Unterschrift bestätigt wurde. Hamish hatte das Gefühl, dass er erleichtert sein sollte, weil Peter Hynd offensichtlich gesund und munter war. Stattdessen war er merkwürdig enttäuscht. Er verließ die Kanzlei und stand unschlüssig auf der Straße.

»Hallo!« Vor ihm tauchte Sophy Bisset auf. Sie lächelte strahlend.

»Was machen Sie denn in Inverness?«, fragte Hamish.

»Ich musste zum Zahnarzt, weil ich schreckliche Zahnschmerzen hatte. Und Sie?«

Hamish erinnerte sich, dass er Priscilla in der Empfangshalle des Hotels gesagt hatte, er wolle nach Inverness. Sophy hatte vom Empfangstresen aus jedes Wort gehört. Doch er antwortete bloß, dass er in einer gewissen Angelegenheit ermittle.

»Ich habe gedacht, ich gönne mir einen schönen Tag,

esse einen Happen und gehe ins Kino«, sagte Sophy. »Haben Sie Lust mitzukommen?«

Hamish zögerte. Er hatte in Strathbane nicht Bescheid gegeben, dass er nach Inverness wollte. Andererseits wurde er so gut wie nie angefunkt und hatte den Anrufbeantworter auf der Wache eingeschaltet.

Plötzlich war er die Situation mit Priscilla leid. »Na gut«, antwortete er.

Sie aßen in einem Selbstbedienungsrestaurant zu Mittag und gingen anschließend in ein kleines Kino. Der Film, *Blut und Begierde*, war brutal und pornografisch. Nichts gibt einem Mann so überzeugend das Gefühl, Enthaltsamkeit wäre eine prima Idee, wie ein sehr pornografischer Film, fand Hamish. Wer, abgesehen von Perverslingen, wollte denn anderen Leuten beim Geschlechtsverkehr zusehen? Diesen Gedanken sprach er laut aus, worauf Sophy vor Lachen prustete und sagte, er stecke noch im Mittelalter fest. Aber Hamish war erschöpft und kam sich schmutzig vor. Wie sich herausstellte, war Sophy mit Bus und Bahn nach Inverness gekommen, also bot er ihr höflich an, mit ihm zurückzufahren, obwohl er gern allein gewesen wäre.

Als er aus Inverness hinausfuhr, schaltete er den Polizeifunk ein. Die knisternden Stimmen erinnerten ihn daran, dass er eigentlich niemanden im Dienstwagen mitnehmen sollte. Dann hörte er seinen Namen. Eine strenge Stimme wies ihn an, nach Drim zu fahren, wo ein Todesfall gemeldet worden war.

Fluchend schaltete er die Sirene ein, raste in Richtung Struie Pass und durch die Haarnadelkurven hinunter nach Sutherland. In Bonar Bridge sah er den Überlandbus, der auch nach Lochdubh fuhr, und hielt schlitternd an. »Sie müssen den Bus dort nehmen, Sophy«, sagte er. »Ich stecke sowieso schon in Schwierigkeiten.«

Wieder küsste sie ihn auf die Wange, und Hamish bemerkte, dass ihn aus dem Busfenster die Currie-Schwestern neugierig beäugten.

Dann bog er auf die Straße ein, die über die Hügel nach Drim führte.

Oh, Todesdorf, dachte er, als er unten die Dorfbewohner am schwarzen Loch versammelt sah, zusammen mit den Forensikern in ihren weißen Anzügen. Alles war vom Blinken der Streifenwagenlichter erhellt.

»Wo waren Sie denn, verdammt noch mal?«, fragte Blair, als Hamish auf ihn zuging. Hamish erklärte ihm kurz, was mit Peter Hynd gewesen war.

»Sie dürfen nicht einfach Ihren Posten verlassen, ohne uns Bescheid zu geben!«, schimpfte Blair. »Fangen Sie an, diese Dorftrottel zu fragen, ob sie irgendwas wissen.«

Hamish kehrte ihm den Rücken zu und wandte sich an Blairs Laufburschen, Jimmy Anderson: »Wer ist tot?«

»Betty Baxter.«

»Wo ist das Kind, die kleine Heather?«

»Im Pfarrhaus. Die kümmern sich um sie. Mrs. Baxter wurde bäuchlings neben dem Loch gefunden, hinter dem Felsen da. Es könnte ein Unfall gewesen sein. Wie es aussieht, ist sie gestolpert und so hart aufgeschlagen, dass sie sich das Genick gebrochen hat.«

Hamish schritt auf die Stelle zu. Das Zelt, das die Leiche schützen sollte, war wieder abgebaut worden. Der Pathologe zog gerade seine Handschuhe aus und packte seine Tasche. Ein Polizeifotograf machte Aufnahmen von der Leiche.

Betty Baxter lag in einer unglücklichen Pose da und wirkte klein, was bei Toten leicht vorkam. Hamish fiel auf, dass ihr Haar frisch blondiert war und sie diese lächerlich hohen Schuhe trug.

»Unfall?«, fragte er den Pathologen.

Der schüttelte langsam den Kopf. »Ich werde mehr wissen, wenn ich die Leiche auf dem Tisch habe.« Er beugte sich über sie. »Aber sehen Sie dies hier? Ein riesiger Bluterguss auf der Stirn. Auf den ersten Blick scheint sie in ihren verrückt hohen Schuhen gestolpert und hart aufgeschlagen zu sein. Sie ist eine schwere Frau. Aber hier hinten im Nacken ist ein beachtliches Hämatom. Jemand hat sie von hinten niedergeschlagen, mit einem Totschläger oder einem Bleirohr.«

»Ein Mann?«

»Mit der richtigen Waffe könnte es auch eine Frau getan haben.«

Hamish ging zurück zu Jimmy Anderson. »Keine Hinweise?«

»Bisher nicht. Und von dem Kies da am Strand kann man keine Fußabdrücke nehmen.«

»Was ist mit dem Ehemann, Harry?«

»Wir haben noch keinen Todeszeitpunkt. Aber er war die ganze Nacht draußen zum Fischen. Und heute Morgen, als sie vermutlich gestorben ist, war Harry in der Bar in Lochdubh, wo er von zig ihrer Nachbarn gesehen wurde. Blair will die Befragungen im Gemeindesaal vornehmen. Was wissen Sie über die Situation hier?«

Rasch erzählte Hamish ihm von seinem allem Anschein nach unbegründeten Verdacht, was den verschwundenen Peter Hynd betraf.

»Na, der kann kein Verdächtiger sein«, sagte Anderson, »denn von dem wurde nichts mehr gesehen, seit er diese Nachricht bei Jock hinterlassen hat.«

»Woher wissen Sie von der Nachricht?«

»Ich habe rumgefragt, ob es irgendwelchen Ärger im Dorf gegeben hat, und ein Typ hat mir erzählt, dass dieser Hynd und Jock sich geprügelt hatten.« Blair rief nach Anderson.

Beide Männer, gefolgt von Blairs zweitem Untergebenen, MacNab, sowie mehreren Polizisten, gingen zum Gemeindesaal.

Hamish wanderte von dort weiter zum Pfarrhaus.

Annie Duncan öffnete ihm. »Ich will nicht, dass Heather belästigt wird«, sagte sie rasch.

»Nur ganz kurz«, erwiderte Hamish. »Wo ist Harry?«

»Ich glaube, ihr Vater ist zu Hause. Kann es nicht einen Tag warten? Ich glaube nicht, dass Heather dem gewachsen ist.«

Das Mädchen erschien neben Annie. »Ich rede mit Mr. Macbeth«, sagte sie.

Zögerlich trat Annie zurück, und Hamish folgte den beiden in die Küche. Dort setzte Heather sich an den Tisch. Hamish nahm ihr gegenüber Platz.

Annie blieb hinter Heather stehen und legte ihr die Hände auf die Schultern.

»Weißt du, wann deine Mutter weggegangen ist?«, fragte Hamish.

»Ich bin um sieben aufgestanden«, antwortete Heather. »Sie hatte mir einen Zettel auf den Küchentisch gelegt, dass sie ausgegangen ist und ich mich für die Schule fertigmachen soll.«

»Hast du den Zettel noch?«

»Nein, den habe ich weggeworfen.«

»Fällt dir ein Grund ein, warum sie ausgehen wollte?«

Heather betrachtete ihn aufmerksam mit ihren grauen Augen. »Gestern Morgen hat sie einen Anruf bekommen. Ich habe nicht gehört, was sie gesagt hat, aber danach ist sie gleich zur Friseurin. Für meinen Dad geht sie da nie hin.«

Für einen Moment war es beinahe, als wäre Peter Hynd mit ihnen in der Küche und schaute amüsiert drein.

»Hast du das den anderen Polizisten erzählt?«

»Dieser große, fette Eklige ist gekommen und wollte mich Sachen fragen. Ich mag ihn nicht, deshalb habe ich ihm nichts gesagt.« Heather stand vom Tisch auf. »Danke, Mrs. Duncan. Ich gehe jetzt nach Hause.«

Annie sah unglücklich aus. »Aber du musst hierbleiben.

Mein Mann ist bald zurück, und er wird mit dir reden wollen.«

Auf einmal wirkte Heather um vieles älter. »Um zu beten? Es gibt keinen Gott. Mr. Macbeth, kommen Sie mit mir?«

»Ja«, antwortete Hamish und sah Annie an. »Ich denke, sie wird herausfinden, was das Beste für sie ist.«

»Mein Dad braucht mich jetzt«, erklärte Heather. »Ich hole meine Sachen.«

»Sie steht unter Schock«, wandte Annie besorgt ein. »Würde sie doch bloß weinen, damit sie es hinter sich bringen kann. Ich komme mir so hilflos vor.«

»Ich werde ein Auge auf sie haben«, versprach Hamish. »Ob das wohl Peter Hynd am Telefon war? Hatte Betty sich noch mal chic gemacht, seit er weg ist?«

»Nein. Wie die anderen Frauen hat auch sie sich wieder gehen lassen. Aber Mr. Hynd, Peter, war – ist – ein sehr kultivierter junger Mann, und obwohl er es lustig fand, mit den Frauen hier im Dorf zu flirten, hätte er sich wohl kaum von sonst wo wieder hergeschlichen, um Betty Baxter zu treffen. Noch weniger würde er sie umbringen.«

»Was macht Sie so sicher?«

»Er war zu unbekümmert.«

»Und was glauben Sie, wer es war?«

»Ist es nicht normalerweise der Ehemann?«

»Harry Baxter hat angeblich ein wasserdichtes Alibi für die Tatzeit.«

Sie zuckte mit den Schultern. »Es könnte ein schrecklicher Unfall gewesen sein. Hier im Dorf sind die Gefühle hochgekocht, aber Mord? Wahrscheinlich irgendein verrückter Wanderer, der zufällig auf sie gestoßen ist.«

»Und der Anruf?«

»Ich wäre vorsichtig bei allem, was Heather jetzt gerade sagt. Sie steht unter Schock.«

In diesem Moment kam die Kleine mit einer Tasche über der Schulter herein.

Sie und Hamish verabschiedeten sich von der Pfarrersfrau und wanderten am Loch vorbei, der still und dunkel dalag. Dann nahmen sie eine Abkürzung den Hügel hinauf, wobei sie beide vermieden, zum Ufer zu schauen, wo die weißen Anzüge der Forensiker im Zwielicht leuchteten.

»Die Tage werden kürzer«, bemerkte Hamish. »Plötzlich scheint es sehr dunkel zu werden.«

»This ae nighte, this ae nighte / Every nighte and alle / Fire and fleet and candle-lighte / And Christe receive thy saule.«

Dieser alte Trauergesang, die *Lyke-Wake Dirge*, vorgetragen in ihrer Kinderstimme, bescherte Hamish eine Gänsehaut. »Liest du viel?«, fragte er.

»Immer«, antwortete Heather. »Bücher sind besser als Menschen.«

»Und was hast du in letzter Zeit gelesen?«

»Diesen Sommer lese ich alle Romane von Walter Scott.«

Hamish war erstaunt, dass heutzutage überhaupt jemand die Romane von Walter Scott las. »Dann sehe ich mal, ob ich dir morgen einige Bücher bringen kann.«

Vor Harry Baxters Haus stand ein Polizist.

»Ist Harry zu Hause?«, erkundigte sich Hamish.

»Ja, der ist drinnen. Blair kommt später, um mit ihm zu reden.«

Hamish und Heather gingen hinein. Harry saß am Küchentisch, das Gesicht grau und ein Glas Whisky vor sich.

»So geht das nicht, Dad«, erklärte Heather und ließ ihre Tasche auf den Boden fallen. »Du brauchst was zu essen und gezuckerten Tee.« Sie nahm das Whiskyglas und schüttete den Inhalt ins Spülbecken.

Hamish setzte sich neben Harry. »Eine schlimme Sache«, sagte er.

Harry schüttelte träge den Kopf. »Wer macht denn so was?«

»Sie müssen sich für Heather zusammenreißen«, erinnerte Hamish ihn.

»Ich komme klar, solange Sie mir diesen Mistkerl Blair vom Hals halten«, erwiderte Harry mürrisch.

Das Mädchen hatte eine Pfanne auf den Herd gestellt und briet Bacon und Eier.

Es klopfte an der Tür. »Ich gehe schon«, sagte Heather rasch.

Dann hörten sie Blairs dröhnende Stimme. »Ich will mit deinem Vater reden.«

»Gehen Sie weg!«, konterte Heather. »Hier wird getrauert, und Sie belästigen und quälen ein armes Kind!«

»Ach, komm schon, ich will nur zu deinem Dad.«

»Wie ich sehe, sind die Herren von der Presse da«, ertönte Heathers Stimme. »Und ich gehe denen erzählen, wie Sie eine Zwölfjährige schikanieren!«

»Na gut, ich komme wieder.« Blair klang wütend. »Hamish Macbeth ist da drinnen.«

»Mr. Macbeth ist ein Freund.« Dann knallte die Haustür zu. Heather kehrte an den Herd zurück und wendete die Eier.

»Ich gehe wohl lieber, Harry. Am besten holen Sie sich eine der Frauen, damit sie Ihnen mit Ihrer Tochter hilft.«

»Ich brauche keinen«, entgegnete Heather. »Dad und ich wollen in Ruhe gelassen werden.«

Hamish ging. Er war ratlos. Ein Kind wie Heather war ihm noch nie begegnet. Er fragte sich, ob Priscilla aus ihr schlau würde.

Und anstatt in den Gemeindesaal zu gehen und die Dörfler selbst zu befragen, entschied er, mit der Friseurin anzufangen, Alice MacQueen, und herauszufinden, ob Betty irgendwas gesagt hatte.

Alice MacQueen hatte bereits eine Befragung durch Blair über sich ergehen lassen müssen, und es dauerte eine ganze Weile, bis Hamish sie wieder beruhigt hatte. Sie war eine verblasste Frau mit verkniffenen Zügen. Ihr dunkelbraunes Haar trug sie im selben aufgeplusterten Lockenstil, den sie auch ihren Kundinnen aufzwang, und hatte alles silbern gesträhnt. Ihr »Salon« war ihr Wohnzimmer, in dem es nach Chemikalien und warmem Haar roch.

»Was ich gern von Ihnen erfahren würde, da Sie offensichtlich eine sehr sensible und aufmerksame Frau sind:

Hat Betty Baxter irgendwie anders als sonst gewirkt, als sie sich das Haar machen ließ?«

»Na ja, sie hat viel geredet, doch das hat sie immer.« Alice runzelte die Stirn. »Sie sah aber schon irgendwie … sehr mit sich zufrieden aus. Als hätte sie ein tolles Geheimnis. Vielleicht hat sie wieder einen Kerl gefunden.«

»Nicht Peter Hynd?«

Sie schnaubte. »Der? Der ist längst weg. Und sowieso hat er sich nicht für Betty interessiert. Die ist wie eine blöde Gans hinter dem hergelaufen.«

Hamish stellte noch mehr Fragen, ehe er es aufgab. Das einzig Tröstliche an dieser Mordermittlung war, dass sie Peter Hynd finden würden. Obwohl er das Dorf verlassen hatte, würde die Polizei ihn fragen wollen, ob er eine Ahnung habe, wer Betty ermordet haben könnte.

Er wollte zu Jimmy Macleod gehen, als Jimmy Anderson angelaufen kam. »Wie es aussieht, war es doch ein Unfall«, japste er.

»Was? Und was ist mit dem Hämatom in ihrem Nacken?«

»Das hat Blair gerade aus ihrem Mann rausgekriegt. Diese kleine Heather hat Blair erzählt, dass ihr Vater was zu sagen hat. Wie es aussieht, hat Harry Betty gestern eine mit einem halb gefrorenen Dorsch verpasst, als er gesehen hat, dass sie sich wieder hat blondieren lassen.«

»Und wie hat sie sich das Genick gebrochen?«

»Das war ein tragischer Unfall. Sie ist unglücklich auf dem Felsen aufgeschlagen. Ihr Arm ist auch gebrochen.

Der Pathologe hat sie noch mal untersucht, bevor sie die Leiche weggebracht haben.«

»Ist er auch weg? Ich würde ihn gern sprechen.«

»Der ist schon los, und alle anderen packen zusammen.«

»Einfach so? Okay, Harry hat sie also mit einem Dorsch geschlagen, aber könnte sie nicht geschubst worden sein? Absichtlich so kräftig gestoßen, dass sie auf die Felsen geknallt ist?«

»Mich überreden Sie nicht, das als Mord zu sehen. Ich will nur noch in den Pub, ehe die dichtmachen. Versuchen Sie es bei Blair.«

»Es wäre vielversprechender, würde ich mit Harrys Dorsch reden.« Hamish ging hinauf zur Reihe der Polizeiwagen. Blair lachte grölend über etwas, das eine Polizistin gesagt hatte, kniff jedoch sofort seine Schweinsäuglein zusammen, als er Hamish sah. »Ein Glück für Sie, dass es ein Unfall war, Hamish, sonst hätte Ihnen eine Untersuchung geblüht, weil Sie Ihre Pflichten vernachlässigt und Ihr Funkgerät abgeschaltet hatten.«

»Meinen Sie die Dolan-Untersuchung?«

»Werden Sie nicht frech!«

Hamish erwiderte ernst: »Warum wollen Sie alle so schnell die Unfalldiagnose hinnehmen? Die Frau war offensichtlich unterwegs, um jemanden zu treffen. Sie hatte einen Anruf bekommen, sich das Haar machen lassen und sich chic angezogen.«

»Ach, wer weiß schon, was in den verqueren Hirnen von euch Highland-Trotteln vorgeht?«, erwiderte Blair, der aus

Glasgow kam und sämtliche Highland-Bewohner für Barbaren hielt. »Das war ein Unfall, weiter nichts.«

»Dann machen Sie wenigstens Peter Hynd ausfindig und stellen ihm einige Fragen.«

»Der Fall ist abgeschlossen. Für euch Faulpelze mag es was anderes sein, aber in Strathbane haben wir täglich Mord und Totschlag.«

Hamish stieß einen angewiderten Laut aus und ging zurück zu Baxter. Die Presse wie auch der Polizist waren gefahren. Er klopfte. Heather öffnete die Haustür einen Spalt, erkannte Hamish und machte die Tür ganz auf.

»Dad ist zu Bett gegangen.«

»Heather, ich will dich nicht unglücklicher machen, als du schon bist, aber was ist das für eine Geschichte, dass dein Vater deine Mutter mit einem Dorsch geschlagen hat?«

»Das war gestern«, antwortete sie in einem Singsang, der Hamish unweigerlich an Kinder bei einer Schulaufführung denken ließ. »Sie stand am Herd, und sie haben sich gezankt. Da ist es gewesen.«

»Und warum hast du mir das nicht erzählt?«

»Dad hat gedacht, dass es ihn in Schwierigkeiten bringt, doch ich habe ihm klargemacht, dass es besser ist, die Wahrheit zu sagen.«

Hamish wurde skeptisch. »Du würdest dir doch keine Geschichte ausdenken, um deinen Vater zu schützen, oder? Denn dann könntest du vielleicht nicht ihn, sondern einen Mörder schützen.«

»Ich lüge nicht«, antwortete sie.

Hamish ging zurück zu seinem Dienst-Land-Rover, setzte sich hinein und blickte finster zum Loch. Er hatte das Gefühl, wenn er in diesem Fall nicht weiterermittelte, würde er ihn bis ans Ende seiner Tage verfolgen. Ein Menschenleben zu nehmen war das größte Verbrechen, und er konnte nicht glauben, dass Bettys Tod ein Unfall war.

Ihm stand ein dreiwöchiger Urlaub zu, und er hatte ein bescheidenes Sümmchen auf dem Konto. Eigentlich hatte er vorgehabt, mit Priscilla zu verreisen. Und jetzt stieß er einen ärgerlichen Laut aus. Was würde die holde Priscilla sagen, wenn er sie fragte? Was hielte sie von der Intimität eines Hotelzimmers? Doch er würde nicht vorschnell urteilen, entschied er. Er würde zurückfahren und sie fragen. Wenn sie ablehnte, würde er seinen Urlaub nutzen, um nach Peter Hynd zu suchen.

Von Drim aus fuhr er direkt zum *Tommel Castle Hotel.* Es hatte einen großen Empfang und anschließend ein Dinner für die neuen Gäste gegeben. Als Hamish ankam, waren alle in der Bar, Priscilla in einem feuerroten Seidenkleid. Sie lachte und unterhielt sich mit zwei Männern. Beide wirkten weltgewandt und kultiviert in ihren teuren Abendanzügen. Schlagartig kam Hamish sich linkisch vor und fühlte sich unwohl.

Priscilla blickte auf, sah ihn, und alles Lachen schwand aus ihrem Gesicht. Sie kam zu ihm. »Hamish?«

»Können wir reden?«

»Ich habe sehr viel zu tun«, antwortete sie kühl. »Ach, komm mit ins Büro.«

Sie gingen ins Hotelbüro. »Also, Hamish?«, fragte sie unterkühlt.

»Das ist kein Geschäftstreffen«, sagte er harsch. »Ich habe beschlossen, meine drei Wochen Urlaub zu nehmen, und ich dachte, wir könnten packen und irgendwo hinfahren.«

»Einfach so?«

»Warum nicht?«

»Was war das, dass du Sophy von Inverness zurückgefahren hast? Und ich habe gehört, dass ihr eine richtig nette Zeit beim Mittagessen hattet, gefolgt von einem schmutzigen Film im Kino.«

»Priscilla, ich hatte dir erzählt, dass ich nach Inverness will. Da habe ich zufällig Sophy getroffen, und mehr war nicht. Dann habe ich von dem Todesfall in Drim gehört und habe sie an der Bushaltestelle in Bonar Bridge abgesetzt. Sicher haben die Currie-Schwestern alles haarklein berichtet.«

»Von Sophy selbst ganz zu schweigen.«

»Ich sage dir, da war nichts.« Sein Akzent wurde wieder stärker. »Lass uns nicht streiten. Reden wir über den Urlaub.«

»Ich kann unmöglich jetzt verreisen. Wir haben zu viel zu tun.«

»Priscilla, du wirst die Hotelarbeit lassen müssen, wenn wir verheiratet sind.«

»Warum? Wir werden das Geld brauchen«, erwiderte sie bissig. »Hast du eine Ahnung, was so ein Kleid kostet?«

Priscilla war bewusst, dass sie sich schlecht benahm, und wie die meisten verletzten Menschen empfand sie dabei ein rachsüchtiges Vergnügen.

»Wenn wir heiraten, *falls* wir heiraten, werde ich dafür sorgen, dass mir mein Vater ein Gehalt zahlt. Ich arbeite sowieso für zwei, wenn nicht mehr. Und die Geschenkboutique muss weiterbetrieben werden.«

»Ich habe nicht vor, mich von meiner Frau aushalten zu lassen«, sagte Hamish verstockt.

»Und wieso das nicht?«, fragte sie süßlich. »Du schnorrst dich doch sonst bei jedem in Lochdubh durch.«

Er sah sie zornig an. »Du«, sagte er betont ruhig, »bist eine durch und durch gehässige Ziege!« Mit diesen Worten machte er auf dem Absatz kehrt und ging.

Priscilla stand noch eine Weile lang da, ehe sie sich an den Schreibtisch setzte und in Tränen ausbrach.

»Hamish! Hamish!« Er drehte sich auf dem Parkplatz zu Sophy um, die auf ihn zugelaufen kam. »Ist alles in Ordnung?«, fragte sie.

Er betrachtete sie voller Verachtung. »Gehen Sie, und springen Sie in den Loch! Frauen! Die sollte man alle bei der Geburt erwürgen!«

Er stieg in den Land Rover und fuhr so rasant weg, dass Kiesel von den Autoreifen aufstoben.

Erst als er wieder in seiner Küche saß, wo ihm niemand außer Towser Gesellschaft leistete, beruhigte er sich. Er kam nicht über das hinweg, was Priscilla gesagt hatte. Es war, als zupfte er an einer verkrusteten Wunde. Morgen würde er nach Strathbane fahren und seinen Urlaub einreichen.

Dann würde er sich auf die Suche nach Peter Hynd begeben.

Am nächsten Tag fuhr er nach Strathbane. Der Urlaub wurde ihm genehmigt. Sergeant Macgregor in Cnothan würde Hamishs Bereich zusätzlich zu seinem eigenen übernehmen. Als das erledigt war, kehrte Hamish nach Lochdubh zurück, sammelte Towser ein und brachte ihn zu seinen Eltern nach Rogart, wo er alle Fragen bezüglich des Hochzeitsdatums mit, wie er fand, sehr klugen Antworten abwimmelte.

Seine Mutter blickte ihm traurig nach und sagte zu ihrem Mann: »Ich glaube nicht, dass er Priscilla oder irgendeine heiraten wird. Er war schon immer zu wählerisch.«

Hamish fuhr wieder nach Lochdubh, wo er einen Nachbarn bat, seine Hühner und Schafe zu versorgen. Er hatte bereits beschlossen, nach London zu fahren und dort nach Peter Hynds Wurzeln zu forschen. Als Erstes brauchte er Geld. Als er zur Bank ging, wurde ihm auf einmal klar, dass Peter Hynd bei einer örtlichen Filiale gewesen sein musste, von der er bei Bedarf Geld holte; in Drim gab es keine.

Hamish betrat das Gebäude und bat, den Manager sprechen zu dürfen, einen neuen Mann namens Ian Donaldson. Er musste zwanzig Minuten warten.

Als er vorgelassen wurde, stand der Manager auf, um ihn zu begrüßen. »Nun, Macbeth, was führt Sie zu mir?«

»Hatte dieser junge Bursche, Peter Hynd, drüben in Drim, Ihre Bank genutzt?«

»Ja, hin und wieder.«

»Hatte er einen Kredit bei Ihnen?«

»Nein, er hat nur dann und wann Überweisungen getätigt, ganz selten Geld abgehoben. Heutzutage sind so viele Plastikkarten im Umlauf, dass die Leute nicht mehr so viel Bargeld brauchen wie früher.«

»Haben Sie noch einen der Überweisungsträger?«

»Nein. Er ist schon seit Wochen nicht mehr hier gewesen. Die müssen schon an seine Bank in der New Bond Street weitergeschickt worden sein. Warum? Er ist doch kein Krimineller, oder?«

»Ich gehe nur einigen Hinweisen nach«, antwortete Hamish.

Er hob Geld ab und blieb zögernd vor der Bank stehen. Es war ein herrlicher Tag im frühen Herbst. Die Heide hatte sich rostrot gefärbt, und die Vogelbeerbäume hingen voller roter Früchte. Die Fischkutter spiegelten sich im Loch, Rauch stieg in geraden Linien aus den Schornsteinen auf, und die Luft war erfüllt von anheimelnden Geräuschen: Frauen, die einander etwas zuriefen, während sie ihre Wäsche aufhängten, Fetzen von Radioklängen, das Quietschen einer rostigen Winde unten am Hafen, Stimmen von Kindern, die eine Einmaleinsreihe im Klassenraum aufsagten.

Beim Anblick dieser Szenerie sehnte Hamish sich danach, den nichtsnutzigen Peter Hynd zu vergessen und sich einen faulen Tag in Lochdubh zu gönnen, ein wenig zu angeln und zu lesen. Doch dann sah er das Ausflugsboot, die neueste Anschaffung des *Tommel Castle Hotels*, voller Gäste. Mitten im Gewimmel konnte er Priscillas blondes Haar ausmachen.

Mit einem kleinen Seufzer machte er sich auf den Rückweg zur Wache und fing an zu packen.

Sein Cousin Rory Grant, Reporter bei einer überregionalen Tageszeitung, war nicht begeistert, Hamish mit einem Koffer vor seiner Tür zu sehen. »Das ist hier kein Hotel. Ich könnte Damenbesuch haben.«

»Hast du aber nicht«, entgegnete Hamish, ging hinein und stellte seinen Koffer ab. »Ich bleibe auch nicht lange, und falls du mir hilfst, habe ich eine gute Story für dich.«

»Was für eine?«

Hamish erzählte ihm von Peter Hynd.

»Klingt ein bisschen weit hergeholt«, gab Rory zurück. »Wenn du freie Kost und Logis willst, sag es doch einfach.«

»Nein, es ist mein Ernst. Ich will ihn wirklich finden.«

»Na gut, du kannst in dem Zimmer da schlafen. Hör mal, ich glaube, dass ich heute Abend eine echte Chance habe, Hamish. Da ist diese Reporterin von der *Sun* … tja, du weißt, wie es ist. Ich führe sie zum Essen aus, und vielleicht habe ich Glück. Wir gehen in *Bernie's Bistro* in South Ken. Jetzt muss ich in die Redaktion, doch ich sehe mal, ob es irgendwas über Peter Hynd gibt. Wenn du um acht ins Restaurant kommst, gebe ich dir, was ich auftreiben konnte, sofern ich irgendwas habe. Aber bleib ja nicht! Du verschwindest gleich wieder und holst dir Fish and Chips oder so, verstanden?«

»Ja, das mache ich.« Auf einmal wurde Hamish wieder munterer. »Ich fange bei seiner Bank in der New Bond Street an.«

»Wie geht es Priscilla?«

»Bestens.«

»Nicht schlecht, Hamish. Ich würde auch gern in eine reiche Familie einheiraten.«

Hamish hielt mitten im Auspacken inne. »Ich habe nicht vor, das Geld meiner Frau oder ihrer Familie zu nutzen.«

»Blödsinn. Komm mal auf den Teppich, wie unsere amerikanischen Verwandten sagen würden. Wach auf! Also, wenn ich eine reiche Frau finde, hänge ich die Arbeit an den Nagel, setze mich auf meinen Hintern und behaupte, einen großen Roman zu schreiben, während sie alle Rechnungen bezahlt. Und das ohne den Hauch eines schlechten Gewissens.«

»Ach, dich hat London verdorben. Ich komme zurecht, falls du loswillst.«

»Vorher lege ich dir deinen Wohnungsschlüssel raus«, sagte Rory. »Du weißt ja, wo alles ist. Und vergiss nicht, *Bernie's Bistro*. Wenn du aus der U-Bahn-Station South Ken kommst, gehst du nach rechts. Es ist nur einige Hundert Meter hinter der Kreuzung.«

»Das finde ich. Und danke.«

Rory grinste, und er ähnelte Hamish sehr mit seiner langen, schlaksigen Gestalt und den roten Haaren. Er winkte und ging.

Hamish hängte seine Sachen auf. Noch steif und müde von der Nacht im Zug, ging er hinaus auf die Straßen von Kensington. Rorys Wohnung befand sich direkt in der Gloucester Road. Es war ein frischer, sonniger Tag. Deshalb beschloss Hamish, zu Fuß durch Kensington Gardens, den Hyde Park und Piccadilly hinunter zur Bond Street zu gehen.

Er war so entspannt wie schon lange nicht mehr.

Die Jagd nach Peter Hynd hatte ernsthaft begonnen.

Kapitel 7

*Die Ehe ist zunächst einmal nicht mehr
als eine gesetzlich anerkannte Freundschaft.*
ROBERT LOUIS STEVENSON

Verwundert trat Hamish aus dem Bankgebäude. Peter Hynd hatte hier ein Konto, von dem er in den letzten Wochen kein Geld abgehoben hatte. Aber Hamish konnte seine Londoner Adresse bekommen, im Vale of Health, Hampstead. Er betrat Fenwick's, das Kaufhaus in der Bond Street, wo er nach oben ins Café fuhr und den U-Bahn-Plan hinten in seinem Kalender studierte, während er Kaffee trank – als einziger Mann in einem Raum voller Frauen.

Danach stellte er fest, dass ihm die Straßen seltsam leer vorkamen, verglichen mit der Hauptstraße in Inverness. Hamish ging zur U-Bahn-Station Bond Street und nahm die Central Line bis Tottenham Court Road, wo er in die

Northern Edgware Line umstieg. Bis Hampstead brauchte er eine Stunde. Ihn verblüffte immer wieder, wie weit sich London ausdehnte. Wobei die nur selten fahrenden Bahnen der Northern Line jede Strecke lang erscheinen ließen. Da er nicht mehr Geld als nötig ausgeben wollte, ging er in einen Zeitungsladen, schlug Vale of Heath im Stadtplan nach und stellte ihn wieder zurück ins Regal.

Ursprünglich hatte die Straße Hackett's Bottom geheißen, weil sie in einer Senke neben einem Teich lag. Als Hamish sie hinunterging, bemerkte er einen kleinen Jahrmarkt den Häusern gegenüber. Dahinter dehnten sich die Grünflächen und Pfade von Hampstead Heath aus.

Peter Hynds Haus war ein gepflegtes Einfamilienhaus in einer Reihe ähnlicher Bauten. Es war in Eiscremepink gestrichen. So unsympathisch ihm Peter Hynd auch war, wünschte Hamish sich beim Klingeln inständig, der Mann selbst würde ihm öffnen. Doch eine seltsam aussehende junge Frau kam an die Tür und blickte zu Hamish auf. Sie hatte ihr Haar gegen den Strich gekämmt und es mit Gel oder Haarspray fixiert, was an eine Comic-Zeichnung von einer Elektroschocktherapie-Patientin erinnerte. Sie war blass, trug altmodischen dunkelroten Lippenstift und hatte die müden Augen mit Kajal geschminkt.

»Ist Mr. Hynd da?«, fragte Hamish. »Ich bin von der Polizei in Sutherland«, ergänzte er, weil es nach mehr klang als Lochdubh.

»Worum geht's?«

»Ist er da?«

»Nein, der ist irgendwo in Ihrer Gegend. Oh, ich schätze, das wissen Sie. Er ist unser Vermieter.«

»Und wann haben Sie ihn zuletzt gesehen?«

Sie runzelte die Stirn, ehe sie über ihre Schulter rief: »Clive!«

Ein vierschrötiger, glatzköpfiger Mann erschien.

»Dieser Herr ist von der Polizei«, erklärte die Frau. »Er fragt nach Peter.«

»Guter Gott, Frau, lernst du es denn nie? Irgendein Typ kreuzt vor der Tür auf, behauptet, Polizist zu sein, und du lässt dir nicht mal seinen Ausweis zeigen?«

»Doch, habe ich, also halt's Maul«, sagte sie mit einem verschwörerischen Zwinkern zu Hamish.

Clive stieß einen angewiderten Laut aus und ging wieder.

»Eins zu null für mich«, sagte sie munter. »Man darf die Mistkerle nie die Oberhand gewinnen lassen. Ehemänner, meine ich.« Sie neigte den Kopf zur Seite. »Er ist nach oben. Kommen Sie mit in die Küche und trinken Sie einen Kaffee. Wenn Sie den weiten Weg gefahren sind, muss es wichtig sein. Auch wenn ich nicht nach Ihrem Ausweis gefragt habe, vertraue ich mal darauf, dass Sie nicht der Vergewaltiger von Hampstead Heath sind.« Sie musterte ihn amüsiert. »Andererseits … vielleicht ist heute mein Glückstag.«

Hamish folgte ihr nach unten in eine helle Küche, in der ein paar Fasane und ein Hase hingen. »Ist ein bisschen früh für Fasane. Wir haben noch nicht Oktober«, sagte Hamish.

»Ach, die? Die sind ausgestopft. Einige Freunde von uns

sind Fans exotischer Küche. Wenn sie das Wild hier hängen sehen, kommen sie nie drauf, dass ich ihnen Essen aus dem Restaurant weiter oben in der Straße serviere. Man muss auf Zack sein. Clive arbeitet für die Beeb.«

»Die Beeb?«

»Die BBC.«

»Was macht er?«

»Er produziert eine Sendung, ›Kultur für Jedermann‹. Das liebt er. So kann er die britische Öffentlichkeit einmal die Woche belehren. Wie trinken Sie Ihren Kaffee?«

»Schwarz mit einem Löffel Zucker bitte.«

»Geht klar. Ich bin übrigens Jill Cadden. Ich arbeite beim Film.«

»Ich hätte gar nicht gedacht, dass es noch eine nennenswerte Filmindustrie in England gibt.«

»Na ja, es ist eine kleine, experimentelle Firma. Wir sind politisch engagiert.«

»Erzählen Sie mir von Peter«, bat Hamish. »Sehen Sie ihn nicht hin und wieder?«

»Nein, die Miete überweisen wir ja per Dauerauftrag. Sie wandert jeden Monat von unserer Bank zu seiner.«

»Wie viel nimmt er hierfür?«

»Dreizehnhundert im Monat.«

»Pfund?«

»Natürlich Pfund. Und das ist noch fair für ein Haus von dieser Größe mit Garten in der Gegend hier.«

»Wäre es nicht billiger, sich etwas Kleineres zu kaufen?«, fragte Hamish neugierig.

»Na ja, es …« Jill betrachtete ihn. »Kommen Sie jemals zur Sache? Oder ist das Leben in Sutherland langsamer? Was hat Peter ausgefressen?«

»Er hat in einem Dorf oben an der Nordwestküste gewohnt. Dann ist er weg und hat sein Cottage zum Verkauf angeboten. Aber keiner hat ihn abreisen sehen. Kurz danach wurde eine Frau tot aufgefunden. Es heißt, dass es ein Unfall war«, sagte Hamish, der im Geiste wieder Betty Baxters Leiche auf den Felsen liegen sah, »aber ich bin mir nicht so sicher.«

»Sie sind gründlich, muss ich sagen.« Jill reichte ihm einen Kaffee. »Anscheinend denken Sie, dass Peter etwas mit dem Tod der Frau zu tun hat oder selbst ermordet wurde.«

»Etwas in der Art«, stimmte Hamish zu. »Was halten Sie von Peter?«

Jetzt wurde sie zurückhaltender. »Er ist ganz in Ordnung. Nicht besonders interessant. Ein bisschen oberflächlich.«

»Würden Sie sagen, dass er manipulativ ist?«

»Wir haben bloß das Haus von ihm gemietet, keine Psychoanalyse gemacht.« Sie klang gereizt.

»Gibt es Angehörige? Ist das hier sein Haus, oder gehört es seiner Familie?«

»Nein, es gehört ihm. Er hat eine Schwester irgendwo, glaube ich.«

»Hat er nie seine Eltern erwähnt? Wo sie wohnen oder wo er zur Schule gegangen ist?«

Jill gähnte. »Wir waren nicht befreundet. Er ist eben der Vermieter, weiter nichts.«

Hamish bekam wenig aus ihr heraus, verabschiedete sich jedoch mit dem Gefühl, dass Jill ebenfalls Peters Flirttechnik erlegen war.

Er würde warten müssen, ob Rory irgendwas im Zeitungsarchiv gefunden hatte.

Als er vom Vale of Heath wegging, kam ihm der Gedanke, dass er diese Nachforschungen nur als Vorwand genutzt hatte, um von Priscilla wegzukommen. Manchmal fragte er sich, wer von ihnen eigentlich im Unrecht war. Er überlegte, beim New Scotland Yard vorbeizugehen und sich zu erkundigen, ob sie Informationen zu Peter Hynd hatten. Aber die würden in Strathbane anrufen, um sich seine Identität bestätigen zu lassen, und dann würde er wieder zum Chef zitiert, weil er in London Privatdetektiv spielte.

Priscilla fuhr zur Polizeiwache. Dieser Streit war albern. Sophy Bisset war sehr willensstark, und Hamish war bekanntlich Wachs in den Händen solcher Frauen. Doch gerade diesen Gedanken, dass Hamish Macbeth Frauen wie Sophy gegenüber wehrlos war, musste Priscilla weit von sich schieben.

Die Polizeiwache war verriegelt. An der Tür hing die Nachricht, dass man sich die nächsten drei Wochen mit allen Anfragen an Sergeant Macgregor in Cnothan wenden möge. Wo war Hamish hin? Priscilla hatte noch nie erlebt, dass er richtigen Urlaub machte, mit Ausnahme des einen Gratisaufenthalts in dem Wellnesshotel, der am Ende auch wieder zu einer Mordermittlung geworden war.

Seine Eltern! Er musste nach Rogart gefahren sein, um ein wenig Zeit mit seiner Familie zu verbringen. Priscilla fuhr hin und wurde sehr laut von Towser begrüßt. Mrs. Macbeth schüttelte den Kopf und sagte, Hamish sei weggefahren, um irgendwas zu ermitteln. Mehr wusste sie auch nicht.

Also blieb Priscilla zum Tee, betrübt über die Tatsache, dass weder Hamishs Name noch ihre geplante Hochzeit erwähnt wurden. Zugleich hatten all die unausgesprochenen Fragen bleiern im Raum gehangen.

Auf der Rückfahrt wurde sie wütend. Wie konnte Hamish es wagen, einfach zu verschwinden, ohne sie anzurufen? Ja, sie hatten sich gestritten. Alle Paare stritten sich. Aber er hätte verstehen müssen, dass sie nicht einfach so packen und mit ihm verreisen konnte. Wo er auch war, sie hoffte sehr, dass er sie höllisch vermisste und eine schreckliche Zeit hatte.

Hamish machte sich auf den Weg zu *Bernie's Bistro*. Er trug seine Zivilkleidung, bestehend aus Sportsakko, Cordhose, Karohemd und Krawatte. Unsicher fragte er sich, ob er einen dunklen Anzug hätte wählen sollen; er hatte den einen für Kirchgänge, Beerdigungen und Hochzeiten. Nun schob er die Tür zum Restaurant auf und trat ein. Rory entdeckte er sofort. Er war in Jeans und Pullover über einem

T-Shirt, also schien hier formelle Garderobe nicht nötig zu sein.

»Ich warte auf Mandy«, sagte Rory. »Die von der *Sun*. Sie verspätet sich, aber das tut sie eigentlich immer.«

Hamish setzte sich und sah seinen Cousin an. »Hast du was gefunden?«

»Nicht viel, nur einen kleinen Fitzel. Es gibt einen Londoner In-Nachtklub namens *Tarts*. Schon mal gehört?«

»Nein.«

»Egal. Da treffen sich die Promis. Vor zwei Jahren kam es dort zu einer Szene. Ein junges Starlet hatte sich betrunken und versucht, den Laden in Brand zu stecken. Die Polizei wurde gerufen. Ihr Begleiter war ein Peter Hynd, beschrieben als ›Old Westminster‹ und ›Salonlöwe‹. Könnte dein Mann sein. Ein Foto war nicht dabei.«

»Was ist ein Old Westminster?«

»Ehemaliger Schüler der Westminster School unten bei der Abbey. Sehr hohe Schulgebühren, nur für die Klügsten und die Besten. Höchste akademische Bewertungen im Land. Die Schule wurde einst von Elisabeth I. gegründet. Zu den Exschülern zählen Christopher Wren, Philby und Peter Ustinov. Hast du ein Foto von diesem Peter Hynd?«

Hamish schüttelte den Kopf.

»Geh morgen mal hin und frag in der Verwaltung. Das Büro ist in der Little Dean's, die geht vom Dean's Yard ab. Wenn du bei der Abbey bist, kannst du es nicht übersehen. Ah, da kommt Mandy.«

Eine etwas mollige junge Frau in einem kurzen Lederrock und einer Wildlederjacke hatte das Restaurant betreten. Sie hatte kurzes Haar, eine Stupsnase und einen breiten Mund.

Nachdem sie Rory auf die Wange geküsst hatte, setzte sie sich und sah Hamish an. »Ich hasse alle Nachrichtenredakteure. Wer ist das?«

»Mein Cousin Hamish, zu Besuch aus den Highlands. Er will gerade gehen.«

»Warum?«

»Weil dies unsere Verabredung ist, Mandy.«

»Aber du kannst deinen Cousin nicht wegschicken«, sagte sie. Offenbar war sie begeistert von der Aussicht, mit zwei Männern am Tisch zu sitzen. »Essen wir zusammen.«

»Ich muss wirklich gehen«, entgegnete Hamish, dem der mörderische Blick seines Cousins nicht entging.

Mandy lächelte. »Ich lade dich ein.«

Hamish war sehr hungrig, und hier duftete es köstlich. Ohne Rory anzusehen, sagte er: »Vielleicht bleibe ich nur ganz kurz.«

Rory versuchte, über die Zeitungsarbeit zu reden und Hamish so auszuschließen, doch Mandy löcherte Hamish mit Fragen zu seiner Arbeit in Schottland. Ungefähr in der Mitte des Essens wurde ihm bewusst, dass sie die typische Art von Reportern hatte, eine Menge Fragen zu stellen, ohne bei den Antworten richtig hinzuhören.

Sieh mal, ich bin Reporterin und stelle unglaublich tief schürfende Fragen, schien sie ihm signalisieren zu wollen. Hamishs Antworten auf selbige interessierten Mandy nicht annähernd so sehr wie ihre eigene Persönlichkeit – oder vielmehr jene Persönlichkeit, die sie sich gestrickt hatte. Kaum war Hamishs Appetit gestillt, bereute er, geblieben zu sein. Mandy beabsichtigte hauptsächlich, Rory eifersüchtig zu machen, und anfangs war es ihr auch gelungen. Doch als das Dessert serviert wurde, war seinem Cousin anzusehen, dass er eher gelangweilt war.

Hamish blickte auf die Uhr und gab sich erschrocken. »Oh, das hatte ich ganz vergessen! Ich habe noch eine Verabredung.« Er schob den Teller von sich und stand auf.

Rory folgte ihm zur Restauranttür. »Hör mal, du Riesenhornochse, versau mir den Abend nicht noch mehr! Lauf durch die Stadt, mach irgendwas, aber tauch ja nicht in der Wohnung auf, ehe ich sie sicher im Bett habe.«

»Es tut mir leid, Rory, doch ich hatte Hunger.«

»Dann mach es wieder gut und komm nicht vor Mitternacht nach Hause.«

Hamish verließ das Restaurant und ging ins Westend. Dort sah er sich einen Film in der Spätvorstellung an, und anschließend setzte er sich in ein durchgehend geöffnetes Café, wo er Kaffee trank und die Uhr beobachtete, bis er es für sicher hielt, in die Wohnung zu gehen.

Er schlich sich ins Gästezimmer, zog sich aus, wusch sich und legte sich hin. Von nebenan waren sehr laute, eindeutige Geräusche zu hören. Hamish zog sich die Decke über den Kopf und wünschte, er wäre in seiner Wache in Lochdubh.

Am nächsten Morgen ging er zur Westminster School. Ihn verblüffte, dass es mitten in London solche Oasen der Ruhe gab. Die verschiedenen Schulgebäude standen in einem Viereck, in dessen Mitte sich Little Dean's befand. Wilder Wein leuchtete rot an den alten Mauern von Ashburnham House. Jungen in anthrazitfarbenen Schuluniformen mit schlichten blauen Krawatten liefen auf dem Weg zu ihren Klassen hin und her. Einer von ihnen zeigte Hamish Macbeth den Weg zur Verwaltung.

Dort erklärte Hamish, wer er war und was er wollte. Akten wurden eingesehen, dann sagte man ihm: »Am besten besuchen Sie Peters alten Hausvater. Er ist vor zwei Jahren in den Ruhestand gegangen und lebt in der Madingley Road in Cambridge. Hier ist die Adresse. Sein Name ist James Heath.«

Cambridge! Hamish war versucht, alles abzublasen und zurück nach Lochdubh zu reisen. Aber …

»Wie komme ich dahin?«, fragte er.

Bewaffnet mit einer exakten Wegbeschreibung nahm er die U-Bahn von St. James zum Bahnhof Liverpool Street und anschließend den Zug nach Cambridge. Mithilfe der Karte, die man ihm in der Schulverwaltung gezeichnet hatte, wanderte er vom Bahnhof zur Madingley Road.

Allmählich sorgte er sich, weil er nicht vorher angerufen hatte. Wahrscheinlich hätte er diesen Mr. Heath einfach am Telefon befragen können. Er fand die Adresse: ein großes viktorianisches Stadthaus, das in einzelne Wohnungen aufgeteilt war. Hamish läutete bei *J. Heath*. Zum Glück ertönte der Summer, und Hamish trat in eine große dunkle Diele, die von Lichtkaros aus der Buntglasscheibe in der Haustür gesprenkelt wurde. Eine strenge Stimme rief: »Hier oben! Erster Stock!«

Hamish stieg die Treppe hinauf. Oben erwartete Mr. Heath ihn, ein hagerer Mann mit klugen, humorvollen Zügen. Hamish erklärte ihm, dass er von der Sutherland-Polizei war und einige Fragen zu Peter Hynd hatte.

Mr. Heath betrachtete ihn fragend, sagte aber: »Kommen Sie rein und setzen Sie sich. Tee oder Kaffee?«

»Gern Tee.« Hamish glaubte, dass er den Abend zuvor genug Kaffee für den Rest seines Lebens getrunken hatte.

Während der ehemalige Hausvater Tee aufbrühte, ging Hamish ans Fenster des von Bücherregalen gerahmten Zimmers und blickte hinaus zu den Türmen von Cambridge. Geschirrklappern veranlasste ihn, sich umzudrehen, als Mr. Heath mit einem Tablett hereinkam, auf dem nicht nur Teekanne und Tassen standen, sondern auch Teller mit Früchtekuchen und Sandwiches.

»Also«, fragte Mr. Heath, als sie gemütlich vor dem Feuer saßen, »was ist das mit Peter?«

Hamish erzählte ihm kurz, dass Peter Hynd ins Dorf Drim gezogen und dann unter seiner Meinung nach verdächtigen Umständen wieder verschwunden war. »Ich meine, es sind die schottischen Highlands. Man sollte denken, dass jemand gesehen hat, wie er weggefahren ist. Wie war Ihr Eindruck von ihm?«

Der Hausvater wurde ein wenig zurückhaltend. »Er war ein Internatsschüler. Wir haben auch Tagesschüler. Ich habe immer gedacht, dass er auf die falsche Schule geschickt worden war.«

»Inwiefern falsch?«

»Die Jungen, die zu uns kommen, sind gemeinhin sehr helle. Die Schulgebühren hoch, und Leute, die Westminster nicht kennen, halten es gern für eine Schule wie Eton, also nur für die Privilegierten. Aber viele unserer Schüler sind sehr begabt, und es wird kein so großer Wert auf Sport gelegt. Ich glaube, Peter fühlte sich fehl am Platz.«

»War er sehr manipulativ?«, fragte Hamish.

»Eine seltsame Frage.«

»Und, war er?«

Zunächst schwieg Mr. Heath, dann antwortete er: »Nun, Sie sind ja nicht von der Presse. Ja, war er. Eingangs erschien er mir recht klug, bis ich herausfand, dass er einige der Jungen irgendwie in der Hand hatte und sie zwang, seine Hausaufgaben zu machen. Er lechzte nach Aufmerksamkeit und Bewunderung. Über einen Lehrer, der es ihm schwermachte, wurden sofort entsetzliche Gerüchte verbreitet. Ich war mir fast sicher, dass Peter dahintersteckte, konnte jedoch nichts beweisen. Das Schlimmste war, was er mit den Mädchen gemacht hat.«

»Was? Das ist wichtig.«

»In der Oberstufe haben wir auch Schülerinnen. Er war ein außergewöhnlich schöner Junge, und er genoss es, die Mädchen gegeneinander aufzuhetzen. Eine der klügsten

Schülerinnen fiel durch die Abschlussprüfungen, weil sie so verliebt in ihn war.«

Hamish holte tief Luft. »In dem Dorf Drim, in das Peter Hynd gezogen war, gibt es praktisch keine jungen Leute, weil die in die Städte ziehen. Aber die etwas älteren Frauen sind ihm allesamt verfallen. Und er hat auch sie gegeneinander aufgestachelt. Die Atmosphäre im Dorf war furchtbar, lauter Missgunst und Boshaftigkeit. Kürzlich wurde eine der Frauen am Strand tot aufgefunden, Genickbruch. Es wurde als Unfall eingestuft, doch ich bin mir nicht so sicher. Würden Sie sagen, dass er genügend Hass schüren konnte, um jemanden zu einem Mord zu treiben?«

»Oh ja«, antwortete Mr. Heath ruhig. »Mir war selbst danach, ihn umzubringen.«

»Hat er Familie? Woher kommt das Geld?«

»Die Eltern sind beide tot. Seine Schulgebühren wurden aus einem Treuhandfonds der Familie bezahlt. Er hat eine ältere Schwester, die am Elternsprechtag kam. Wie war noch ihr Name? Beth, ja, das war es, Beth Hynd. Sie wird inzwischen wahrscheinlich verheiratet sein. Damals wohnte sie in Richmond. Peter hat die Ferien bei ihr verbracht. Ich fürchte, an die Adresse erinnere ich mich nicht.«

Als er ging, stöhnte Hamish innerlich. Zurück nach London, dann nach Richmond. Er hatte vorgehabt, noch ein wenig zu bleiben und sich Cambridge anzusehen. Dringender allerdings wollte er sich selbst beweisen, dass dies kein vergebliches Unterfangen war, er seinen Urlaub nicht nutzlos vergeudete. Glücklicherweise erwischte er einen Schnellzug nach London und saß eine Stunde später in der U-Bahn nach Richmond.

Richmond war viel größer, als er erwartet hatte. Er wollte sich nicht von der Polizei vor Ort helfen lassen und so auf sich aufmerksam machen. Doch wo sollte er anfangen? Er ging ins nächste Postamt und bat um das Telefonbuch. Frauen ließen sich aus Furcht vor obszönen Anrufen schon länger nicht mehr mit »Miss« oder »Mrs.« eintragen. Der Vorname müsste Elizabeth sein, dachte er, als er durch die Seiten blätterte. Also stünde sie am ehesten unter »E. Hynd«. Von denen gab es im Bereich Richmond mehrere, weshalb Hamish sich eine Telefonkarte kaufte, in eine Zelle ging und anfing, sie alle abzutelefonieren.

Beim dritten Versuch, als er schon in Betracht zog, dass sie eine Geheimnummer haben könnte, meldete sich Beth Hynd. Sie hörte ihm zu und sagte zögerlich, er dürfe sie besuchen, müsse ihr aber einen Ausweis zeigen und ihr eine Nummer in Sutherland nennen, bei der sie sich bestätigen lassen konnte, dass er war, wer er zu sein behauptete.

Hamish nannte ihr Jimmy Andersons Namen und Durchwahl in Strathbane. Dann legte er auf, steckte die Telefonkarte erneut in den Schlitz und rief in Strathbane an.

Er war unendlich erleichtert, Jimmy Anderson auf Anhieb an seinem Platz zu erreichen.

Der Detective lauschte, während Hamish ihm in groben Zügen beschrieb, warum er im Süden war. »Keiner wird Sie lieben, sollte es sich als Mord herausstellen«, sagte Anderson schließlich. »Daviot wird finden, dass Sie uns alle wie Idioten dastehen lassen.«

»Egal«, erwiderte Hamish. »Sagen Sie dieser Frau bloß, dass ich der bin, der ich bin.«

»Alles klar.«

Hamish verließ die Telefonzelle und bemerkte, dass er vergessen hatte, Beth um eine Wegbeschreibung zu bitten. Wieder ging er in einen Zeitungsladen, schaute im Stadtplan nach und sah, dass es nicht sehr weit entfernt war.

Obwohl Beth Hynd Ende dreißig sein musste – Hamish schätzte sie etwa zehn Jahre älter als ihren Bruder –, war die Ähnlichkeit unübersehbar. Sie erinnerte ihn auch stark an jemanden, dem er kürzlich begegnet war.

Sie bat ihn ins Wohnzimmer, das recht nett und ordentlich war, nur mit einer schwachen Birne in einem altmodischen Glasschirm beleuchtet, die dem Ganzen eine Wartezimmeratmosphäre verlieh oder an den Aufenthaltsraum eines Altenheims denken ließ, in dem alte Menschen saßen, Scrabble spielten und warteten, dass der Tod zur Tür hereinschaute und sagte: Kommen Sie, Nummer sechs, Ihre Zeit ist um. Ein altmodischer Gasofen fauchte und knallte.

»Ich hoffe doch, dass Peter nichts zugestoßen ist«, sagte sie.

Hamish hatte nicht vor, sie mit dem Verdacht in Angst zu versetzen, dass Peter Hynd ermordet worden sein könnte. »Ich ermittle in einem Mordfall in Drim«, sagte er, »wo Ihr Bruder gewohnt hat …«

»Gewohnt hat? Soll das heißen, er ist nicht mehr da?«

»Er ist vor wenigen Wochen weggezogen. Mir kam er wie ein kluger junger Mann vor, der etwas gesehen haben könnte, was den Einheimischen entgangen ist. Wissen Sie, wo er ist?«

Sie schüttelte den Kopf. »Gewöhnlich taucht er früher oder später hier auf. Ich werde ihm ausrichten, dass er Sie sofort anrufen soll, wenn er kommt.«

»Arbeitet er irgendwo?«

»Er hat schon die unterschiedlichsten Jobs angenommen, aber da er ein privates Einkommen hat, muss er nicht arbeiten. Deshalb hat er es wohl nie länger irgendwo ausgehalten.«

»Liebesbeziehungen?«

Auf einmal sah sie ihn misstrauisch an. »Warum? Wieso fragen Sie? Was hat das mit irgendwas zu tun?«

Hamish bemühte sich, sie zu beschwichtigen. »Ach, ich habe nur gedacht, wenn es irgendwo eine Frau gibt, könnte sie vielleicht wissen, wo er ist.«

Sie entspannte sich sichtlich. »Natürlich. Doch ich weiß leider nichts über Peters Liebesleben.«

»Wo wohnt er, wenn er im Süden ist? Sein Haus hat er vermietet.«

»Hier. Er übernachtet hier.«

»Stehen Sie sich sehr nahe?«

Wieder war da Misstrauen in ihrem Blick. »Selbstverständlich. Er ist mein Bruder.«

Hamish war frustriert, denn er würde sicher nicht mehr

von ihr erfahren. Und dieses Zimmer deprimierte ihn. Es muss schrecklich sein, dachte er, genug privates Einkommen zu haben, sodass man gar nicht auf die Idee kommt, eine Arbeit anzunehmen. »Was machen Sie?«, fragte er.

»Machen? Ich bin im Vorstand von ein paar Wohltätigkeitsorganisationen. Und es gibt Leute, die ich besuchen muss. Glauben Sie mir, der Tag hat nicht genug Stunden.« Die plötzliche Einsamkeit in ihrem Blick strafte sie Lügen. Wieder schaute Hamish sich um. Bücher dicht an dicht, dunkelgrüne Topfpflanzen, aber nicht einmal eine Katze, die ihr Gesellschaft leistete.

Er war froh, als er wieder draußen auf den Straßen von Richmond war, wo die Luft frisch nach Herbst roch. In einem billigen Restaurant aß er einen Hamburger und trank eine Cola mit dem angenehmen Gefühl, dass Priscilla die Nase rümpfen würde.

Dabei dachte er, dass er zurück an die Quelle musste: nach Drim. Er spürte in den Knochen, dass die kleine Heather recht hatte. Peter Hynd war mausetot, und anstatt seine Zeit im Süden zu verplempern, sollte er wieder im Norden sein und Fragen stellen, bis sich ein klares Bild ergab. Er blickte auf die Uhr. Wenn er sich beeilte, könnte er zurück zu Rory, packen und den Nachtzug nach Inverness erwischen. Er fühlte sich sowieso immer wie ein Fisch auf dem Trockenen, wenn er in fremdem Terrain ermittelte.

Am Ende sprang er gerade noch auf den bereits ausfahrenden Zug. Die meisten Waggons waren Schlafwagen.

Entsprechend konnte er sich glücklich schätzen, noch einen Sitzplatz zu bekommen.

Als er einnickte, erschienen die Gesichter der Frauen aus Drim vor seinem inneren Auge. Aber wäre es nicht wahrscheinlicher, dass einer der Männer der Mörder war? *Mord, Mord, Mord*, sangen die Zugräder, als sie durch die Dunkelheit gen Norden ratterten und London und den Süden hinter sich ließen.

»Sie wollen *was?*« Jock Kennedy lehnte sich auf seinen Ladentresen und sah Hamish Macbeth verdutzt an.

»Ich möchte ein Zimmer«, wiederholte Hamish geduldig.

»Warum? Sie wohnen gleich drüben in Lochdubh.«

»Ich bin im Urlaub.«

»Kommt mir bescheuert vor. Versuchen Sie es bei Edie Aubrey. Sie vermietet Zimmer an Touristen.«

»Ist gut.«

Als Hamish zu Edie Aubreys Haus ging, bemerkte er, dass der Gemeindesaal still und verlassen dalag. Im Vorbeigehen blickte er ins Fenster der Friseurin. Alice MacQueen saß auf einem Stuhl am Fenster und machte sich die Fingernägel. Weit und breit war keine Kundin in Sicht. Zwei Frauen kamen auf ihrem Weg zum Laden an ihm vorbei. Sie trugen ihre übliche Uniform, bestehend aus Anorak, Skihose über dicken Schenkeln, waren ungeschminkt und hatten strähniges Haar. Es gab ja keinen Anlass mehr, sich hübsch zu machen.

Edie Aubrey wurde nervös, als Hamish nach einem Zimmer fragte. »Die Saison ist vorbei. Ich habe das Zimmer gar nicht gelüftet.«

»Sicher geht es auch so«, sagte er.

»Ja, aber es ist nur Übernachtung und Frühstück. Andere Mahlzeiten biete ich nicht an.«

»Ich komme schon zurecht.«

»Ach, meinetwegen. Sie sind doch nicht offiziell hier, oder?«

»Nein, ich wollte bloß mal raus aus Lochdubh. Ein Polizist ist nie außer Dienst, solange Strathbane weiß, wo er ist. Und ich möchte ein bisschen angeln.«

»Kommen Sie mit.« Anscheinend hatte Edie sich entschieden. Das Haus war eines der vielen viktorianischen Einfamilienhäuser, die als Ferienhäuser für Engländer gebaut worden waren, nachdem Königin Victoria die Highlands modern gemacht hatte. Es war klein, mit hübschem Teppich ausgelegt und gut geheizt.

Das Zimmer verfügte über ein großes Bett mit einem schimmernden Satinüberwurf. In einer Ecke stand ein Korbschalensessel mit grüngoldenem Polster, auf dem eine Puppe in einem Rüschenkleid saß. Ihr leerer Blick erinnerte Hamish an die toten Augen von Betty Baxter. Ein großer Kleiderschrank dominierte eine Wand, der offenbar für die ausladende, schwere Garderobe viktorianischer Zeiten gebaut worden war. Hamish öffnete ihn. Auf einer Seite waren Fächer für Hemden und kleine Schubladen für Kragen- und Kleiderknöpfe. Über dem Bett hing ein Bild von zwei edwardianischen Mädchen, die einen kleinen weißen Hund durch ein Klatschmohnfeld jagten.

»Wenn Sie auspacken möchten, brühe ich uns inzwischen einen Tee auf. Kommen Sie einfach nach unten, wenn Sie so weit sind«, sagte Edie.

Er lächelte, und sie strich sich übers Haar, während sie ihn durch ihre dicken Brillengläser anblinzelte.

Als sie gegangen war, blickte Hamish durchs Fenster hinaus zu dem schwarzen Loch. Am hinteren Ende des Meeresarms fiel der Fluss Drim in torfig braunen Kaskaden über zerklüftete Felsen. Weiter oben am Fluss konnte Hamish den Ansatz eines Plateau-Tümpels ausmachen. Er hatte sein Angelzeug aus der Wache geholt, bevor er hergekommen war. Vielleicht sollte er versuchen, da hinaufzugehen und ein paar Forellen zu angeln. Die Ermittlungen konnten bis morgen warten. Immerhin war er im Urlaub, und wenn die Einheimischen das glaubten, konnte er möglicherweise ein bisschen Tratsch aufschnappen. Sie waren vielleicht offener, wenn er nicht durchs Dorf lief und »auf dienstlich machte«.

Er packte aus und ging nach unten. Edie stellte eine Teekanne und einen Teller mit Scones auf den Tisch.

»Sie sind verwitwet, nicht wahr?«, fragte Hamish.

Sie schenkte Tee in klobige Becher. »Ja, mein Jamie ist vor zehn Jahren gestorben. Er war ein guter Mann.«

»Und Sie sind nicht aus den Highlands?«

»Nein, aus dem Süden. Moffat.«

»Was hat Sie hergeführt? Diese Scones sind klasse.«

»Nehmen Sie noch einen. Jamie war krank. Krebs. Er hat immer gedacht, die Luft in den Highlands würde ihn kurieren. Bis zuletzt hat er daran geglaubt, der arme Mann.«

»Wollten Sie nie wieder zurück in den Süden?«

Edie stellte ihren Becher ab und sah zum Küchenfenster, als suchte sie in dem Lorbeer draußen nach einer Antwort. »Ach, ich habe oft daran gedacht. Aber ich hatte nicht viele Freunde in Moffat. Ich war zu sehr damit beschäftigt, mich um Jamie zu kümmern. Irgendwie bin ich einfach hiergeblieben.« Sie klang traurig. »Ich habe mich bemüht, dieses Dorf zu beleben. Es war einer der Höhepunkte meines Lebens, als sie alle auf einmal zu meinen Kursen gekommen sind. Aber dann ist Peter weg…« Sie verstummte.

… und Dunkelheit legte sich über das Land, ergänzte Hamish in Gedanken. Er trank den Tee aus. Es blieb noch reichlich Zeit für mehr Fragen. »Ich gehe mal mit meiner Angel am Drim rauf und sehe, ob ich Forellen fangen kann.«

»Ich koche eigentlich nicht für Gäste, aber eine frische Forelle wäre schön. Falls Sie welche kriegen, bereite ich sie zu.«

»Da nehme ich Sie beim Wort.«

Hamish vergaß beinahe den Grund seines Aufenthalts, als er beim Angeln war und gekonnt die Schnur auswarf, sodass der Schwimmer die torfig goldene Wasseroberfläche streifte. Er hatte gerade seine zweite Forelle eingeholt, da fühlte er, dass er beobachtet wurde. Er warf den Fisch in den altmodischen Angelkorb und drehte sich langsam zu der Gruppe von Weißbirken in seinem Rücken um. »Komm raus!«, rief er.

Es raschelte im Unterholz, dann erschien die kleine Heather Baxter. »Sie wohnen bei Mrs. Aubrey«, sagte sie.

»Das hat sich ja schnell herumgesprochen. Wie geht es dir?«

»Gut. Sehr gut. Dad und ich kommen gut zurecht.«

Hamish betrachtete die ernste kleine Gestalt. Würde dieses Kind seine eigene Mutter töten, damit Ruhe in seinem Zuhause einkehrte? Ein abscheulicher Gedanke. Es lag an der Atmosphäre in Drim, dass man hier auf solche schaurigen Ideen kam.

»Haben Sie was gefangen?«, fragte Heather.

»Zwei Forellen.«

»Dad hätte sicher gern eine Forelle zum Abendessen, und ich auch.«

»Genau wie ich«, sagte Hamish. »Setz dich da drüben hin, und ich sehe mal, was ich tun kann.«

Sie hockte sich ins Gras, faltete die Hände über den Knien und schloss die Augen.

Hamish sah sie amüsiert an. »Betest du?«

Sie nickte energisch, und er fragte sich, ob sie zu dem Gott der Christen betete, an den sie doch angeblich nicht glaubte, oder zu einem der keltischen Götter. Zu seinem Erstaunen fing er fast sofort die nächste Forelle. Heather öffnete die Augen. »Und noch eine«, sagte sie ernst und betete wieder.

Hamish warf die Angel abermals aus, doch ohne Erfolg.

Es wurde allmählich dunkel. Und dann richteten sich Hamishs Nackenhaare auf, denn Heather erhob die Stimme zu einem Klagelied. Er erkannte, dass sie auf Gälisch sang, konnte die Worte jedoch nicht verstehen. Gerade als er ihr sagen wollte, dass sie mit dem Unsinn aufhören solle, fühlte er ein Ziehen an der Angelschnur.

Einige Minuten später verstummte Heather und blickte zufrieden zu der großen Forelle, die Hamish an Land gezogen hatte.

»Kommen Sie mit zu mir«, meinte sie, nachdem sie ihre beiden Forellen in Sauerampferblätter gewickelt hatte. »Mrs. Aubrey kann nicht kochen.«

»Ab nach Hause mit dir. Und glaub nicht zu sehr an die alten Götter, Heather. Solche Sachen machen dich nur verrückt.«

»So habe ich aber die Forellen fürs Abendessen bekommen«, entgegnete Heather und ging davon.

Hamish kehrte mit seinem Fang ins Dorf zurück. Den Einheimischen, die er traf und die stehen blieben, um ihn anzugaffen, wünschte er nickend »Guten Abend« oder »Schönen Abend«. Antworten bekam er keine.

Edie war entzückt ob der Forellen. »Ich habe ein neues französisches Kochbuch, und da ist ein sehr interessantes Rezept für Forelle mit Käse gebacken, also …«

»Ich habe sie mitgebracht, also koche ich auch«, widersprach Hamish. »Mit Forellen kann ich umgehen.« Er nahm die Fische aus, briet sie und servierte sie mit gekochten Kartoffeln und Erbsen.

Plötzlich war er sehr müde. In dem Zug nach Norden hatte er kaum Schlaf bekommen. Er neigte den Kopf zur Seite, denn draußen begann es zu stürmen. »Ich dachte, Sie lägen hier zu geschützt, um viel Wind zu haben.«

»Oh, den haben wir durchaus, wenn er aus Westen kommt«, sagte Edie. »Ich hasse ihn.«

Es wurde beständig lauter. Der Wind heulte und kreischte zwischen den hohen Felswänden.

In der Küche war es gemütlich. Die Fische schmeckten hervorragend, und die Kartoffeln aus Edies Garten waren mehlig und beinahe süß.

»Seltsam, wie Peter Hynd verschwunden ist«, bemerkte Hamish, als er den leeren Teller von sich schob. Er tastete nach einer Zigarettenschachtel in seiner Tasche, bis ihm mit Schrecken einfiel, dass er das Rauchen schon vor einiger Zeit aufgegeben hatte.

»Zigarette?«, fragte Edie und hielt ihm ihre Packung hin.

Einen furchtbaren Moment lang wollte er fast eine nehmen. »Ich habe das Rauchen aufgegeben«, antwortete er dann.

»Stört es Sie, wenn ich …?«

»Nur zu.«

Edie steckte sich eine Zigarette an. »Die Männer hier waren schrecklich zu Peter. Ich denke, deshalb ist er weggegangen. Kurz vorher hatte jemand einen Stein durch sein Fenster geworfen. Wussten Sie das?«

»Davon habe ich nichts gehört.«

»Nein, natürlich nicht. Sie wissen ja, wie in diesen Dörfern alle zusammenhalten.«

Hamish sah sie an. »Peter Hynd hat gern geflirtet. Gab es da jemand Bestimmtes? Und blieb es beim Flirten?«

»Ailsa Kennedy hat angedeutet, dass es bei ihr mehr war, aber eigentlich hat ihr keiner geglaubt. Und Jimmy Macleods Frau, Nancy. Alice MacQueen hat erzählt, sie hätte sie gesehen, wie sie mitten in der Nacht aus Peters Cottage gekommen ist. Doch sie würde wohl kaum zu nächtlicher Stunde aus dem Bett steigen, ohne dass ihr Mann es merkt. So oder so ist das jetzt alles vorbei. Das Haus ist verkauft.«

»Was? So schnell?«

»Ja, der Mann aus Newcastle war heute mit seiner Frau hier. Ein Mr. Apple. Er hat große Pläne für diesen Anbau und will direkt mit den Arbeiten anfangen.«

»Wie alle Zugezogenen wird er vielleicht Mühe haben, in der Gegend Hilfe zu bekommen.«

»Er bringt seine eigenen Leute mit. Morgen kommen Wohnwagen für die Bauarbeiter und ein Wohncontainer für ihn und seine Frau.«

Hamishs Müdigkeit verflog. Für den Verkauf müsste Peter bei seinen Anwälten die Verträge unterschrieben haben. »Ich fahre morgen früh weg«, sagte er. »Ich muss jemanden in Inverness besuchen.«

»Dann stelle ich Ihnen einen Wecker hin. Wann wollen Sie frühstücken?«

»Gegen sieben. Ich kann mir auch selbst Frühstück machen.«

»Nein, nein, da bin ich auf. Und ich habe ja sonst wenig zu tun, seit die Kurse jetzt beendet sind.«

Hamish blickte sie neugierig an. »Hatte Peter Hynd mit Ihnen geflirtet?«

Ihre Augen nahmen einen verträumten Ausdruck an. »Ja, hatte er. Ich habe mich wieder jung gefühlt, kribbelig und glücklich. Und als er weg war, habe ich in den Spiegel gesehen, und da war ich es wieder nur: Edie Aubrey, mittleren Alters und unscheinbar. Er konnte jeder Frau das Gefühl geben, für ihn etwas Besonderes zu sein. Ich dachte, ich wäre sein Liebling, doch inzwischen bin ich wieder zur Besinnung gekommen und habe erkannt, dass es für ihn bloß ein Spiel war.«

Hamishs Aufregung wuchs, als er am nächsten Morgen nach Inverness fuhr, angetrieben vom Sutherland-Wind. Auf die eine oder andere Art würde die Ermittlung nun bald vorbei sein. Mit ein wenig Glück würde er herausfinden, dass Peter Hynd lebte und es ihm gut ging. Der Gedanke, dass einer der Männer in Drim nicht bloß imstande sein sollte, einen gut aussehenden Engländer zu imitieren, sondern auch noch dessen Unterschrift zu fälschen, war lächerlich. Und vielleicht stellte sich doch noch heraus, dass Betty durch einen unglücklichen Sturz gestorben war.

Leider war der nette Mr. Brand im Urlaub, sodass Hamish mit dem älteren, mürrischen Mr. MacDougal vorliebnehmen musste. Der Mann hörte sich ungeduldig Hamishs Bitte an und sagte: »Ich habe selbst mit Mr. Hynd gesprochen.«

»Das ist großartig«, meinte Hamish. »Hat er Ihnen erzählt, wo er jetzt wohnt?«

»Ja, er musste aus London herkommen. Jenny!« Die blasse junge Frau kam hereingeschlurft. »Bringen Sie mir Mr. Hynds Adresse.«

Hamish wartete. Eine Möwe hockte draußen auf dem Fenstersims und blickte interessiert durch die schmutzige Scheibe herein. Jenny kam und legte einen Zettel vor Hamish. Darauf stand die Adresse im Vale of Heath. »Die nützt mir nichts«, erklärte Hamish verdrossen. »Das Haus dort hat er vermietet.«

»Mehr haben wir nicht. Also, ich bin sehr beschäftigt und erwarte einen Mandanten.« Mr. MacDougal stand auf.

»Moment, wie hat Peter Hynd ausgesehen?«

»Angenehm. Oberschicht, helles Haar. Er war nur kurz hier, um die Papiere zu unterschreiben.«

»Kann ich eine Kopie von Ihnen bekommen? Ich würde die Unterschrift gern überprüfen lassen.«

»Mr. Brand, der bisweilen etwas zu nett ist, hat mir erzählt, dass er die Unterschriften bereits an die Londoner Bank gefaxt hat. Sind Sie offiziell hier?«

»Nein, ich gehe nur einigen Hinweisen nach.«

»Wenn Sie mit einer offiziellen Anfrage aus der Zentrale wiederkommen, geben wir Ihnen die Unterlagen. Bis dahin …«

Draußen im Vorzimmer fragte Hamish: »War der Peter

Hynd, der die Verkaufsunterlagen unterschrieben hat, derselbe wie der, den Sie zuvor gesehen hatten?«

»Warum sollte er nicht?«, erwiderte Jenny patzig. »Aber ich würde es sowieso nicht wissen. Ich hatte eine Laufmasche und bin los, um mir eine neue Strumpfhose zu kaufen. Als ich wiedergekommen bin, habe ich gehört, dass er in der Zwischenzeit da gewesen war.«

Schlecht gelaunt verließ Hamish die Kanzlei. Sicher war es albern, weiter dieser Ahnung nachzugehen, dass Peter Hynd tot war. Doch um alles sauber abzuschließen, wäre es eine gute Idee, nach Strathbane zu fahren und eine offizielle Bitte um Herausgabe der Papiere zu besorgen, damit ein Experte die Unterschriften vergleichen konnte. Hamish beschloss, Blair zu übergehen. Dafür würde der ihn hassen, aber das tat er ohnedies schon.

Er war überrascht, als er sofort in Mr. Daviots Büro geschickt wurde, doch in dem Moment, in dem der Superintendent ihn ernst mit »Setzen Sie sich, Macbeth« begrüßte, wurde ihm mulmig. Wieder nannte er ihn nicht Hamish.

»Mich erstaunt«, begann Mr. Daviot, »dass Sie sich ausgerechnet Drim für Ihren Urlaub ausgesucht haben. Meine Frau war mit Einzelheiten zu einem angebotenen Haus bei Priscilla und erfuhr dort, dass Sie anscheinend kein Interesse haben.«

Obwohl Hamish an den Buschfunk in den Highlands gewöhnt war, verblüffte ihn immer wieder dessen Tempo. Harry Baxter, dachte er. Harry dürfte es den anderen Fischern in Lochdubh erzählt haben, und es hatte sich umgehend bis zum *Tommel Castle Hotel* herumgesprochen.

»Könnten wir mein Privatleben bitte außer Acht lassen?« Er erklärte seinem Chef, warum er sich in Drim aufhielt und weshalb er nach wie vor skeptisch war, was das Verschwinden von Peter Hynd und den Tod von Betty Baxter betraf. Schließlich bat er um eine offizielle Anforderung der Papiere von den Anwälten in Inverness.

Der Superintendent lehnte sich zurück und musterte den großen, schlaksigen Sergeant. Er hatte den gesellschaftlichen Ehrgeiz seiner Frau erduldet, während er insgeheim fand, dass Priscilla viel zu gut für Macbeth war. Hamish hatte sich in der Vergangenheit als kluger, wenn auch unorthodox vorgehender Polizist erwiesen. Doch jetzt vermutete Mr. Daviot, dass er nur an diesem fruchtlosen Unterfangen festhielt, um Priscilla fernzubleiben. Welcher Mann, der halbwegs bei Sinnen war, würde seinen Urlaub in Drim verbringen wollen anstatt mit seiner umwerfenden Verlobten Priscilla Halburton-Smythe? Das ließ auf gefährliche Labilität schließen.

Mr. Daviot zog unterwürfige Polizisten vor. Deshalb war Blair trotz all seiner Fauxpas bisher nie degradiert worden. Überdies war Mr. Daviot ein stolzes Mitglied der Freimaurer, genau wie Blair, und er erinnerte sich, dass Hamish eine Einladung zu ihnen abgelehnt hatte.

»Ich kann Ihnen nicht vorschreiben, was Sie im Urlaub machen, Macbeth«, sagte er. »Allerdings weise ich Sie darauf hin, dass Sie keinerlei Hilfe von mir erwarten dürfen, denn es gibt keinen Fall. Peter Hynd, wo immer er sein mag, hat sein Haus verkauft und die Verträge unterschrieben. Betty Baxter hatte einen tragischen Unfall. Das ist alles. Ich würde Ihnen gern vorschlagen, nach Lochdubh zurückzukehren und sich mehr um Priscilla zu kümmern, aber Ihr Privatleben geht mich nichts an.«

»Ganz richtig«, warf Hamish ein, der rot wurde vor Wut.

»Verschwenden Sie nicht wieder wertvolle Polizeizeit, Macbeth. Sie dürfen gehen.«

Hamish verließ das Büro mit dem steifen Gang einer erbosten Katze.

Auf der Fahrt aus Strathbane hinaus fühlte er sich elend und hatte ein schlechtes Gewissen wegen Priscilla. Dabei hatte er keinen Grund, sich schuldig zu fühlen. Sie hatte es sich selbst eingebrockt.

Dennoch bog er nicht nach Drim ab, sondern fuhr weiter nach Lochdubh. Unten am Wasser folgten neugierige Blicke seinem Wagen. Da ist der wahnsinnige und wankelmütige Hamish Macbeth, der es vorzieht, seinen Urlaub in einem Ort wie Drim zu verbringen, schienen sie zu sagen.

Im *Tommel Castle Hotel* tat eine neue Frau am Empfang Dienst; sie war unscheinbar und mittleren Alters.

»Wo ist Sophy?«, fragte Hamish.

»Falls Sie Miss Bisset meinen, die ist einfach weg. Ich habe drüben in Cnothan gearbeitet, und als Mr. Johnson mir diese Stelle angeboten hat, bin ich umgehend gekommen.«

»Wo ist Miss Halburton-Smythe?«

»In der Geschenkboutique.«

Hamish ging hin. Priscilla kniete auf dem Fußboden und packte eine Geschirrkiste aus. Sie schaute auf, sah ihn, und ihre Züge verhärteten sich. »Wie steht es im sonnigen Drim?«

»Du wolltest nicht mit mir verreisen«, antwortete Hamish. »Da musste ich mir selbst eine Zerstreuung suchen, und die ist, herauszufinden, was mit Peter Hynd passiert ist.«

Sie stand auf und strich sich den Rock glatt. »Und mich machst du dabei gleich zum Gespött der Leute.«

»Was meinst du?«

»Jeder im Dorf weiß jetzt, dass der ach so verliebte Hamish seinen Urlaub lieber in einem Dorf einen Katzensprung entfernt verbringt als in meiner Nähe.«

»Und hast du denen erzählt, dass du lieber arbeiten wolltest, als Zeit mit mir zu verbringen? Gib mir nicht die Schuld an deiner Angst vor Intimität, Priscilla.«

»Sei nicht blöd.«

»Dann komm mit in die Wache und schlafe mit mir … jetzt.«

»Zufällig bin ich sehr beschäftigt.«

»Da spricht eine wahrhaft verliebte Frau. Ach, es ist aussichtslos … vollkommen aussichtslos.« Hamish stürmte davon. Er war so gekränkt, dass er sich flüchtig fragte, ob er wohl ein Magengeschwür bekommen würde.

Alles, was er im Leben noch hatte, war dieser verrückte

Fall. Und er würde ihn aufklären, selbst wenn er dafür ganz Drim auf den Kopf stellen musste!

Er hielt bei der Wache, um sich mehr Wechselkleidung zu holen und sich zu vergewissern, dass alles in Ordnung war. In der dunklen Ecke schimmerte der neue Herd. Hamish versetzte ihm einen kräftigen Tritt. Dann läutete es an der Vordertür. Er erwog, nicht hinzugehen. Schließlich hing ein Zettel an der Tür, dass sämtliche Anfragen in Cnothan bearbeitet würden. Doch seine Neugier siegte, und er öffnete.

Mrs. Hendry, die Frau des Lehrers an der Strathbane High, stand draußen, das Gesicht fleckig von Tränen.

»Ich habe den Wagen gesehen«, sagte sie mit erstickter Stimme. »Ich muss mit Ihnen reden, Mr. Macbeth.«

Kapitel 8

Guter Gott, was ist der Mensch? Denn so
schlicht er scheinen mag, versuche man nicht,
seine Ecken und Kanten zu enthüllen,
seine Tiefen und seine Untiefen,
sein Gutes und sein Schlechtes.
Alles in allem ist er ein Problem,
das dem Teufel Rätsel aufgibt.
ROBERT BURNS

»Kommen Sie«, sagte Hamish. »Gehen wir in die Küche. Dort ist es nicht so förmlich wie hier im Büro.« Er legte einen Arm um ihre bebenden Schultern und führte sie durch das Büro.

Mrs. Hendry setzte sich an den Küchentisch und stützte den Kopf in die Hände. »Ich kann nicht mehr«, sagte sie. »Ich bin es so leid.«

»Er hat Sie geschlagen, stimmt's?«

Sie nickte matt.

»Was ist mit den Kindern? Wie viele haben Sie?«

»Zwei, Ann und Paul. Ann ist zwölf und Paul dreizehn. Ich habe sie erst spät bekommen, als ich schon die Hoffnung aufgegeben hatte. Er rührt sie nicht an … bis jetzt. Aber er führt den Haushalt wie eine Kaserne. Die Kinder haben sehr wenig Freiheiten. Paul macht bereits Schwierigkeiten, schwänzt die Schule und lässt sich mit den falschen Jungen ein.«

»Trinkt Ihr Mann?«

»Das ist das Problem. In letzter Zeit wird es schlimmer. Dr. Jekyll wird zu Mr. Hyde.«

»Hat er es bei den Anonymen Alkoholikern versucht?«

»Ich habe ihn gestern Abend einen Alkoholiker genannt, und das hat er getan.« Sie hob ihren Pullover an, unter dem rote Striemen und Blutergüsse zum Vorschein kamen.

»Also wollen Sie Anzeige erstatten?«

Sie schüttelte den Kopf und fing wieder zu weinen an.

Hamish stand auf, stellte den Kessel an und brühte Tee auf, um ihr Zeit zu geben, sich wieder zu fangen.

»Ich kann nicht«, sagte sie. »Dann kommt der Sozialdienst und nimmt mir die Kinder weg.«

Hamish sah sie an. Seit dem berühmten Fall von Orkney, als der Sozialdienst und die Polizei im Morgengrauen in die Häuser gestürmt waren und die Kinder aufs Festland gebracht hatten, fürchteten sich alle Mütter vor ihnen.

»Und was kann ich tun?«, fragte er.

»Können Sie vielleicht mal mit ihm reden?«

»Kann ich, doch das wäre nichts für einen offiziellen Bericht. Ich fahre hinter Ihnen her. Holen Sie die Kinder für eine Stunde aus dem Haus.«

»Sie verletzen ihn doch nicht?«

Hamish sah sie amüsiert an. »Nur sein Ego«, flunkerte er. »Überlassen Sie es mir.«

Er folgte ihrem Wagen nach Strathbane, wo sie vor einem gepflegten Bungalow parkte. Drinnen rief sie nach den Kindern, erschien wieder vor dem Haus, wo alle ins Auto stiegen und wegfuhren.

Hamish wartete eine kleine Weile, dann ging er zum Haus und klingelte.

Mr. Hendry öffnete, und sofort roch Hamish Whisky.

Der Lehrer sah ihn blinzelnd an. »Oh, Sie sind es. Kommen Sie wegen des Hauses?«

»Könnten wir reingehen?«

Mr. Hendry trat zur Seite und ging voraus ins Wohnzimmer. Hamish folgte ihm. »Möchten Sie es sich noch mal ansehen?«, fragte der Lehrer.

»Nein, ich möchte mir Sie genauer ansehen. Sie haben wieder Ihre Frau geschlagen.«

»Was fällt Ihnen …?«

»Wieder. Zwar hat sie bisher keine Anzeige gegen Sie erstattet … noch nicht. Aber ich bin sicher, dass ich sie dazu überreden kann.«

»Beweisen Sie es«, sagte Mr. Hendry hämisch.

»Oh, ich könnte sie zu einem Arzt bringen, der sich mal die Blutergüsse und Schwielen anschaut. Sie können vor

Gericht kommen, oder wir machen es folgendermaßen: Sie nehmen das Telefon, rufen die Anonymen Alkoholiker an und melden sich zu einem Treffen an. Sie werden nie wieder trinken.«

Mr. Hendrys Faust schnellte vor, doch Hamish packte sein Handgelenk und drehte ihm den Arm auf den Rücken.

»Aufhören!«, schrie Mr. Hendry. »Sie tun mir weh!«

»Ja, so wie Sie Ihrer Frau wehtun.« Hamish knallte Mr. Hendrys Kopf gegen die Wand. »Von jetzt an werde ich jedes Mal, wenn ich erfahre, dass Sie sie geschlagen haben, herkommen und Sie übler schlagen.«

»Das ist Polizeigewalt, Sie Faschistenschwein! Sie bourgeoiser Lakai!«

Hamish lauschte entzückt den Schimpftiraden. Jeder mit einer anderen politischen Überzeugung hätte ihn in der Zentrale gemeldet. Nur ein Trinker, der sich dem ganz linken Spektrum zuordnete, würde glauben, es mit einer Verschwörung des Establishments aufzunehmen.

Er zerrte den Lehrer zum Telefon. »Rufen Sie an«, befahl er, »oder ich tue Ihnen wirklich weh.«

Murmelnd und fluchend wählte Mr. Hendry die Nummer. »Wann ist das nächste Treffen?«, fragte er, sowie sich jemand meldete.

Die Person am anderen Ende sagte etwas.

»Mein Trinken geht Sie nichts an«, gab der Lehrer jammernd zurück.

Hamish nahm ihm den Hörer ab. »Was er zu fragen versucht, ist, wo und wann das nächste Treffen stattfindet. Er möchte daran teilnehmen.«

»In einer halben Stunde in der Kirche am Market Square«, antwortete die Person. »Ich bin Ron, fragen Sie nach mir. Ich wollte gerade losgehen.«

»Gut.« Hamish knallte den Hörer auf.

Fünfzehn Minuten später stieß er den immer noch fluchenden Mr. Hendry in den Kirchensaal, wo Slogans hingen wie IMMER MIT DER RUHE und LEBEN UND LEBEN LASSEN. Sie erinnerten Hamish daran, dass beides momentan auf ihn nicht zutraf.

Er nahm sich eine der Broschüren mit dem Titel »Hilfe für die Familie« und fuhr zurück zum Haus der Hendrys. Dort blieb er im Wagen sitzen und las die Broschüre. Ihm war nicht wohl, als in dem Text gewarnt wurde, dass man einen Trinker nicht zwingen kann, nüchtern zu werden. Die Familie konnte nichts weiter tun, als zu den Treffen zu gehen, um sich selbst helfen zu lassen.

Mrs. Hendry kam mit den Kindern, und Hamish reichte ihr das Heft. »Er ist bei dem Treffen der Anonymen Alkoholiker«, sagte er. »Aber lesen Sie dies hier lieber, und holen Sie sich selbst auch Hilfe. Hier ist meine Telefonnummer in Drim. Sollte er Sie wieder anrühren, rufen Sie mich unbedingt an.«

Sie dankte ihm, wirkte jedoch, als bereute sie schon alles.

Hamish fühlte sich traurig und ein wenig schmutzig. Er wünschte, er hätte es orthodox gehalten und sie zu einer

Anzeige überredet. An einem Fish-and-Chips-Imbiss hielt er an, aß seine Portion im Auto und warf die Reste den gierigen Möwen von Strathbane hin.

Morgen war ein neuer Tag. Er würde eisern in Drim bleiben, denn er glaubte, dass Heather recht hatte. Und selbst wenn es keinen Mord gegeben hatte, war sicherlich etwas Übles dort geschehen.

Am nächsten Morgen ging er zu Jimmy Macleod. Nancy war in der Küche. Graue Ansätze zeigten sich in ihrem schwarz gefärbten, stumpf aussehenden Haar. »Oh, Sie sind es«, sagte sie wenig erfreut. »Jimmy ist draußen im Schuppen.«

»Haben Sie gesehen, wie Peter Hynd das Dorf verlassen hat?«, fragte Hamish.

Sie drehte sich von ihm weg und machte sich an einem Topf auf dem Herd zu schaffen. »Nein. Warum fragen Sie? Er ist gekommen und wieder weg. Wie die meisten Zugezogenen. Mehr ist da nicht dran.«

»Und wer hat ihm den Stein durch die Scheibe geworfen?«

»Was soll das? Es heißt, dass Sie hier Urlaub machen.«

»Ja, aber neugierig bin ich trotzdem. Wer war es?«

»Och, Kinder.«

»Und was hatten Kinder gegen ihn?«

»Es sind eben Kinder.«

Hamish ging hinaus zum Schuppen, wo Jimmy eine Axt wetzte.

»Schöner Tag«, bemerkte Hamish.

Jimmy blickte finster drein. Ein Holzstapel wartete neben dem Hauklotz darauf, zu Scheiten verarbeitet zu werden, und es roch angenehm nach Kiefernharz. Es war ein stiller, klarer Tag mit weißen Raureifflecken im Schatten, wo die Morgensonne noch nicht hingelangt war. Am strahlend blauen Himmel zogen zwei Bussarde ihre Kreise.

»Nett ist es hier«, fuhr Hamish fort. »Ein Dorf mit Charakter. Ich habe schon oft gedacht: Ja, Drim ist der netteste Flecken in den Highlands. Ein schöner Ort für einen Urlaub.«

»Blödsinn«, grummelte Jimmy.

»So einladend«, sagte Hamish verträumt. »Das heißt, wenn die Einheimischen nicht gerade Ziegelsteine durch anderer Leute Fenster pfeffern.«

Jimmy unterbrach das Wetzen. »Damit habe ich nichts zu tun gehabt.«

»Wer war es?«

»Ach, wer weiß und wen schert's? Wir brauchen hier keine Fremden.«

»Nein? Weil Sie sich alle so sehr mögen? Weil unter Ihnen nie ein böses Wort fällt? Hören Sie auf, Jimmy. Dieser Ort ist eine Brutstätte der Feindseligkeit.«

»So sieht es vielleicht jemand von außerhalb.«

»Tja, mich werden Sie hier noch oft sehen. Gewöhnen Sie sich daran.« Hamish ging. Die einzige Person, die mit ihm reden würde, war Heather. Doch das musste warten, bis sie aus der Schule zurück war.

Er machte sich auf den Weg zum Pfarrhaus. Annie Duncan öffnete ihm. »Ich habe Sie schon erwartet«, sagte sie. »Kommen Sie rein.«

Hamish sah sie an. Sie war ungeschminkt, aber sie hatte einen schönen Teint, und ihr langes braunes Haar schimmerte.

»Wissen Sie, warum ich in Drim bin?«, fragte er.

»Oh ja«, antwortete sie ruhig. »Wegen Betty Baxter. Sie glauben, dass sie ermordet wurde.«

»Ja, und ich mache mir auch Sorgen wegen Peter Hynds Verschwinden.«

»Aber daran ist doch nichts rätselhaft, oder? Er hat seinen Wagen und all seine Sachen mitgenommen.«

»Nur hat ihn keiner wegfahren sehen. Oder haben Sie?«

Sie schüttelte den Kopf. »Wenn er mitten in der Nacht abgefahren ist, wird ihn auch niemand gesehen haben, oder? Hier im Dorf schlafen sie alle wie die Toten.«

»Was ist mit dem Ziegelstein, der durch Peters Fenster geworfen wurde?«

»Ah, das kann ich Ihnen verraten. Es waren die Männer aus dem Dorf, angeführt von diesem großen Idioten Jock Kennedy. Sie haben versucht, ihm Angst zu machen, und anscheinend ist es ihnen gelungen, auch wenn es mich wundert. Peter schien es lustig zu finden, Leute gegen sich aufzubringen.«

Hamish sah sie prüfend an. »Waren Sie ihm auf die Schliche gekommen?«

»Oh ja! Zuerst war ich genauso bezaubert wie alle anderen. Aber man musste sich bloß ansehen, wie er diese armen Frauen gegeneinander aufgehetzt hat. Andererseits hat er das Dorf ein bisschen belebt. Wenigstens waren alle beim Turnen, und da gab es ein Gefühl von Gemeinschaft. Ich habe mit Callum darüber geredet und plane eine Weihnachtsaufführung. Einige der Frauen haben schöne Singstimmen. Und ein Theaterstück wäre eine gute Idee. Ich habe schon ein Skript bestellt. Man kann die traditionellen Stücke kaufen und einfach ein paar lokale Scherze einfügen. Sie wohnen bei Edie, nicht? Ihr habe ich schon eine Nachricht geschickt und sie und einige andere für heute Abend ins Pfarrhaus eingeladen, um das Projekt zu besprechen. Dann haben sie eine Beschäftigung.«

»Ich sage ihr noch mal Bescheid. Was ist mit Betty Baxter? Was meinen Sie?«

»Wahrscheinlich war es ein Unfall«, antwortete sie zögerlich. »Ich denke, Betty war schwerer, als sie ausgesehen hat. Letzten Winter ist sie auf Eis ausgerutscht und so schlimm gestürzt, dass sie sich die Hüfte gebrochen hat.«

»Aber warum sollte sie nach einem Anruf so aufgeregt reagieren, dass sie sich ihre hohen Schuhe anzieht, sich das Haar bleichen lässt und an den Strand geht?«

Annie schüttelte den Kopf. »Das ist merkwürdig. Aber haben Sie mal daran gedacht, dass es vielleicht kein Verbrechen gibt?«

»Das glaube ich, wenn ich Peter Hynd gesund und munter sehe.«

»Sie könnten den neuen Besitzer des Cottage fragen. Er

ist mit seiner Frau und einem Trupp Handwerker aus Newcastle angerückt. Sicher hat er Peter irgendwann bei den Verhandlungen gesehen.«

»Gute Idee«, meinte Hamish.

Er verließ das Pfarrhaus und ging zum Cottage. Schon ehe er es sah, hörte er lautes Werkeln. Und nun fiel ihm auf, wie still es gewöhnlich in Drim war. In Lochdubh standen immerzu Leute am Ufer oder riefen einander etwas über die Gartenzäune zu. Ständig hörte man Boote auf dem Loch und das Schwappen der Wellen am Strand.

Als er sich dem Cottage näherte, sah er einen Wohncontainer und zwei Wohnwagen vorn im Garten. Das Blechdach wurde abgenommen. Ein untersetzter Mann kam aus dem Wohncontainer und blieb stehen, als er Hamish bemerkte.

Hamish streckte die Rechte aus. »Willkommen in den Highlands.«

Der Mann schüttelte ihm die Hand und wirkte überrascht. »So eine herzliche Begrüßung ist ja mal nett«, sagte er. Er hatte schütteres Haar, sehr dunkle Augen, ein flaches Gesicht und einen schmalen Mund. »Ich heiße Apple. Fred Apple.«

»Ich bin Hamish Macbeth, Police Sergeant aus Lochdubh«, antwortete Hamish. »Aber ich bin hier im Urlaub.«

»Hätte ich gleich wissen sollen, dass Sie nicht von hier sind«, meinte Mr. Apple. »Doch ich schätze, wenn die Leute hier uns erst kennengelernt haben, werden sie netter.«

Der allzeit hoffnungslose Gedanke der Zugezogenen, dachte Hamish. »Mich interessiert, wo sich der Vorbesitzer aufhält. Haben Sie ihn schon getroffen?«

Mr. Apple schüttelte den Kopf. »Das wurde alles von meinen und seinen Anwälten und dem Makler geregelt.«

»Könnte ich vielleicht die Verträge sehen?«

»Die sind in Newcastle. Ich bringe sie nächste Woche mit. Warum?«

»Ich möchte nur Mr. Hynds Unterschrift abgleichen. Was haben Sie hier vor?«

Mr. Apple drehte sich um und schwenkte den Arm. »Erst mal ein anständiges Dach decken. Er hat einen Haufen gute Ziegel dagelassen. Dann ist der Grund hinterm Haus ein bisschen sumpfig. Den lasse ich trockenlegen, damit ich das Haus vergrößern kann. Ich habe mich schon immer nach dem ländlichen Leben gesehnt. Jetzt baue ich mir dies hier für den Ruhestand aus. Als Erstes nach dem Dach sind die Abwasserrohre dran, damit wir drinnen eine Toilette einbauen können. Und dann wird der Küchenanbau fertiggestellt. Oh, und das Dach wird höher, damit wir oben zwei Schlafzimmer haben, in denen man aufrecht stehen kann.«

»Das wird super«, sagte Hamish.

Mr. Apple sah ihn fragend an. »Gibt es für Ihren Aufenthalt in Drim noch einen anderen Grund? Ich meine, wie ich gehört habe, wurde eine Frau tot unten am Strand gefunden.«

»Ja, gibt es«, antwortete Hamish. »Und Sie können mir

helfen, da Sie neu hier sind. Dieser Peter Hynd war ein Schürzenjäger. Sehen Sie mal, ob Sie irgendwelchen Tratsch aufschnappen können, der nützlich sein könnte.«

»Mach ich. Aber mich würde wundern, wenn irgendwer hier mit mir redet.«

Hamish ging zurück zu Edie und fragte, ob er eine Tasse Tee bekommen könnte.

»Ich stelle gleich den Kessel auf«, sagte sie. »Es ist schön, wieder einen Mann im Haus zu haben, um den man sich kümmern kann.«

»Ich bin nicht ganz ehrlich zu Ihnen gewesen«, erklärte Hamish und setzte sich an den Küchentisch. »Genau genommen bin ich hier nicht im Urlaub. Mir will Bettys Tod nicht aus dem Kopf gehen und auch nicht, wie Peter Hynd einfach verschwunden ist. Warum sollte er ausgerechnet Jock Kennedy eine Nachricht und den Schlüssel dalassen? Wie ich gehört habe, war Jock einer der Rädelsführer der Männer, die den Stein durch Peters Fenster geworfen haben.«

»Oh, wühlen Sie nicht alles wieder auf!« Edie wirkte nervös und unglücklich. »Wir kommen gerade erst zur Ruhe. Bevor er weg ist, war es furchtbar in Drim. Die Männer waren wütend, und die Frauen sind sich gegenseitig an die Kehle gegangen.«

»Aber falls es ein Verbrechen gab, muss für Gerechtigkeit gesorgt werden«, erwiderte Hamish ruhig. »Ich habe eine delikate Frage. War das mit Peter nur Flirten, oder sind einzelne Frauen auch weitergegangen? Ich habe eine helle Haarnadel in Peters Schlafzimmer gefunden, und die würde auf Betty Baxter deuten.«

»Die!« Alte Eifersucht blitzte hinter Edies Brillengläsern auf. »Ein kultivierter Mann wie Peter und diese primitive Kuh! Undenkbar. Ich … ich glaube nicht, dass eine von ihnen zu weit gegangen ist. Sehen Sie uns doch an«, sagte Edie betrübt. »Ach, wir alle haben uns schön und charmant gefühlt, solange er hier war. Aber kaum war er weg, schrumpften wir wieder zu einer Gruppe alberner Frauen zusammen, die vorübergehend den Verstand verloren hatten. Lassen Sie es bitte gut sein. Heute Abend treffen wir uns alle im Pfarrhaus, um zu bereden, ob wir ein Weihnachtsmärchen aufführen wollen. Das ist eine schöne Idee von Annie Duncan. Es wird uns alle zusammenschweißen.«

Hamish nahm eine Tasse Tee an. Er hatte Mitgefühl mit ihr. »Ich werde so diskret wie möglich sein. Und wenn ich bis zum Ende meines Urlaubs nichts gefunden habe, höre ich mit den Ermittlungen auf.«

»Ich hätte gedacht«, sagte Edie, die sich ihm gegenüber hinsetzte, »dass Sie lieber etwas Zeit mit Miss Halburton-Smythe verbringen würden.«

»Priscilla versteht mein Interesse an diesem Fall«, antwortete er knapp. Rasch wechselte er das Thema und fragte nach dem Weihnachtsmärchen.

Edie plapperte munter drauflos.

Nach dem Tee wanderte Hamish zum Dorfladen, wo Ailsa hinter dem Kassentresen stand. »Ist Jock da?«, fragte Hamish.

Ailsa schüttelte den Kopf. »Der ist zum Angeln.«

»Vielleicht hole ich meine Angel und geselle mich zu ihm. Ist er oben am Drim?«

»Wahrscheinlich«, antwortete Ailsa.

»Was glauben Sie, was mit Peter Hynd passiert ist?«

»Er ist wegen der Leute im Dorf weg.«

»Wegen der Männer, meinen Sie?«

»Nein, wegen dieser bescheuerten Weiber, die ihm auf Schritt und Tritt gefolgt sind. Zu mir hat er immer gesagt: ›Ailsa, wenn du nicht wärst, ich würde verrückt werden.‹«

Hamish sah sie verblüfft an. »Sie können erstaunlich gut Stimmen imitieren, Ailsa. Eben hätte ich schwören können, Peter zu hören.«

»Darin bin ich schon immer gut gewesen.«

»Denken Sie, er kommt noch mal wieder?«

»Peter?« Sie stützte die Ellbogen auf den Tresen und blickte an ihm vorbei nach draußen zum Loch. »Manchmal denke ich, dass er es wird, ja. Manchmal denke ich, ich schaue auf, und er kommt einfach in den Laden und sagt: ›Hallo, Ailsa‹, und lächelt mich auf seine besondere Art an.« Es trat Stille ein, dann richtete sie die blauen Augen wieder auf Hamish Macbeth, und ihre Miene wurde härter. »Kaufen Sie jetzt etwas oder nicht?«, fragte sie.

Hamish nahm eine Flasche Limonade und eine Fleischpastete und verabschiedete sich. Draußen aß und trank er. Inzwischen wünschte er, er hätte Priscillas vernünftige Küche mehr zu schätzen gewusst. Snacks waren gut, wenn man sie sich hin und wieder gönnte, aber nicht auf Dauer.

Zu gern würde er nach Lochdubh fahren und den Fall mit Priscilla besprechen. Diese Idee verwarf er jedoch gleich wieder. Er musste sich konzentrieren. Priscilla war nicht mehr sein Watson.

Er blickte auf und sah Heather, die offenbar auf dem Heimweg von der Schule war. Hamish warf den Rest seines Mittagessens in den Mülleimer vor dem Laden und lief ihr nach.

Eine offizielle Stimme in seinem Kopf ermahnte ihn, eine Minderjährige nicht ohne einen anwesenden Elternteil zu befragen, doch er tat sie mit einem Schulterzucken ab. Er war im Urlaub und unterhielt sich nur.

»Wie geht es dir, Heather?«, fragte er.

»Sehr gut, bedenkt man die Umstände.«

»Welche?«

»Eine tote Mutter.«

»Oh.«

»Entschuldigung, Mr. Macbeth, aber ich muss Dad sein Abendessen machen.«

»Bleib noch ein bisschen, Heather. Glaubst du immer noch, dass Peter Hynd ermordet wurde?«

Sie blickte mit ihren grauen Augen zu ihm auf und gleich wieder nach unten. »Ich denke, da habe ich mich geirrt. Ich glaube, ich habe den Tod meiner Mutter gesehen.«

»Der ein Unfall war?«

»Der ein Unfall war«, sagte Heather ernst.

Sie drehte sich um und lief weg. Anscheinend rannte

Hamish überall gegen eine Mauer. Wieder einmal fragte er sich, was Priscilla von Heather denken würde. Und er sehnte sich danach, sie zu sehen, denn er brauchte ihren nüchternen Verstand. Zumindest redete er sich das ein.

Also kehrte er zu Edies Haus zurück und stieg in den Land Rover. Nun, da er tatsächlich zu Priscilla fuhr und Drim hinter sich ließ, wurde er gleich heiterer und ungeduldig. Ihm war sogar danach, die Sirene einzuschalten – nicht, um den Weg freizumachen, denn es war sonst niemand auf der Straße. Nur aus lauter Freude an dem Klang.

Priscilla verabschiedete gerade eine Gästegruppe auf dem Hotel-Parkplatz. Sie trug ein schwarzes Kostüm und eine weiße Bluse, und schlagartig wurde Hamish allzu bewusst, dass er eine ausgebeulte Hose und ein Hemd mit fransigem Kragen anhatte. Priscilla gehörte in eine andere Welt als er.

Sie sah ihn und hob halb die Hand. Geduldig wartete er, bis die Gäste abgefahren waren und sie sich ihm zuwandte.

»Hamish?«

»Das ist lächerlich«, begann er. »Nein«, ergänzte er sofort. »Du willst sagen, dass es lächerlich von mir ist, meinen Urlaub in Drim zu verbringen, und wir würden einen sinnlosen, verletzenden Streit anfangen. Aber ich brauche deine Hilfe.«

Ihre Züge wurden weicher. »Wie ich von Mrs. Daviot höre, bist du momentan nicht der beliebteste Polizist in Strathbane. Komm mit rein und erzähl mir alles.«

wohl es ein wenig schade war, dass sie Hamish Macbeth an den Abenden nun nicht mehr für sich hatte, würde Priscillas Anwesenheit den Ruf ihres Bed & Breakfast enorm heben.

Als die Zimmer getauscht waren und Priscilla ausgepackt hatte, fiel Edie ein, dass sie später zum Treffen im Pfarrhaus musste. Zu Hamishs Überraschung verkündete Priscilla, sie würde gern mitgehen, und Edie sagte mit Freuden zu. Und die allzeit effiziente Priscilla wollte noch einkaufen gehen und ihnen ein Abendessen kochen, bevor sie loszogen.

»Was hast du vor?«, fragte Hamish auf dem Weg zum Dorfladen.

»Es ist eine gute Gelegenheit, die Frauen aus dem Dorf kennenzulernen«, antwortete Priscilla. »Und nein, du kannst nicht mitkommen. Bei mir werden sie offener reden. Wir brauchen eine Liste von Peter Hynds Opfern, und vielleicht schnappe ich ein bisschen Tratsch auf.«

»Was soll ich in der Zwischenzeit machen?«

»Du könntest versuchen, noch mal mit Heather zu reden. Ihr Vater wird zum Fischen rausgefahren sein.«

»Na gut, aber etwas an dem Kind ist mir unheimlich.«

Am Abend saß Priscilla in dem großen dämmrigen Wohnzimmer des Pfarrhauses und sah sich die versammelten Frauen an. Hamish hatte ihr diejenigen grob beschrieben, für die er sich am meisten interessierte. Ailsa Kennedy war leicht an ihren blauen Augen und dem feuerroten Haar zu erkennen, Nancy Macleod an den grauen Ansätzen im Schwarz. Dann war da die Friseurin, Alice MacQueen, die neben Edie saß. Es waren noch zwölf weitere Frauen gekommen, doch Hamish glaubte, dass Nancy, Alice, Edie und Ailsa die Hauptfiguren waren, vor allem Nancy und Ailsa. Und falls der Mord von einem Mann begangen worden war, dann läge ein gehörnter Ehemann am nächsten.

Die Pfarrersfrau, Annie Duncan, hatte rote Flecken auf den Wangen. Priscilla und Edie waren die Ersten gewesen, und vor der Haustür hatten sie von drinnen etwas gehört, das wie ein Ehekrach klang.

Priscillas Anwesenheit schien überraschenderweise wortlos akzeptiert zu werden, und sie bewunderte den Takt, mit dem Annie nun die Rollen besprach. Sie hatte *Der gestiefelte Kater* als Stück ausgewählt. Für Frauen, die sich kürzlich noch wegen Peter Hynd gegenseitig an die Gurgel gegangen waren, wirkten sie seltsam zahm. Es gab keinen Konkurrenzkampf um die Rollen, sondern alle ließen Annie bestimmen, wer wen spielte.

Annie selbst wollte Dick Whittington sein, entsprechend der britischen Weihnachtsmärchensitte, eine Frau den jungen Helden spielen zu lassen. Die Wahl der Heldin indes war eine Überraschung, denn es wurde Nancy Macleod ausgewählt, die plump und grauhaarig war. Weitere Rollen wurden verteilt, und Annie schlug vor, dass man die kleine Heather Baxter fragen sollte, ob sie den Kater spielen wolle, weil es sie aufmuntern könnte.

Als man über die Gesangseinlagen sprach und Nancy

gebeten wurde, eine zu übernehmen, begriff Priscilla, warum sie für eine Hauptrolle ausgesucht worden war. Sie hatte einen wunderschönen Sopran, stark und klar, und beim Singen wirkte sie um Jahre jünger. Das schöne junge Mädchen, das sie einmal gewesen sein musste, war in ihrem müden Gesicht zu erahnen.

Der Abend endete mit Tee und Kuchen, und Priscilla war ein wenig enttäuscht. Keine Rivalitäten, keine feindseligen Schwingungen, nichts, was sie Hamish berichten konnte.

Doch auf dem Heimweg vom Pfarrhaus sagte Edie plötzlich verbittert: »Was glaubt die eigentlich, wer sie ist?«

»Wer?«, fragte Priscilla.

»Na sie, Gräfin Koks. Die feine Annie Duncan. Meine Singstimme ist genauso gut wie Nancys. Nancy in der Hauptrolle! Fett, wie sie ist, soll sie ein junges Mädchen spielen? Das ist doch eine Schande. Und ich wurde nicht mal gefragt, sondern bin zum Chor verdonnert. Ich hätte nicht übel Lust, direkt wieder auszusteigen.«

»Das wäre schade«, sagte Priscilla. »Es wird eine Menge Spaß machen, Sie werden sehen.«

»Und haben Sie bemerkt, wie Annie sich selbst zum jungen Helden gemacht hat? Meine Beine sind allemal hübscher als ihre.«

Vergeblich bemühte Priscilla sich, sie zu beruhigen. Edie wollte sich nicht trösten lassen. Als sie in ihrem Haus waren, erklärte Edie, sie würde zu Bett gehen.

»Ich sehe mal nach, ob Hamish da ist«, meinte Priscilla.

»Na, aber lassen Sie die Zimmertür auf«, befahl Edie. »Ich will in diesem Haus nichts Unanständiges haben.«

Priscilla öffnete die Tür zum kleinen Zimmer, doch das war leer. Sie ging in die Küche, wo Hamish eben durch die Hintertür hereinkam. »Warst du bei Heather?«, fragte Priscilla. »Ich brühe uns einen Tee auf.«

»Nein, ich war bei Jock Kennedy. Hinten im Laden wimmelt es von trinkenden Männern, aber Jock schwört, es wäre nur ein Treffen von Freunden und keiner würde irgendwas bezahlen. Deshalb kann ich nichts dagegen unternehmen. Es war ziemlich langweilig, denn die Männer haben ausschließlich über Schafe und Fische geredet. Und dann kam Ailsa hereingestürmt. Im Pfarrhaus muss es ja hoch hergegangen sein.«

»Nein, mir kam es sehr ruhig vor. Was hat Ailsa gesagt?«

»Sie fing an, Annie Duncan zu verfluchen, weil sie Nancy Macleod die Hauptrolle gegeben hat und sich selbst die des jungen Helden. Ailsa fand, sie hätte eine der Rollen bekommen sollen, und meinte, mit der dicken Nancy würde das Ganze zu einer Parodie. Dann hat Jimmy Macleod gesagt, seine Frau habe die schönste Stimme von hier bis Inverness und sei außerdem eine Dame, die nicht zum Herumhuren neigt. Da musste ich verhindern, dass Jock ihn schlägt, während Ailsa schrie: ›Das denkt ihr alle?‹ Und plötzlich wollten die anderen schnell nach Hause. Von einer Minute zur anderen waren sie weg.«

»Oh Gott, Hamish, wärst du im Pfarrhaus gewesen, hättest du auch gedacht, dass sie alle beste Freunde sind.

Erst als wir zurückgingen, hat Edie sich wie verrückt über Annie Duncans Überheblichkeit beschwert, dabei habe ich gar keine Überheblichkeit an Annie wahrgenommen. Alle schienen ihre Vorschläge ruhig zu akzeptieren.«

»Tja, wie du weißt, hat es quasi Tradition, dass die Pfarrersfrau immer ihren Willen bekommt.«

»Da ist allerdings eine Kleinigkeit.« Priscilla zögerte.

»Was?«, fragte Hamish finster. »Alles hilft, denn wir haben sehr wenig.«

»Als Edie und ich beim Pfarrhaus ankamen, haben wir gehört, wie sich der Pfarrer und seine Frau gestritten haben.«

»Konntest du hören, worum es ging?«

»Nein, die Worte habe ich nicht verstanden. Die Mauern sind sehr dick.«

»Und der Reverend war zwischendurch nicht bei euch?«

Priscilla verneinte stumm.

»Und wie geht es jetzt weiter?«, wollte Hamish wissen.

»Die erste Probe soll morgen Nachmittag im Gemeindesaal sein. Die Skripte sind noch nicht da, aber Annie will schon mal mit den Liedern anfangen.«

»Geh du hin. Vielleicht schaue ich kurz vorbei. Und wir sollten mal gemeinsam Heather besuchen. Ich würde gern wissen, was du von ihr hältst.«

Kapitel 9

Sie zogen sich zu Tee und Skandal zurück,
wie es ihre Sitte von alters her war.

William Congreve

Heather sang vor sich hin und schrubbte den Küchenfußboden, als Priscilla und Hamish am nächsten Morgen zum Haus kamen. Sie blickte auf und verkniff missbilligend den Mund, als sie Priscilla sah.

»Wir haben ein Telefon«, sagte sie und stand auf. »Und wir mögen es nicht, wenn Leute einfach herkommen. Wir sind immer noch in Trauer.«

»Ich hätte nur noch einige wenige Fragen«, antwortete Hamish gelassen.

»Warum?«, wollte Heather wissen, die sich die seifigen Hände an der Schürze abwischte. »Sie sind doch im Urlaub.«

»Das glaubst du genauso wenig wie jeder andere hier.«

Heather kniff die Augen zusammen und sah Priscilla an. »Was macht sie hier?«

»Wo bleiben deine Manieren?«, erwiderte Hamish streng.

Heather verschränkte die Arme vor der Brust. »Dies ist mein Haus, und ich darf hier sagen, was ich will.«

»Ich gehe mal raus und schaue mich ein bisschen um«, erklärte Priscilla.

Heather schien sich sofort zu entspannen, als sie fort war. »Einen Kaffee oder Tee, Mr. Macbeth?«

»Nichts«, antwortete Hamish. »Du bist ein bisschen schroff zu Priscilla, Heather. Was hat sie dir jemals getan?«

»Sie ist eine Frau«, antwortete das Mädchen. »Ich mag Frauen nicht besonders. Die sind grausam.«

»Na, aber es gibt doch nette Frauen hier. Mrs. Duncan ist sicher sehr lieb zu dir gewesen.«

»Die ist ja auch die Frau vom Pfarrer, deswegen muss sie zu allen nett sein. Wissen Sie, dass ich den gestiefelten Kater im Weihnachtsmärchen spielen soll?«

»Nein«, antwortete Hamish, weil ihm Priscilla diese Information nicht weitergegeben hatte. »Und willst du das?«

Sie runzelte die Stirn. »Ist vielleicht nicht schlecht.« Sie krümmte die Finger zu nachgeahmten Krallen und tat, als putzte sie sich das Gesicht. »Ja, das kann ich bestimmt gut spielen.«

»Also«, sagte Hamish, zog sich einen Stuhl heran und setzte sich, »du kommst überall im Dorf rum, ohne dass jemand besonders auf dich achtet. Da musst du Sachen hören. Weißt du, ob irgendeine Frau irgendwie … mehr mit Peter Hynd zu tun hatte?«

Plötzlich wurde ihr Blick eisig. »Meinen Sie, wen er gevögelt hat? Meine Mutter ist schon mal eine gewesen.«

Hamish bemühte sich, sich sein Entsetzen über die rüde Ausdrucksweise einer Zwölfjährigen nicht anmerken zu lassen. »Heather, du bist noch sehr jung. Wie kannst du das wissen?«

»Weil ich ihr den einen Abend nach oben zu seinem Cottage hinterher bin«, antwortete sie und setzte sich zu ihm an den Tisch, wo sie ihr kleines Kinn in die Hände stützte.

»A-aber wie konntest du das wissen?«, fragte Hamish, der sehr rot wurde.

»Ich habe sie gehört.«

»Jedoch nicht *gesehen*. Vielleicht irrst du dich. Du bist erst zwölf.«

Sie nickte zu dem Fernseher in der Ecke. »Ich sehe und höre da ganz viel.«

Ach, die verlorenen Tage der Jugend!, dachte Hamish betroffen. Was er laut aussprach, war: »Es muss schwer für dich gewesen sein.«

»Peter Hynd war ein böser Mann«, sagte sie. »Richtig böse. Ich bin froh, dass er weg ist.«

»Aber du glaubst nicht mehr, dass er ermordet wurde?«

»Das war nur so eine Idee.«

Hamish hatte das Gefühl, er sollte die nächste Frage nicht einem Kind stellen, aber wer sonst in diesem Dorf würde ihm antworten? »Heather, weißt du, wer von den anderen Frauen im Dorf mit Peter Hynd geschlafen hat?«

Sie hielt eine Hand in die Höhe und zählte sie an den Fingern ab. »Nancy Macleod, Ailsa Kennedy, Alice MacQueen und Edie Aubrey.«

»Unglaublich! Edie? Im Ernst, Heather?«

»Je hässlicher, desto leichter zu verführen«, erklärte Heather. »Jetzt kommt Dad gleich vom Fischen zurück, und ich muss sein Essen fertig haben. Aber ich rede wieder mit Ihnen, Mr. Macbeth.«

»Und ich hoffe, dass ich es verkrafte«, meinte Hamish, nachdem er Priscilla alles berichtet hatte. »Was hältst du von ihr?«

»Sie ist ein bemerkenswert starkes und diszipliniertes kleines Mädchen, das es genießt, den Haushalt zu führen und den Vater ganz für sich zu haben«, antwortete Priscilla. »Natürlich kann ich mich irren, und es ist alles nur gespielt. Ebenso gut könnte sie am Rande eines Nervenzusammenbruchs stehen, und ich erkenne es nur nicht. Aber diese Frauen, die sie aufgezählt hat! Ihre eigene Mutter eingeschlossen. Wobei ich das mit Edie kaum glauben kann.«

»Das ließe sich leicht überprüfen«, sagte Hamish. »Ich könnte sie fragen. Dann braucht sie nichts weiter zu tun, als es zu leugnen.«

»Ich glaube, wir gehen es vom falschen Ende her an. Mal angenommen, Peter Hynd und Betty Baxter wurden ermordet. Wer hätte das stärkste Motiv? Natürlich der Ehemann, Harry. Harry Baxter findet heraus, dass Betty ihn betrügt. Er ermordet Peter Hynd und lässt dessen Sachen verschwinden. Hier wimmelt es von Torftümpeln, in denen man alles, auch Peters Leiche und seinen Wagen, versenken kann, ohne Spuren zu hinterlassen. Nach dem Mord dreht er erst richtig durch, ruft Betty an und lässt sie irgendwie glauben, er sei Peter – frag mich nicht, wie –, folgt ihr zum Strand und bricht ihr das Genick. Danach sagt er Heather, sie soll ihn mit der Geschichte vom halb gefrorenen Fisch decken, und sie, die froh ist, ihre Mutter los zu sein, macht mit.«

»Da wäre nur eines«, erinnerte Hamish sie. »Harry Baxter hat ein wasserdichtes Alibi.«

»*Hat* er das?«, fragte Priscilla. »Wir nehmen an, dass Betty gegen sieben Uhr morgens getötet wurde. Was ist, wenn es früher war? Bei der Obduktion konnte keine genaue Todeszeit bestimmt werden. Und die Fischkutter kommen oft gegen sechs rein.«

»Daran hatte ich auch gedacht. Harry Baxter war direkt vom Kutter in die Bar gegangen. Dort machen sie extra für die Fischer so früh auf.«

»Das ist eine eingeschworene Gemeinschaft in Lochdubh. Der Klatsch aus Drim spricht sich sofort dort herum, und seine Freunde hätten Mitleid mit Harry. Sagen wir, er war nicht zum Fischen draußen oder nicht in der Bar. Würden die anderen ihn decken, damit er keine Probleme bekommt?«

Hamishs Augen blitzten. »Das könnte sein. Die mögen

Blair nicht – wer tut das schon? –, und weil sie glauben, dass der arme alte Harry nie im Leben zu einer solchen Tat fähig wäre, haben sie kurzerhand beschlossen, ihm ein Alibi zu geben.«

»Dann ist da Archie Macleans Frau«, fuhr Priscilla fort. »Sie wartet immer am Hafen auf die Kutter. Wie heißt Harrys Boot noch gleich?«

»Die *Silver Princess*, Archies Kutter.«

»Fahren wir nach Lochdubh«, drängte Priscilla. »Wir können mittags im Hotel ein paar Sandwiches essen. Mir war nie klar, wie unpraktisch dieses Bed & Breakfast ist. Was machen die armen Urlauber, wenn es draußen schüttet?«

»Ich habe keine Ahnung«, sagte Hamish. »Vermutlich fahren sie durch die Gegend, gucken sich nasse Schafe an und essen in Cafés, bis sie wieder zurückkönnen. Mrs. Wellington, die Pfarrersfrau in Lochdubh, hatte auch mal kurz Zimmer mit Frühstück angeboten. Ihre Gäste mussten um neun Uhr morgens aus dem Haus sein, egal, bei welchem Wetter, und durften erst um halb neun abends wieder rein.«

»Fahren wir trotzdem nach Lochdubh. Es wird guttun, hier rauszukommen.«

Der Tag war klar und kühl, und beide wunderten sich, wie es im Norden Schottlands und dicht beieinander zwei so unterschiedliche Dörfer wie Lochdubh und Drim geben konnte. Wie üblich war in Lochdubh überall Leben zu hören.

»Versuchen wir es zuerst bei Archie«, schlug Hamish vor.

Mrs. Maclean schrubbte die Küchenschränke. Pflegeleichte laminierte Kunststoffoberflächen waren nichts für sie. Stattdessen ging sie mit der Bürste auf das Holz los und blickte verdrossen auf, als Hamish zur Tür hereinsah. »Ich habe zu tun!«

Hamish kam in die Küche, gefolgt von Priscilla. »Nur einige Fragen«, sagte er.

»Sie sind nicht in Uniform.« Mrs. Maclean warf die Scheuerbürste in den Eimer und trocknete sich die Hände an einem Handtuch ab, das wie gestärkt aussah.

»Es ist auch inoffiziell. Wo ist Archie? Schläft er?«

»Nein, er trinkt, wie immer.«

»Dann gehen wir gleich zu ihm. Also, Sie laufen runter zum Hafen, wenn die Fischkutter morgens reinkommen, oder?«

Sie stemmte die Hände in die Hüften. »Und wenn schon, das ist kein Verbrechen! Ich sehe meinen Mann eben gern heil wieder nach Hause kommen.«

»Ja, sicher. Erinnern Sie sich, ob Harry Baxter an dem Morgen auf dem Kutter war, an dem Betty Baxter drüben in Drim ums Leben kam?«

Sie wandte sich ab, nahm die Bürste aus dem Eimer und schrubbte weiter. »Für mich ist jeder Morgen gleich.«

»Aber das war der Morgen, an dem die Polizei hier war und die Fischer befragt hat«, beharrte Priscilla. »Und da Archie, der Skipper, auf dem Kutter ist, mit dem Harry angeblich draußen war, müssen Sie auch hier gewesen sein. Daran erinnern Sie sich doch gewiss.«

»Ich sage doch, ich habe zu tun. Und bei mir waren die nicht. Sie haben Archie gefragt.«

Hamish verdrehte die Augen. »Komm, Priscilla, hören wir mal, was Archie zu sagen hat.«

Er blickte durch das Küchenfenster wieder ins Haus, als sie durch den Vorgarten gingen. »Sie ist schon am Telefon«, meinte er. »Beeilen wir uns lieber.«

Die Fischer in der Bar konnte man in zwei Gruppen unterteilen – jene, die tranken, und jene, die nie tranken. Erstere konnten einiges vertragen, deshalb waren die meisten noch hier. Als Hamish und Priscilla hereinkamen, legte Archie am Tresen gerade den Hörer wieder auf.

»Hallo, Hamish«, sagte er verlegen. »Was trinken Sie?«

»Nichts, danke. Ist mir zu früh. Archie, wie Ihre Frau Ihnen eben erzählt hat, überprüfen wir Harry Baxters Alibi.«

»Und seit wann ist sie bei der Polizei?« Archie nickte zu Priscilla. Er sah nervös aus, was jedoch nichts besagte, weil er ständig so wirkte. Sein Pullover endete irgendwo in der Mitte des Bauches und war so verfilzt, dass er wie gewalkt aussah. Die Einheimischen schworen, dass seine Frau alle seine Sachen kochte.

»Nicht frech werden«, warnte Hamish. »Raus damit, Archie. Ich werde immer wieder fragen, bis ich die Wahrheit erfahre.«

»Und ich sage Ihnen, dass Harry mit mir draußen war, genau so, wie ich es diesem großen Schwachkopf erzählt habe, diesem Blair.«

»Und ich sage Ihnen, dass ich nicht bloß Ihre Crew befragen werde, sondern auch die anderen Fischer und die Frauen, die unten am Hafen auf sie warten, ebenso wie jeden sonst in Lochdubh. Und danach werde ich Sie mit Freuden wegen Behinderung der Justiz und Falschaussage ins Gefängnis verfrachten.«

»Ach, Hamish, das würden Sie nicht.«

»Und ob ich das würde.«

Panisch blickte Archie sich um und nahm sein Glas auf. »Gehen wir rüber in die Ecke.«

Sie folgten ihm zu einem klapprigen kleinen Tisch voller Bierflecken und setzten sich.

»Es ist so«, flüsterte Archie, »dass wir alle von diesem Fremden gehört haben, wie der die Weiber in Drim ganz kirre macht. Harry war zum Fischen gekommen, aber es war eine schlimme Nacht, darum wollten wir früh zurück. Gegen fünf waren wir im Hafen, und Harry ist gleich nach Hause. Er hat uns erzählt, dass seine Alte ein bisschen plemplem geworden ist, sich das Haar gefärbt hat und was nicht alles. Und als die kleine Heather angerufen und gesagt hat, wir sollen lieber aussagen, dass ihr Dad in der Bar war, haben wir gedacht, das ist in Ordnung.«

»Heather!«

»Sie hat uns erzählt, dass ihre Mum tot am Strand gefunden wurde. Sie war gestürzt und hatte sich das Genick gebrochen. Und die Kleine hat gesagt, auch wenn es ein Unfall war, kann die Polizei mit ihrer dreckigen Fantasie behaupten, ihr Dad hätte Betty gestoßen. Heather hat furchtbar geweint, und wenn sie sicher ist, ihr Dad ist das nicht gewesen, ist es doch bestimmt richtig, den Mann zu schützen.«

»Ich denke, wir fahren lieber zurück und reden mit Heather«, schlug Priscilla matt vor.

»Seien Sie nicht zu streng mit dem Mädchen«, bat Archie. »Sie hat ja selbst einen Schock.«

»Den habe ich auch«, erwiderte Hamish grimmig, nachdem Priscilla und er ein kurzes Mittagessen, bestehend aus Sandwiches und Kaffee, eingenommen hatten und auf der Rückfahrt nach Drim waren. »Heather kommt mir allmählich wie eine Lady Macbeth vor. Vielleicht hatte sie ihren Vater angestiftet.«

»Oder sie ist nur ein verängstigtes Mädchen, das sein Bestes tut, den Vater zu schützen«, entgegnete Priscilla. »Ich gehe zur Probe im Gemeindesaal, denn du redest besser allein mit ihr.«

»Und mit Harry«, brummte Hamish. »Heute Nacht fahren sie nicht raus, also wird er auf sein. Heute Morgen muss er direkt nach Hause gefahren sein.«

Als Hamish sich dem Cottage der Baxters näherte, stand Heather draußen. Er wusste sofort, dass sie auf ihn wartete, und verfluchte die Erfindung des Telefons. Natürlich hatte Archie sie angerufen, sobald Priscilla und er die Bar verlassen hatten.

»Kommen Sie rein, Mr. Macbeth«, bat sie förmlich. »Dad ist in der Küche.«

Hamish duckte sich unter dem Türrahmen hindurch

und ging in die Küche. »Also, Harry, das ist eine schlimme Geschichte. Begreifen Sie nicht, wie das aussieht?«

Harry Baxter umklammerte einen Kaffeebecher mit seinen rauen Händen. »Ich habe gar nicht richtig gewusst, was ich tue, Hamish. Heather hat mir erzählt, was sie gemacht hat, und mir kam es sicherer vor, dabei zu bleiben. Aber was spielt das für eine Rolle? Es ist alles vorbei. Das war ein Unfall. Verstehen Sie denn nicht, wie schlimm es für mich und Heather ist, wenn Sie immer wieder davon anfangen?«

»Erzählen Sie mir von dem Anruf, den Betty bekommen hatte.«

»Ich habe gehört, wie sie ans Telefon gegangen ist. Sie hat nur ›Ja‹ und ›Nein‹ gesagt und dann: ›Ich sehe dich da.‹ Als sie wieder reingekommen ist, hat sie gestrahlt. Sie hat behauptet, dass es Edie war. Ich habe die Wut gekriegt und rumgeschrien. Als ich später aufgewacht bin, hatte sie sich wieder blondieren lassen. Da habe ich sie geschlagen. Ich habe gesagt, dass ich weiß, dass Peter Hynd zurück ist und sich mit ihr treffen will. Sie hat mir gar nicht zugehört und gedroht, wenn ich sie noch mal schlage, verlässt sie mich.«

»Sie sind vom Fischen gleich nach Hause gefahren. Haben Sie nach ihr gesucht?«, fragte Hamish.

»Nein«, murmelte er. »Ich war so sauer, dass ich direkt ins Bett gegangen bin. Und als ich wieder aufgewacht bin, waren die Nachbarn hier gewesen und haben erzählt, dass Kinder sie tot am Strand gefunden hatten.«

»Es ist sinnlos, Heather zu bitten, dass sie Ihre Geschichte bestätigt«, sagte Hamish erschöpft. »Jetzt antworten Sie mir ehrlich: Hat irgendwer hier Peter Hynd an dem Tag gesehen, an dem Ihre Frau gestorben ist, oder an dem davor?«

Harry schüttelte den Kopf. »Ich habe alle gefragt, aber keiner hat eine Spur von dem Mann gesehen, seit er weg ist.«

»Und hat ihn irgendwer wegfahren sehen?«

Wieder schüttelte Harry den Kopf. »Das habe ich auch gefragt. Gott, ich habe mir gewünscht, dass es das war. Er ist weg, aber keiner hat mitbekommen, wie er verschwunden ist.«

Als Hamish ging, fühlte sich sein Kopf wie mit Nebelschwaden gefüllt an. Trat er mal einen Schritt zurück und erwog, dass Peter Hynd wirklich seine Sachen gepackt und das Dorf verlassen hatte … Alle Indizien sprachen dafür. Er hatte sein Haus zum Verkauf angeboten, bevor er verschwunden war. Betty, die auf den Geschmack gekommen war, was außereheliche Vergnügungen betraf, könnte mit jemand anders verabredet gewesen sein, mit einem Mann aus dem Dorf. Dann könnte sie gestolpert und auf den Felsen aufgeschlagen sein. Hamish grübelte. Aber sie hatte keine Handtasche bei sich gehabt und die Hände auch nicht in den Taschen, also warum hatte sie sich nicht abgefangen?

Er hätte Heather ins Gebet nehmen müssen, doch irgendwie konnte er sich nicht dazu aufraffen. Für einen Moment wünschte er, er wäre ein Polizist wie Blair und ermittelte offiziell in Drim. Dann könnte er die Verdächtigen schikanieren, ohne sich um deren Gefühle zu scheren. Blair hätte kein Problem, beispielsweise direkt auf Edie zuzugehen und etwas Taktvolles zu äußern wie: »Also war Hynd bei Ihnen zum Stich gekommen?«

Seufzend ging Hamish hinunter zum Gemeindesaal. Und war überrascht, als er drinnen Heather sah. Sie musste die Abkürzung über die Felder genommen haben, um vor ihm dort zu sein. Am Klavier saß eine korpulente Frau. Nancy begann zu singen. Wie Priscilla war auch Hamish erstaunt, wie klar und schön ihre Stimme war. Annie Duncan stimmte ein wenig tiefer ein. Am Ende applaudierten die Frauen im Saal, und Hamish konnte nirgends eine Spur jener Feindseligkeit ausmachen, die in jedem dieser Busen zu schlummern schien. Andererseits war das in den Highlands auch nicht ungewöhnlich.

Er setzte sich zu Priscilla. »Geht es gut?«

»Oberflächlich, ja«, antwortete sie. »Annie hat heute Morgen das Skript bekommen und es drüben in Strathbane für alle kopiert. Sie ist gut im Organisieren. Den anderen mag nicht gefallen, wie sie die Rollen verteilt hat, aber ich glaube, sie werden sich alle beugen und tun, was sie sagt. Oh, und es gab neuen Tratsch von der Frau am Klavier, Mrs. Denby. Sie putzt im Pfarrhaus und sagt, der Pfarrer sei vehement gegen das Projekt und habe Annie befohlen, die Idee aufzugeben. Sie hat ihm erklärt, dass sie nicht im Traum daran denke. Mrs. Denby meint, sie habe die beiden früher nie streiten gehört, während jetzt beinahe täglich die Fetzen fliegen. Anscheinend hätte Callum Duncan seine Frau gern als untertänige Dienerin, und auf einmal rebelliert Annie bei den kleinsten Kleinigkeiten. Wenn er sie ins Arbeitszimmer ruft, sagt Annie ihm, er soll sich selbst seinen verdammten Tee machen. Solche Sachen.«

»Leider wäre die Information nur hilfreich, hätte der Pfarrer seine Frau ermordet«, wandte Hamish ein.

Heather war nun oben auf der Bühne, lauschte aufmerksam Annie Duncans Anweisungen und hielt ihr Skript in den Händen. Ihre Augen leuchteten.

»Und die Einheimischen sagen, Heather habe nicht eine Träne vergossen«, fuhr Priscilla fort. »Etwas stimmt mit ihr nicht, Hamish. Das ist unnatürlich. Ich wünschte, sie würde zusammenbrechen und weinen.«

»Ich habe noch kein Kind erlebt, das davon weiter entfernt war«, murmelte Hamish zynisch.

Annie Duncan schlug vor, dass nun alle ihre Rollen im ersten Akt lasen. »Und hier, nach der ersten Szene«, wandte sie sich an Nancy, »gehen Sie nach links ab zu den Garderoben.«

»Garderoben?«, fragte Hamish. »In einem Gemeindesaal?«

»Oh, die sind hier ziemlich gut ausgestattet«, antwortete Priscilla. »Es gibt sogar eine ›Stargarderobe‹. Wer die wohl bekommt? Wahrscheinlich Nancy.«

Im ersten Akt träumte Nancy, die Tochter des Ratsherrn, laut davon, eines Tages einen berühmten Mann zu heiraten. Sie sang ein Stück von Andrew Lloyd Webber.

Der Chor unterstützte Nancy und wanderte dann nach

rechts ab, sodass sie allein auf der Bühne blieb. Am Ende des Liedes legte Nancy einen Abgang hin, der einer Diva würdig wäre. Doch noch ehe die Szene zu Dick Whittington und seinem Kater wechseln konnte, ertönten ein Schrei und ein dumpfer Knall hinter der Bühne.

Hamish rannte hin, sprang auf die Bühne und dort zu der Treppe, die Nancy hinuntergegangen war. Nancy lag unten, das Gesicht schmerzverzerrt. »Nicht bewegen!«, rief er.

Er eilte nach unten und bückte sich zu ihr. »Ganz ruhig. Wo tut es weh?«

»Überall«, stöhnte Nancy.

Er schob einen Arm unter ihre Schultern und richtete sie vorsichtig in eine sitzende Position auf. »Bewegen Sie die Arme.« Zögernd tat sie es. »Jetzt die Beine, erst das rechte, dann das linke. Die scheinen in Ordnung zu sein. Jetzt helfe ich Ihnen auf, aber seien Sie vorsichtig.«

Er hob Nancy hoch. »So, anscheinend ist nichts gebrochen«, sagte er erleichtert, »obwohl Sie sicher einige blaue Flecken bekommen werden. Was ist passiert?«

»Ich bin mit dem Knöchel irgendwo hängen geblieben und nach vorn geflogen«, antwortete sie verwirrt.

»Kommen Sie mit in die Garderobe, und setzen Sie sich«, meinte Annie Duncan. »Ich habe eine Thermoskanne Tee dabei. Ailsa, sagen Sie den anderen Bescheid, dass wir morgen um die gleiche Zeit wie heute weiterproben.«

»Ist gut.« Hamish bemerkte, wie sie hinter Annies Rücken spöttisch salutierte.

Priscilla war bereits da, um Nancy zur Garderobe zu helfen. Die anderen Frauen verschwanden, und Hamish blieb allein zurück.

Er kroch auf allen vieren die Treppe hinauf und inspizierte sie gründlich. Es war nichts von einer Schnur zu entdecken, die zwischen den Geländerstangen gespannt gewesen wäre.

Hamish kehrte nach unten zurück, stellte sich neben die Treppe und griff nach oben. Ja, hier hätte leicht jemand stehen und Nancys Fesseln packen können. Der Chor war nach rechts abgegangen, doch eine der Frauen könnte unter der Bühne durchgelaufen sein und gewartet haben, um Nancy zu Fall zu bringen. Noch ein Unfall? Gehässigkeit? Hätte Nancy sich ein Bein gebrochen, wäre sie ihre Rolle los gewesen. Plötzlich war Hamish unsagbar wütend auf die Leute in Drim.

Und dann sah er sie in einer dunklen Ecke. Es war eine dieser altmodischen langen Stangen mit einem Haken am Ende, mit denen man die hohen Fenster in einer Kirche oder einem Saal öffnete und schloss.

Jemand hätte sie durch die Geländerstäbe schieben können, als Nancy nach unten gegangen war, und sie so zu Fall bringen können. Wäre es doch nur eine offizielle Ermittlung! Er würde sogar Blair in Kauf nehmen, um Forensiker nach Fingerabdrücken auf der Stange suchen zu lassen.

Priscilla tauchte hinter ihm auf, und er zuckte zusammen. »Du glaubst nicht, dass es ein Unfall war, oder?«

»Vielleicht nicht. Ich denke, jemand könnte diese Stange

über eine der Stufe geschoben haben, als Nancy nach unten kam. Wer könnte das gewesen sein?«

»Na ja, Nancy war allein auf der Bühne, abgesehen von der Pianistin. Gehen wir Edie fragen, ob sie etwas gesehen hat«, schlug Priscilla vor.

Edie Aubrey wirkte erschrocken. Die Frauen, sagte sie, hätten alle zusammen unterhalb der Bühne gestanden. Einige waren oben rechts geblieben, um Nancy zuzusehen, aber sie erinnerte sich nicht genau, wer das gewesen war. Sie selbst war nach unten zur großen Garderobe für den Chor gegangen, um ein wenig Puder aufzulegen. Oh, und sie hatte Jock Kennedy gesehen.

»Was wollte er denn da?«, fragte Hamish.

»Annie hatte ihn gebeten, mit den Requisiten zu helfen. Wir haben noch kein Bühnenbild, aber sie wollte die Beleuchtung und so mit ihm besprechen.«

»Ich habe ihn nirgends gesehen!«, sagte Priscilla. »Das wäre mir aufgefallen.«

»Es gibt eine Tür hinten, die unter die Bühne führt«, erklärte Edie. »Jeder kann da rein.«

Jeder, dachte Hamish frustriert. Jeder in Drim, auch Nancys Ehemann. Doch es musste jemand gewesen sein, der dort war und wusste, wann genau Nancy von der Bühne kam.

»Was soll das alles überhaupt?«, entgegnete Edie ein bisschen gereizt. »Es war nur ein Unfall.«

»Einer zu viel«, brummte Hamish.

Er betrachtete Edie. Wer würde bei ihr vermuten, dass

sie eine Affäre mit einem jungen Mann gehabt hatte? Hatte Heather sich diese Liste an Frauen bloß ausgedacht, um ihn von der richtigen Spur abzulenken?

»Edie, wie nahe standen Sie Peter?«, fragte er.

Prompt wurde sie misstrauisch. »Wir waren befreundet«, antwortete sie. »Er hat gesagt, dass ich die Einzige sei, mit der er reden könne.«

»Und hatten Sie eine Affäre mit ihm?«

Edie wurde sehr rot, und ihr kamen die Tränen.

»Es muss Ihnen nicht unangenehm sein«, versicherte Priscilla schnell. »Heutzutage hat jeder Affären.«

Hamish sah sie wütend an. Außer dir, dachte er.

Edie nickte. Für einen Moment schwiegen alle verlegen.

»Ich möchte Sie nicht kränken«, warf Hamish sanft ein, »aber Sie müssen gewusst haben, dass Sie nicht die Einzige waren.«

»Das hatte ich geglaubt«, gab Edie beschämt zu. »Er hat es mich glauben lassen. ›Komm nicht zum Cottage, wenn ich dich nicht darum bitte, Edie‹, hat er gesagt, und dann hat er aufgehört, mich einzuladen. Und ich … ich habe mich eines Abends hübsch gemacht. Ich konnte nicht fassen, dass er mich satthatte, nicht nach allem, was wir getan hatten.« Sie schluchzte, fing sich aber wieder. »Ich hätte anklopfen sollen. Dumm, wie ich war, wollte ich ihn überraschen. An dem Tag war ich in Strathbane gewesen, um eine Flasche Champagner zu kaufen, und die hatte ich unter dem Arm. Ich habe die Tür geöffnet – sie war nicht abgeschlossen – und bin reingegangen. Die Leiter zum Schlafzimmer oben war aufgestellt. Ich bin raufgeklettert. Und dann habe ich sie gehört. Betty Baxter und Peter. Ich konnte es nicht glauben. Ich bin weiter nach oben. Zum Glück waren sie zu beschäftigt, um mich zu bemerken. Ich schlich wieder nach unten und aus dem Haus. Danach fühlte ich mich so schrecklich, dass ich mich umbringen wollte. Betty Baxter! Wenn es jemand wie sie gewesen wäre« – sie wies mit dem Daumen auf Priscilla –, »hätte ich es eher ertragen.«

»Trotzdem haben Sie sehr … ähm … freundlich von Peter gesprochen, als ich Sie nach ihm fragte«, erwiderte Hamish.

»Als er weg war und die Tage vergingen, habe ich mir eine Fantasie zu ihm zusammengesponnen. Jene entsetzliche Nacht habe ich einfach verdrängt und mir eingeredet, ich wäre die Einzige gewesen. Ich erinnerte mich an all die netten Dinge, die er zu mir gesagt hatte. Es war leicht, weil er nicht hier war. Und zu träumen ist besser, sicherer.«

Hamish sah sie verständnislos an und dachte zugleich, dass er selbst glücklicher gewesen war, als er nur von Priscilla geträumt hatte. Denn jetzt, da sie mit ihm verlobt war, so inoffiziell es auch sein mochte, schien sie ihm ferner denn je.

»Und gab es andere, von denen Sie gewusst haben?«, hakte Priscilla ruhig nach.

»Nicht mit Sicherheit, aber Eifersucht schärft die Sinne schrecklich. Mir fiel auf, dass Ailsa anfing, siegesgewiss zu wirken, und Betty oft verweinte Augen hatte.«

»Wie konnte Ailsa denn eine Affäre anfangen?«, fragte

Hamish. »Sind sie und Jock nicht den ganzen Tag zusammen?«

»Wenn Jock seine Kumpel abends auf einen Drink bei sich hat, geht Ailsa oft einige der Frauen im Dorf besuchen«, erklärte Edie. »Alice MacQueen war eine Zeit lang mit ihr befreundet, doch das ist vorbei. Sie reden noch miteinander, nur auf eine komische, frostige Art.«

»Haben Sie Peter jemals zur Rede gestellt, nachdem Sie wussten, dass er mit Betty Baxter geschlafen hatte?«, fragte Priscilla.

Edie verneinte. »Ich konnte nicht. Der Gedanke, dass er es zugibt, war mir unerträglich. Wozu das Ganze? Er ist weg und kommt nie mehr wieder.«

Hamish runzelte die Stirn. »Warum sagen Sie das? Glauben *Sie*, dass er tot ist?«

»Tot?« Ihre Überraschung wirkte echt. »Warum sollte Peter tot sein?«

»Warum nicht?«, erwiderte Priscilla. »Meinen Sie nicht, so, wie er es getrieben hat, könnte ein zorniger Ehemann ihn umgebracht haben? Und dass deshalb niemand gesehen hat, wie er den Ort verließ?«

»Oh nein.« Wieder schüttelte Edie den Kopf. »Wir mögen in Drim unsere Schwierigkeiten haben, aber keiner hier würde so etwas tun.«

»Nun war Drim auch noch nie zuvor jemandem wie Peter Hynd ausgesetzt«, entgegnete Hamish. »Entschuldigen Sie, dass wir Sie das fragen mussten, Edie. Komm mit, Priscilla, wir müssen jemanden besuchen.«

»Wohin gehen wir?«, fragte sie, als sie rausgingen.

»Ich denke, wir versuchen es bei Alice MacQueen, und danach nehme ich mir Jock Kennedy und Jimmy Macleod vor.«

»Ich hasse das«, sagte Priscilla auf dem Weg zur Friseurin.

»Dann komm nicht mit.« Hamish sah verstohlen zu ihr. »All diese ungezügelte Leidenschaft muss dir fremd sein.«

»Jetzt geh nicht auf mich los!«

»Vielleicht überlässt du Alice lieber mir. Wie wäre es, wenn du Annie Duncan besuchst? Sie muss gewusst haben, was los war. Und noch dazu war sie dort, als ich versucht habe, den Pfarrer zu warnen.«

»Aye, aye, Sir«, sagte Priscilla, drehte sich um und wanderte in Richtung Pfarrhaus.

Für einen Moment blieb Hamish stehen und blickte ihr nach. Er rang mit sich, ob er hinter ihr herlaufen und sie schütteln sollte. Schließlich zuckte er mit den Schultern und ging seiner Wege.

Alice MacQueen öffnete ihm. »Ich will gerade was im Fernsehen gucken«, sagte sie mürrisch.

»Ich bin wegen Peter Hynd hier.«

Sie wich einen Schritt zurück und hielt sich eine Hand vor den Mund. »Also ist er gefunden worden.«

Hamish folgte ihr ins Haus. »Wie meinen Sie das?«

Sie setzte sich auf einen der Friseurstühle. »Ich meine, ist er zurück?«

»Nein, und warum denke ich dann, dass Sie das gar nicht gemeint haben?«, fragte Hamish, und aus den »r« in »warum« und »gar« wurden mindestens drei, so sehr rollte er sie. »Was hätten Sie gesagt, hätte ich Ihnen erzählt, dass Peter Hynds Leiche in einem Torftümpel gefunden wurde?«

»Er kann nicht tot sein!«, rief Alice weinerlich.

Hamish lenkte ein. »Nein, er ist nicht gefunden worden.«

Sie starrte ihn an und sagte wütend: »Wieso spielen Sie so fies mit mir?«

Hamish setzte sich. »Ich will die Wahrheit herausfinden, Alice. Irgendwas stimmt in Drim nicht. Peter Hynd verschwindet, und keiner sieht, wie er wegfährt. Betty Baxter stirbt am Strand, als sie sich mit jemandem treffen will, und heute hat irgendjemand versucht, Nancy Macleod zu verletzen.«

»Das war ein Unfall. Sie ist zu schwer, und in der Hauptrolle sieht sie lächerlich aus.«

»Tja, fangen wir von vorn an. Reden wir über Peter Hynd. Haben Sie auch was mit ihm gehabt?«

Sie schüttelte den Kopf.

»Sind Sie sicher?«

Ihre Augen blitzten. »So war das nicht! Es war vollkommen harmlos. Eine Junge-Mädchen-Geschichte.«

Wie alt war Alice? Da waren kleine Tränensäcke unter ihren Augen und Falten um ihren Mund. Fünfundfünfzig?

»Erklären Sie mir diese Junge-Mädchen-Geschichte.«

»Das würden Sie nicht verstehen.« Auf einmal wirkte sie müde. »Wir haben viel geredet, sind im Moor spazieren gegangen. Er … er hat meine Hand gehalten und gesagt, mit mir könnte er reden. Weil ich nicht wie die anderen Frauen bin. Er hat gesagt … er hat gesagt, dass er noch nie jemandem wie mir begegnet ist. Und dann kommt Betty Baxter mit ihrer eklig üppigen Figur und nimmt ihn mir weg.«

»Also hatte sie eine Affäre mit ihm?«

»Sie hat ihm seine Unschuld geraubt«, antwortete Alice in ihrer irrwitzigen Logik. »Aber sie war immer schon ein Flittchen. Ailsa ist die, der ich nicht vergeben kann.«

»Ailsa?«

»Wir waren mal Freundinnen. Ich dachte mir schon, was los war, als mich Jock eines Tages gefragt hat, wie der Film war. Ich habe gesagt: ›Welcher Film?‹ ›Na der, den du gestern mit Ailsa gesehen hast.‹ Da habe ich begriffen, dass ich ihr Alibi gewesen bin; also habe ich behauptet, der wäre toll gewesen. Als ich Alisa das nächste Mal sah, habe ich sie gefragt, was los ist. Sie ist mit mir nach Hause gegangen, weil sie mir ein großes Geheimnis erzählen wollte. Sie war ganz aufgeregt. Ich hätte es ahnen müssen, doch sie war so aufgekratzt und glücklich, dass ich gedacht habe, sie hätte im Toto gewonnen. Sie hat mir erzählt, dass sie mit Peter … geschlafen hatte. Ich war gekränkt und entsetzt, habe sie daran erinnert, dass sie doch von meiner Romanze mit Peter gewusst habe. Wie konnte sie da so was tun? ›Romanze!‹ Sie lachte. ›Was für eine Romanze? Händchen haltend durch die Heide wandern? Werde mal erwachsen, Alice‹, hat sie gespottet. ›Ich bin für ihn eine richtige Frau.‹«

»Ich habe versucht, ihr klarzumachen, dass er sie genauso betrügen würde wie mich, doch sie hat immer nur gelacht. Und als er weg war, wollte sie wieder mit mir befreundet sein. Was sollte ich denn tun? Sie wissen ja, wie es in kleinen Dörfern zugeht. Das ist nicht wie in der Großstadt. Man muss mit den Leuten auskommen. Trotzdem können Ailsa und ich nicht mehr Freundinnen wie früher sein. Eigentlich waren wir zu fünft, Betty, Nancy, Ailsa, Edie und ich. Wir waren richtig dicke, hatten viel Spaß zusammen. Als Peter Hynd herzog, war das auch erst mal spaßig. Alle kamen sie her, um sich das Haar machen zu lassen, und Edies Fitnesskurse waren ein Riesenerfolg. Wir waren in einem Wettstreit, wer zuletzt mit Peter gesprochen hatte, aber das war anfangs alles freundschaftlich, nur Hänselei. Und dann wurde es schrecklich. Ich glaube nicht, dass ich noch länger hier leben kann.«

Nicht zum ersten Mal verfluchte Hamish im Geiste Peter Hynd. »Alice, hat Peter gewusst, dass Sie alle sehr gut befreundet waren?«

»Oh doch, denn ich habe ihm ja immer erzählt, was für ein Glück ich habe.«

Und Peter hatte sich sofort darangemacht, die Freundinnen gegeneinander aufzustacheln, dachte Hamish. Auf einmal war er sehr müde. Ach, wäre Peter Hynd doch am Leben und wohlauf! Dann könnte er ihm eins auf die Nase geben!

Priscilla fragte sich, ob Hamish Macbeth eines Tages auf einem Meer von Tee und Kaffee davontreiben würde. In jedem Haus in den Highlands bekam man sofort Getränke angeboten, und sie abzulehnen käme einem Affront gleich. Sie war froh, dass der Pfarrer sie allein ließ. Aus unerfindlichen Gründen mochte Priscilla ihn kein bisschen. Als er gegangen war, schien die recht kühle Luft im Pfarrhaus merklich wärmer zu werden.

»Wir werfen erst mal ein bisschen mehr Kohlen ins Feuer«, sagte Annie, stand auf und tat genau das. »Ich hasse es, wie Callum die rationiert.«

Priscilla musterte ihre Gastgeberin. Sie sah viel jünger aus, als sie war, denn sie musste mindestens fünfzig sein. Doch mit der wohlgeformten Figur und dem langen Haar, das ihr über den Rücken fiel, könnte sie glatt als eine Frau in den Dreißigern durchgehen – in den frühen Dreißigern! Ihre Kleidung war erstaunlich unkonventionell für eine Pfarrersfrau: Sie trug eine weiße »Bauernbluse« zu einem Patchwork-Rock und gefransten Westernstiefeln.

»Denken Sie, das Weihnachtsmärchen wird ein Erfolg?«, fragte Priscilla.

»Oh ja, ganz bestimmt. Im Moment sieht es noch nicht nach viel aus. Ich leihe mir Kostüme in Strathbane, und wenn sie die erst sehen, werden alle ganz aus dem Häuschen sein. Zum Glück war das Mädchen, das letzte Weihnachten die Hauptrolle gespielt hat, auch eher rundlich, also dürften nicht viele Änderungen für Nancy nötig sein.«

»Warum Nancy?«, hakte Priscilla neugierig nach. »Sie ist wahrlich kein Teenager mehr.«

»Sie hat eine wundervolle Stimme, und nur darauf kommt es an. Die Leute werden sauer, wenn die Hauptrolle ein dünnes Stimmchen hat. Sehen Sie sich die großen Opernsängerinnen an. Keinen kümmert es, welche Kleidergröße sie tragen, wenn sie zu singen anfangen.«

»Aber«, wandte Priscilla vorsichtig ein, »Ihre Wahl von Nancy scheint hier eine Menge Feindseligkeit verursacht zu haben. Ich meine, jemand könnte ihren Sturz heute auf der Treppe bewusst herbeigeführt haben.«

»Ach, glauben Sie mir, ich überlebe hier, indem ich nie auf die Kabbeleien der Frauen achte.«

Und mit diesem Satz, fand Priscilla, hatte Annie schon verraten, dass sie die Frauen im Dorf als eine eigene, primitive Spezies betrachtete, deren Eifersüchteleien und Fehden ein zivilisiertes Wesen wie sie nicht kümmern mussten. Wie konnte sie hier so lange »überleben« und diese Haltung beibehalten? Priscilla selbst kannte die meisten Frauen in Lochdubh und mochte recht viele von ihnen. »Haben Sie gewusst, dass Peter Hynd all den Ärger verursacht hat?«

»Ja, und er war ein Stammgast im Pfarrhaus. Wir haben ihn beide gemocht.«

»Anscheinend ist er ein sehr manipulativer junger Mann gewesen, der willentlich die Frauen gegeneinander aufgebracht hat.«

Annie wirkte amüsiert. »Ihr Verlobter ist mit dem Fluch der Highland-Fantasie geplagt. Der Highlander an sich ist unheilbar romantisch. Peter hat ein wenig Aufregung verursacht, mehr nicht.«

»Ich denke, dass es mehr war. Nein, für mich bitte keinen Tee mehr, danke. Wie ich gehört habe, hatte er mit mindestens fünf Frauen Affären – Betty Baxter, Ailsa Kennedy, Nancy Macleod, Edie Aubrey und Alice MacQueen.«

»Jetzt muss ich Sie aber wirklich mal auf den Teppich zurückholen, Priscilla. Ich darf doch Priscilla sagen, oder? Heutzutage ist ja keiner mehr übertrieben förmlich. Sie haben wilde Gerüchte gehört, vielleicht auch albernes Prahlen von diesen Frauen. Wissen Sie, mit wem Sie es hier zu tun haben? In diesem Dorf glauben sie an Elfen. Nancy Macleod stellt ihnen jeden Abend eine Untertasse mit Milch hin.«

»Und trinken die Elfen sie?«, fragte Priscilla, die für einen Moment abgelenkt war.

»Die Elfen nicht, aber ein fetter Igel.«

Priscilla lenkte das Thema zurück auf Peter Hynd, schien allerdings kein Stück weiterzukommen. Eher wurde die Pfarrersfrau hochnäsiger, als hätte Annie Duncan auf einmal beschlossen, Priscilla Halburton-Smythe wäre eine Art Bäuerin in Designerkleidung. Vielleicht lag es an dem auf einmal ersterbenden Feuer – die billige Kohle war schuld –, jedenfalls schien die Raumtemperatur auf den Gefrierpunkt zu sinken. Als Priscilla aufstand, konnte Annie kaum ihre Freude verhehlen.

»Das Problem, eine Pfarrersfrau zu sein«, sagte sie strahlend, während sie Priscilla zur Tür begleitete, »ist, dass die

Leute unangekündigt vorbeikommen. Rufen Sie doch bitte nächstes Mal vorher an.«

»Also bin ich da richtig abgeblitzt«, erzählte Priscilla, als sie wieder in Edie Aubreys Haus bei Hamish war. »Wo ist Edie?«

»Zu Bett gegangen.«

»Und wie bist du vorangekommen?«

»Es war furchtbar«, sagte er. »Bevor Peter ins Dorf gekommen ist, waren Nancy, Betty, Edie, Alice und Ailsa wirklich gute Freundinnen. Peter hat es gewusst und sich, wie ich glaube, sofort vorgenommen, sie gegeneinander aufzuhetzen. Eine ›Junge-Mädchen-Romanze‹, hat sie gesagt, die arme Frau. Ach, ich bin müde.« Er stand auf, ging um den Küchentisch herum und legte die Hände auf Priscillas Schultern. Er merkte, wie sie sich versteifte, beugte sich nach unten und küsste sie auf die Wange. »Morgen muss ich mir Jock Kennedy vornehmen«, erklärte er.

»Und Harry Baxter. Er muss der Hauptverdächtige sein«, ergänzte Priscilla. »Peter schlägt Jock im Kampf auf niederträchtige Art, und dann schläft er mit seiner Frau. Komisch, normalerweise kann man in den Highlands nicht mal husten, ohne dass einen am nächsten Tag alle fragen, ob man sich verkühlt hat. Aber Peter ist von hier verschwunden – mit seinem Wagen, seinem Gepäck und allem –, ohne dass irgendwer etwas mitbekommen hat.«

»Es gibt Zeiten in der Nacht, in denen keiner etwas hört«, erwiderte Hamish, der an seine Wildererausflüge dachte. »Ungefähr von drei Uhr nachts bis fünf sind alle im Tiefschlaf. Kommst du mit?«

»Ich wasche nur noch die Tassen ab«, antwortete Priscilla ausweichend.

Traurig blickte Hamish hinunter auf ihren Hinterkopf. Morgen würde er ihr sagen, dass es diese Verlobung nie hätte geben sollen und dass sie sie lösen mussten. Er konnte nicht noch einen Tag mit diesen unausgesprochenen Worten zwischen ihnen aushalten.

Kapitel 10

Der Seelen Tod in schimpflicher Zerstörung
Ist Lust in Tat: und bis zur Tat, ist Lust
Meineidig, mörd'risch, blutig, voll Betörung,
Roh, wild, wüst, grausam, verlogen.
SHAKESPEARE

Hamish spürte die nervöse Anspannung, als er morgens die Tür zu Jocks Laden öffnete. Kunden, die sich vor seinem Erscheinen unterhalten hatten – er hatte sie von draußen gehört –, verstummten und stahlen sich auf die typische Highland-Art davon, ohne wirklich zu gehen.

Jock sah ihn wütend an. »Sie wollen hoffentlich was kaufen, denn Sie verscheuchen mir die anderen Kunden.«

»Es wird Zeit, dass wir beide uns unterhalten«, sagte Hamish. »Sie schließen um halb eins, richtig? Dann komme ich wieder.« Als er sich zum Gehen wandte, fühlte er, wie sich Jocks zorniger Blick in seinen Rücken bohrte.

Das gute Wetter hielt sich, und sogar Drim sah in der Herbstsonne passabel aus. Einzig das Wasser im Loch blieb schwarz und schien das Licht eher zu absorbieren, als zu reflektieren.

Hamish wanderte hinauf zu Peter Hynds Cottage.

Mr. Apple und seine Handwerker arbeiteten fleißig. Er winkte, als er Hamish sah, und kam an die Gartenpforte. »Es geht prima voran«, berichtete er. »Morgen fangen wir an, das Torfmoor hinten trockenzulegen.«

»Am Sonntag?«, fragte Hamish amüsiert. »Da wird der Pfarrer aber bei Ihnen erscheinen und die Bibel vor Ihrem Gesicht schwenken.«

»Er war schon da.« Mr. Apple lehnte sich auf die Pforte und zog eine zerkratzte Pfeife und einen ledernen Tabaksbeutel aus der Tasche. »Hat mir einen Vortrag gehalten. Ich habe ihm gesagt, dass er kein Recht hat, mir seine Ansichten aufzuzwingen. Er meinte, ich würde die Leute im Dorf verärgern, und ich wies ihn darauf hin, dass die sich sowieso immer wegen allem und jedem aufregen, also wäre es egal. Dann ist seine Frau aufgekreuzt und hat irgendwelchen ökologischen Unsinn geredet, ich würde den Lebensraum des Rosabrüstigen Gimpels oder so eines blöden Vogels zerstören. Ich wollte nur ein ruhiges Ferienhaus, und vielleicht war es ein Fehler herzukommen, doch bis ich mich endgültig entschieden habe, mache ich weiter. Denn wenn ich wieder verkaufe, will ich sicher sein, dass ich mein Geld zurückkriege.«

Mrs. Apple, eine kleine, kräftige Frau, kam und sagte,

Tee und Scones seien fertig. Sie lud Hamish mit in ihren Wohncontainer ein.

Er verbrachte eine angenehme Stunde mit den beiden und ging zurück zum Laden, wo Jock bereits das *Geschlossen*-Schild aufhängte.

»Sie sind nicht offiziell hier und haben kein Recht, mir Fragen zu stellen«, knurrte Jock. Trotzdem begleitete er Hamish, und sie gingen am Loch entlang. »Ich weiß, worauf Sie aus sind, doch der Kerl ist einfach weg. Man hat vorher schon gemerkt, dass er genug von unserem Dorf hatte.«

»Ich nehme nicht an, dass Sie ihn oft gesehen haben«, erwiderte Hamish.

»Doch, das ist ja das Komische. Am Tag nach der Prügelei ist er zum Einkaufen gekommen, hat mir die Hand gereicht und gesagt: ›Tut mir leid. Frauen sind es nicht wert, sich um sie zu prügeln.‹ Und ehe ich wusste, wie mir geschah, habe ich ihm die Hand geschüttelt. Zu der Zeit dachte ich noch, meine Ailsa sei ein bisschen verrückt geworden seinetwegen, so wie die anderen Frauen. Na ja, und dass wir Männer zusammenhalten müssen. Danach haben wir jedes Mal etwas geplaudert, wenn er reinkam. Er hat angedeutet, dass er es hier allmählich leid ist, und ich habe gefragt: ›Dann wollen Sie all den Frauen den Abschiedskuss geben?‹ Da hat er geantwortet, und ich glaube, er hat es so gemeint: ›Ich habe die Frauen satt, Jock, ganz ehrlich.‹«

Hamish betrachtete das breite Gesicht des Mannes und konnte kein Anzeichen von Arglist oder Täuschung entdecken. Da er Jock schlecht sagen konnte, dass seine Frau eine Affäre mit Peter gehabt hatte, versuchte er es anders. »Die Männer müssen ihn gehasst haben, und ich glaube, dass Sie und einige der anderen den Stein durch sein Fenster geworfen haben.«

»Wollen Sie jemanden vorladen?«

»Kann ich nicht. Ich bin im Urlaub.«

»Es war dämlich«, gab Jock zu. »Wir waren sauer auf unsere Frauen, wie sie vor ihm rumstolziert sind. Da dachten wir, wir verscheuchen ihn, und obwohl er am nächsten Tag darüber gelacht hat, glaube ich, dass wir es geschafft haben. Wir haben allerdings selbst Schiss gekriegt und ihm das Geld für eine neue Fensterscheibe vor die Tür gelegt. Wühlen Sie nicht alles wieder auf. Diese Geschichte hat das Dorf fast zerrissen. Lassen Sie es gut sein.«

»Könnte ich.« Hamish fühlte sich erschöpft. »Nur hatte Betty Baxter einen mysteriösen Anruf bekommen. Danach war sie ganz aufgeregt, hat sich chic angezogen, war bei der Friseurin und ist in den Tod gestöckelt.«

»Können Sie nicht einfach glauben, dass sie gestürzt ist? Das hat die Polizei gesagt.«

»Nein, ich kann es nicht glauben. Aber danke, dass Sie mit mir geredet haben, Jock.«

Hamish kehrte zu Edie Aubrey zurück. Er wollte eine Pause bei seinen Nachforschungen einlegen und sein Privatleben ordnen. Doch Edie erzählte ihm, dass Priscilla nach Lochdubh gefahren sei und am späten Nachmittag wiederkommen wolle.

Also zog Hamish wieder los und überlegte, was er Priscilla sagen sollte. Ehe sie nicht bereit war, mehr Nähe zuzulassen, was nie geschehen könnte, war es besser, jeden Gedanken an Heirat zu vergessen. Er könnte seinen Lebensstil für sie ändern, war sich jedoch sicher, wenn sie erst verheiratet waren und die erste Verliebtheit abklang, würde er bitter bereuen, wozu sie ihn getrieben hatte. Er war traurig, sah jedoch keinen anderen Ausweg.

Unbewusst hatte er den Weg zu Jimmy Macleods Hof eingeschlagen. Jimmy brachte gerade Schafe von einer Weide auf die andere. Seine zwei Collies liefen halb geduckt und hielten die Herde zusammen. Obwohl er Hamish sah, winkte Jimmy ihm nicht zu. Und sobald die Herde auf der anderen Weide war, schloss er das Gatter, pfiff die Hunde zu sich und ging in Richtung Haus. Er wäre an Hamish vorbeigestapft, hätte der sich ihm nicht in den Weg gestellt.

»Wir müssen reden.«

»Können Sie uns nicht in Ruhe lassen?«, murmelte Jimmy.

»Wollen Sie denn nicht erfahren, was Ihre Frau getrieben hat?«

»Nein, ich will einfach nur mein Leben weiterleben. Lassen Sie uns in Frieden.«

»Na gut, Jimmy, dann verzichte ich mal auf die Samthandschuhe. Ist Ihnen je der Gedanke gekommen, dass zwischen Ihrer Frau und Peter Hynd etwas war?«

Jimmy Macleod schwang die Faust nach Hamish, der Jimmys Arm jedoch am Handgelenk abfing und festhielt.

»Das ist keine Lösung. Antworten Sie mir.«

»Sie und Ihre dreckige Fantasie!«, keuchte Jimmy. »Nancy würde so was nie tun. Sie ist eine anständige Frau.«

Hamish hielt weiter den Arm des Mannes fest. »Sie ist eine Frau, die von Ihnen geschlagen und bedroht wird.«

Halb vor Wut, halb vor Verzweiflung begann Jimmy zu weinen. Tränen liefen ihm über das faltige Gesicht.

Die Hunde knurrten leise.

Hamish ließ ihn los und trat einen Schritt zurück. »Es wird Ihnen besser gehen, wenn Sie mir die Wahrheit erzählt haben. Sie wissen, wo ich wohne. Kommen Sie zu mir, wenn Ihnen nach Reden ist, egal wann.«

Jimmy wischte sich mit dem groben Jackenärmel die Augen und stand mit gesenktem Kopf da. Betrübt wandte Hamish sich ab. Er war nicht wie Blair und konnte niemanden weiterbefragen, der so verzweifelt war. Plötzlich widerte ihn alles an. Wer war er denn, Hamish Macbeth, dass er sich hier wie der Allmächtige aufspielte? Wenn jemand Peter Hynd umgebracht hat, dann viel Glück für denjenigen!, dachte er erbost. Doch wer gemordet hatte und mit der Tat davongekommen war, könnte es wieder tun. Und was war mit der armen albernen Betty Baxter geschehen?

Er machte sich auf den Weg zu Edie Aubrey. Seine Stimmung war so düster wie der Loch. Vor Edies Haus stand Priscillas Wagen, und aus der Küche war Geschirrklappern zu hören. Zweifellos bereitete Priscilla ein nahrhaftes Essen zu.

Hamish blieb an der Küchentür stehen und beobachtete sie einen Moment. Sie trug eine maßgeschneiderte Hose, eine weiße Baumwollbluse und eine Kaschmir-Strickjacke darüber. Ihr blondes Haar war so hell wie das Sonnenlicht, und sie summte anscheinend vollkommen sorgenfrei vor sich hin.

»Wo ist Edie?«, fragte er, als er in die Küche kam.

Priscilla drehte sich um. »Wir sind allein. Edie ist mit Annie Duncan nach Strathbane gefahren, um die Kostüme zu holen, und da dachte ich, ich benutze die Küche.«

»Nett von dir, dass du kochst«, sagte er und setzte sich an den Tisch.

»Ich wärme nur Lasagne auf. Sie ist aus dem italienischen Restaurant in Lochdubh.«

Rasch mischte sie einen Salat und stellte Hamish eine Portion Lasagne hin. Er merkte, dass er hungrig war, und beschloss, die unvermeidliche Aussprache zu verschieben.

Beim Essen erzählte er von Jock und Harry.

»Warum gibst du es nicht auf?«, sprach Priscilla aus, was er vorhin gedacht hatte. »Überleg mal, wie idiotisch du dir vorkommen wirst, sollte Peter Hynd putzmunter auftauchen. Ich habe nachgedacht. Es besteht die Gefahr, dass du die ganze Geschichte aufbauschst, bis es tatsächlich zu einem Mord kommt.« Sie stellte ihm einen Kaffee hin.

»Kann sein«, murrte er.

»Ich weiß, dass es dich vielleicht ärgert«, fügte sie hastig hinzu.

Er schob seine Kaffeetasse weg. »Was mich im Moment hauptsächlich aufregt, sind wir, Priscilla … du und ich.«

»Ach, Hamish, lass uns nicht streiten.«

»Darüber sind wir längst hinaus. Ich dachte, wenn wir erst verheiratet sind, wirst du vielleicht liebevoller … wärmer. Aber daran glaube ich nicht mehr. Ich könnte mich sogar mit einer Beförderung und einem Umzug nach Strathbane abfinden, wenn ich im Gegenzug Liebe und Zuneigung bekäme. Nein«, fuhr er erschöpft fort, »ich will mich nicht streiten. Und ich will dich auch nicht angreifen. Es steckt schlicht nicht in dir. Also anstatt weiter zu hoffen und zu hoffen, denke ich, wir sollten die Idee mit der Heirat aufgeben.«

»Ich habe von jeher Probleme mit … mit diesem Teil«, gab Priscilla unglücklich zu. »Gib mir ein bisschen mehr Zeit, nur ein bisschen mehr, Hamish.«

»Nein, keine Zeit mehr.« Er stand auf. »Ich gehe zum Angeln oben an den Drim. Vielleicht wäre es eine gute Idee, wenn du weg bist, bis ich heute Abend wiederkomme.«

Er nahm seine Angelrute und den Korb hinter der Tür auf und ging los. Halb fürchtete, halb hoffte er, Priscilla würde ihn zurückrufen.

Er angelte konzentriert und kämpfte mit dem scheußlichen Verlustgefühl. Wie konnte der Verstand all die vernünftigen Antworten kennen, während sich die Gefühle weiter nach dem Unmöglichen sehnten?

Es wurde früh dunkel, und Raureif setzte sich auf das Gras, als Hamish entschied zusammenzupacken. Eventuell lag es daran, dass heute keine kleine Heather heidnische

Gesänge anstimmte, jedenfalls weigerten sich die Fische anzubeißen.

Als er sich Edies Haus näherte, sah er, dass Priscillas Wagen weg war. Darum hatte er sie gebeten, also warum fühlte er sich trotzdem so niedergeschlagen?

»Möchten Sie einen Happen essen?«, fragte Edie übertrieben munter und mied seinen Blick seltsam mitfühlend. »Wir sind allein. Priscilla ist abgereist.«

»Ja, ich weiß«, sagte Hamish. »Wie war es in Strathbane?«

»Wir haben die Kostüme bekommen. Sie sehen furchtbar eingestaubt und ungepflegt aus, finde ich, und bei manchen fehlt die Hälfte der Pailletten. Aber Annie meint, im Bühnenlicht werden sie großartig wirken. Heute Abend wollen wir sie anprobieren. Setzen Sie sich und essen Sie etwas. Es gibt Fischpastete. Ich habe sie selbst gemacht.«

Hamish nahm eine Portion. Die Pastete war ziemlich eklig, und der Teig schmeckte wie nasses Papier. Er zerkleinerte sie und schob sie in der Hoffnung auf dem Teller herum, dass Edie glaubte, er hätte einiges gegessen.

»Ich komme mit Ihnen zur Probe«, erklärte er. »Nur um sicherzugehen, dass keine weiteren Unfälle passieren.«

Edie strahlte. Priscilla hatte gesagt, sie müsste zurück und im Hotel aushelfen, doch Edie hatte Spuren von Tränen gesehen, und Hamish wirkte deprimiert. Und da sie richtig folgerte, dass die beiden gestritten, sich höchstwahrscheinlich sogar getrennt hatten, betrachtete Edie Hamish nun mit anderen Augen. Mit seinem feuerroten Haar, den braunen Augen und dem schüchternen Lächeln war er ein attraktiver Mann. Natürlich war er jünger als sie, aber dennoch ... Und es wäre schön, von einem Mann zur Probe begleitet zu werden.

Zu Hamishs Unglück hakte Edie sich auf dem Weg zum Gemeindesaal bei ihm ein. Sie roch streng nach billigem Parfüm und presste sich an seine Seite. Umso erleichterter war er, als er sich von ihr befreien konnte, indem er ihr die Tür aufhielt und einen Schritt zurücktrat.

Danach suchte er sich einen Platz hinten im Saal. Jock Kennedy war dort und arrangierte die Beleuchtung. Reichlich unterdrücktes Kichern und Rascheln erklangen aus Richtung der Garderoben, wo die Frauen ihre Kostüme anprobierten. Hamish wartete und zwang sich, nur an die unterschiedlichen Aspekte des Falls zu denken.

Der Saal füllte sich, als die Frauen, die nicht mitspielten, und die Männer aus dem Dorf zum Zuschauen kamen. Heather war mit ihrem Vater hier, saß neben ihm und hielt seine Hand. Die meisten ihrer Mitschüler waren da, doch Heather wechselte weder ein Wort noch einen Blick mit ihnen. Sie war ganz auf ihren Vater fixiert.

Die Probe begann. Nancy, deren Gewand sich sichtlich spannte, sang ihr Lied und trat unfallfrei von der Bühne ab. Annie Duncan, der junge Held, hatte tatsächlich sehr hübsche Beine, wie Hamish feststellte. Er bemerkte auch, dass der Pfarrer erschienen war, sich jedoch nicht setzte, sondern an einer Säule lehnte, die Züge angespannt vor Missfallen.

Die Musikauswahl war eine Mischung aus Andrew Lloyd Webber, schottischen Volksliedern und einem gälischen Stück für den Teil, bei dem das Publikum mit einstimmen sollte. Heather, die überredet worden war, sich von ihrem Vater zu lösen und ihr Kostüm anzuziehen, gab einen hervorragenden Kater ab.

Hamish lehnte sich zurück, verschränkte die Arme und blickte sich um. Ein Gesicht hier ließ ihm keine Ruhe. Ihm war, als hätte er es schon mal gesehen. Sein Blick wanderte von der Bühne zum Publikum.

Am Ende der Probe verspürte er einen stechenden Schmerz über dem rechten Auge. Er wartete nicht auf Edie, sondern ging zurück zu ihrem Haus, wo er sich an den Küchentisch setzte und den Kopf in die Hände stützte. Es verfolgte ihn. Etwas, jemand, den er bei der Probe gesehen hatte, war der Schlüssel zu allem.

Edie kam nach Hause und war ziemlich beleidigt, weil er nicht auf sie gewartet hatte. Sie hatte eine wunderbare Zeit mit Ailsa, Alice und Nancy bei der Anprobe gehabt, als sie dezent eine Romanze mit Hamish andeutete und sagte, sie, Edie, hätte Priscilla verabschiedet. Sie hatten alle darüber gekichert, ganz wie in alten Zeiten.

»Kaffee?«, fragte sie.

Hamish öffnete den Mund, um zu bejahen, sah sie jedoch nur blind an.

»Was ist?«

»Ich habe Kopfschmerzen«, antwortete er. »Ich muss mich hinlegen.« Er ging nach oben, streckte sich voll bekleidet auf dem Bett aus und starrte an die Decke. Sein Instinkt sagte ihm, wie der Mord verübt worden war und von wem, doch er hatte nicht den Hauch eines Beweises, und diese kriminelle Person würde nur unter extremem Druck einknicken. Wie wollte er den ausüben?

Bis spät in die Nacht lag er wach, fiel letztlich in einen unruhigen Schlaf und wachte erst spät am Morgen auf, immer noch in den Sachen von gestern. Sofort stürmten alle Gedanken vom Vorabend wieder auf ihn ein. Er wäre gern nach Lochdubh zu Priscilla gefahren, um ihr zu erzählen, was er dachte, und ihre Meinung dazu zu erfahren.

Dann hörte er hektisches Klopfen unten an der Tür und Edies erschrockene Stimme. Im nächsten Augenblick kam sie die Treppe heraufgelaufen, und Hamish schwang die Beine vom Bett. Als er aufstand, fühlte er sich schwindlig und völlig erschöpft.

»Kommen Sie schnell, Hamish!«, japste Edie. »Es ist Mr. Apple. Er hat eine Leiche gefunden.«

Hamish folgte dem wild gestikulierenden Bauunternehmer zu seinem Cottage, wo die Handwerker im Kreis um den Torftümpel standen und hineinblickten.

»Wir haben früh angefangen, das Wasser abzulassen«, berichtete Mr. Apple, »und für die Abwasserleitungen zu graben. Da haben die Männer die Leiche gefunden.«

Die Nachricht sprach sich schnell herum, und Leute kamen aus ihren Häusern geeilt.

Hamish ging zu den Männern, die Platz machten, um

ihn durchzulassen. Dort im Torf lag eine Männergestalt, schwarz und verkrustet vom Schlamm. Hamish überkam eine rasende Wut auf den Täter. Mit dieser Wut versuchte er später, sein unorthodoxes weiteres Handeln zu erklären.

Er sah die Männer an. »Holen Sie die Leiche nach oben, packen Sie sie auf eine Art Trage, und bringen Sie die zum Gemeindesaal. Und alle sollen hinkommen … sofort!«

Grimmig stand er dabei, als der Torf mit einem scheußlich platschenden Geräusch seine Beute freigab. Die geschwärzte Leiche wurde auf eine Tür gelegt, und eine kleine Prozession von Männern trug sie in den Gemeindesaal. Dort befahl Hamish, dass sie auf einen Tisch unterhalb der Bühne gelegt wurde, und stellte sich neben sie, bis das ganze Dorf im Saal war.

Der Pfarrer kam auf Hamish zu. »Das ist infam! Hier sind Kinder. Was denken Sie sich dabei?«

Hamish erhob die Stimme. »Dies ist die Leiche von Peter Hynd«, erklärte er. »Und sein Mörder befindet sich in diesem Saal. Dieser Tote mag von Torfschlamm bedeckt sein, doch die Forensik kann dieser Tage Wunder wirken, wenn es darum geht zu ergründen, wie, wann und warum der Mann ermordet wurde. Aber ich weiß, wer es war.«

Er ließ den Blick über die erschrockenen Gesichter schweifen und schickte ein stummes Gebet zum Himmel. Es war nur eine Ahnung, und er hatte ein Druckmittel gebraucht. Das hatte er in Form dieser Leiche. »Treten Sie vor, Annie Duncan«, sagte er laut. »Und sehen Sie sich an, was Sie getan haben.«

Ihr Gesicht war weiß, als sie wie schlafwandelnd auf ihn zukam. »Warum ist er so schwarz?«, fragte sie beinahe flüsternd. »Ich habe gedacht, bei all dem Wasser wäre er sauber. Warum ist er so schwarz?«

»Sie waren das«, erklärte Hamish. »Ich weiß es, und ich kann es beweisen. Peter Hynd hatte die Verträge für den Hausverkauf nicht unterschrieben. Das waren Sie. Der Handschriftenexperte wird es bald bestätigen.«

Der Pfarrer schritt ein. »Sie Wahnsinniger! Wie können Sie es wagen? Komm mit, Annie.«

Er zog an ihrem Arm, doch sie starrte Hamish wie hypnotisiert an. »Lass mich, Callum«, murmelte sie. »Siehst du denn nicht, dass er es weiß?«

»Was weiß?«

»Dass ich Peter Hynd umgebracht habe.«

Alle im Saal schnappten nach Luft. »Rufen Sie in Strathbane an«, wandte sich Hamish an Mr. Apple, der neben ihm stand. »Kommen Sie mit, Mrs. Duncan.«

Als er sie in einen Seitenraum führte, hörte er jemanden sagen: »Gott sei Dank war es keiner von uns. Es war eine Auswärtige.« Annie Duncan hatte viele Jahre in dem Dorf gelebt, galt jedoch immer noch als Auswärtige.

Sie saßen sich an einem Tisch in dem Seitenraum gegenüber. »Solange wir auf das Team aus Strathbane warten, erzählen Sie mir lieber, wie und warum Sie es getan haben.«

Annie stieß ein trockenes Schluchzen aus und fing sich gleich wieder. »Woher haben Sie gewusst, dass ich es war?«

»Ich habe es erkannt, als ich Sie im Kostüm des jugendlichen Helden sah. Für die Rolle haben Sie Ihre Stimme tiefer klingen lassen. Sie sind Engländerin, und mir wurde klar, dass Sie sich für Peter hätten ausgeben können. Ich erinnerte mich, wie sich Ihre Züge veränderten, als ich zum ersten Mal im Pfarrhaus war und Peter Hynd erwähnt wurde. Und mir fiel Peters Schwester ein. Sie sah ihm sehr ähnlich, vage aber auch Ihnen. Wie haben Sie es gemacht? Herrenkleidung und eine blonde Perücke?«

Sie nickte.

»Warum?«

Blind starrte sie ins Nichts. Dann antwortete sie: »Peter war das Wunderbarste, was mir je passiert ist. Er hat gesagt, dass er mich liebt und wir zusammen fortgehen würden. Er hat mir erzählt, dass er das Haus verkaufen will. Wir standen über den Bauern in diesem Dorf, Peter und ich. Er war die Art Mann, die ich hätte heiraten sollen. Eine solche Liebe habe ich nie gekannt. Und dann bekam ich mit, dass die Männer aus dem Dorf sein Fenster einwerfen wollten, und bin hin, um ihn zu warnen. Als ich beim Cottage ankam, hörte ich schon Glas klirren. Ich habe gewartet, bis alle weg waren, und mich an das kaputte Fenster geschlichen. Ich wollte nach ihm rufen, wenn er nach unten kam. Und er kam. Er war nackt und sah so wunderschön aus. Ich stand da und genoss es, ihn anzuschauen, wollte nach ihm rufen. Da sah ich *sie* aus dem Schlafzimmer oben kommen. Die dumme, fette Betty Baxter mit ihrem plumpen Gesicht und ihren plumpen, dicken Schenkeln. Ich sah sie zusammen wieder nach oben steigen und dachte, ich würde sterben vor Schmerz und Scham. Es hat mich verrückt gemacht. Dann erkannte ich meine Chance. Im Gemeindesaal sollte ein Film gezeigt werden, und ich wusste, das ganze Dorf wäre dort. Ich hatte gehört, wie er sagte, er hätte den Film schon in London gesehen.

Ich bin zu seinem Cottage, wollte, dass alles wieder wie vorher war. Ich wollte ihn zurück. Daran, ihn umzubringen, habe ich nicht mehr gedacht. Als er mich sah, lächelte er auf diese blendende Art, und ich wollte glauben, dass ich mir ihn mit Betty bloß eingebildet hatte. Aber ich habe ihm gesagt, dass ich ihn gesehen habe. Zuerst war er ein bisschen entsetzt, und dann hat er angefangen zu lachen. Er hat an meinem Haar gezupft und gemeint: ›Du glaubst doch nicht, dass du die einzige Frau bist, die ich hier zum Zeitvertreib flachgelegt habe.‹

Ich habe ihn angefleht und daran erinnert, dass er mich heiraten wollte. Er hat furchtbar gleichgültig gesagt: ›Geh zurück zu deinem ehrenwerten Mann. Pure Eitelkeit lässt dich glauben, du wärst anders als die Frauen in diesem Dorf, auch wenn du es vielleicht ein wenig bist. Du bist eher der Stadtrandhausfrauentyp. Jetzt will ich was trinken. Du kannst mir Gesellschaft leisten oder gehen.‹ Er ist ins andere Zimmer hinübergegangen, vermutlich um die Whiskyflasche zu holen.

Da habe ich einen Hammer auf dem Fußboden im Anbau liegen sehen. Ich habe ihn mir geholt. Als er zurückkam, trat er an die Küchenregale, um sich ein Glas zu nehmen. Meine Hand schien sich von selbst zu bewegen. Ich habe so fest zugeschlagen, wie ich konnte. Er fiel zu Boden, mausetot. Und ich war froh. Dann habe ich wie der Teufel gearbeitet. Er hatte ja nur sehr wenige Möbel, deshalb wusste ich, dass es niemanden wundern würde, wenn er sie hierließ. Alles andere habe ich in seinen Wagen geladen, bis auf die Papiere, die Bankunterlagen und die Kontokarten. Die habe ich später mit zum Pfarrhaus genommen.

Ich habe den Wagen rückwärts vors Cottage gefahren und Peters Leiche in den Kofferraum gehievt. Vorher hatte ich sein Auto schon beladen, wie gesagt. Dann bin ich hinters Steuer und im Leerlauf mit ausgeschaltetem Motor runter und am Gemeindesaal vorbeigerollt. Ich hatte die Seitenfenster geöffnet, konnte die Lichter im Saal sehen und das Gelächter hören. Als ich vorbei war, habe ich den Motor angelassen und bin zum Ende des Lochs gefahren, an die tiefe Stelle, wo dieser Felsvorsprung ein wenig übersteht. Ich habe den Motor ausgeschaltet, bin ausgestiegen und habe den Wagen hineingeschoben. Er ging wie ein Stein in dem schwarzen Wasser unter.

Danach bin ich zu Peters Cottage, habe das Blut vom Fußboden geschrubbt und sämtliche Oberflächen abgeseift. Ich hatte seine alte Schreibmaschine behalten, zusammen mit den Papieren. Die nahm ich mit nach Hause, tippte den Brief an Jock und steckte ihn mit dem Schlüssel in den Briefkasten des Ladens. Am nächsten Tag konnte ich gar nicht glauben, dass ich es getan hatte.«

Hamish sah sie verwirrt an. »Aber die Leiche wurde im Torfmoor gefunden.«

»Was?«

Die Leiche wurde in dem Torfmoor hinter Mr. Apples Cottage gefunden. Haben Sie das nicht gewusst?«

Sie schüttelte den Kopf. »Jemand kam angerannt und hat gesagt, wir sollen zum Gemeindesaal kommen. Sonst nichts.« Sie starrte ihn an und begann zu lachen. »Falsche Leiche.«

Hamish stand auf, ging nach draußen und bat einen der wartenden Männer, in Strathbane anzurufen und ein Taucherteam anzufordern. Dann kehrte er zu Annie zurück. Über die fremde Torfleiche würde er sich Gedanken machen, wenn er ihr volles Geständnis hatte. »Und Betty Baxter?«, fragte er, als er sich wieder hinsetzte.

Annie seufzte. »Betty war übertrieben vertraut mit mir geworden. Ich mag es, dass die Frauen ihren Platz in der Gesellschaft kennen und auf Abstand bleiben. Und mir kam der Gedanke, dass Peter ihr von seiner Affäre mit mir erzählt haben könnte. Wahrscheinlich hatte er mit ihr darüber gelacht. Und weiß der Himmel, wer sonst noch davon wusste! Ich hasste sie und dachte, ich spiele ihr einen Streich. Ich habe sie angerufen, mich als Peter ausgegeben und sie gebeten, sich am nächsten Morgen mit mir am Strand zu treffen. Dann habe ich es genossen, wie irrsinnig aufgeregt sie war, wie sie sich das Haar machen ließ und mit einem triumphierenden Grinsen herumgelaufen ist.

Ich sah sie bei den Felsen stehen, ihren grässlichen Körper auf diesen lächerlich hohen Absätzen, und dachte: Oh Peter, wie konntest du? Eigentlich wollte ich sie verhöhnen und ihre Enttäuschung auskosten. Aber ich habe ihr einen kräftigen Tritt in den großen, fetten Hintern verpasst. Warum hat sie sich nicht abgefangen? Ich wollte es nicht glauben, als ich erkannte, dass sie tot war, und bin weggerannt.«

»Wie konnten Sie mit sich leben?«, fragte Hamish.

»Bettys Tod war ein Unfall, kein Mord. Den habe ich verdrängt. Ich habe darauf gewartet, dass sich alles beruhigt, dann wollte ich Callum verlassen und zurück nach London gehen. Doch da sind Sie aufgetaucht mit Ihren linkischen Amateur-Ermittlungen.« Wieder fing sie zu lachen an. »Und Sie haben die falsche Leiche.«

Sie lachte und weinte noch, als das Team aus Strathbane eintraf.

Kapitel 11

Als wir noch weiche Amöben waren, in längst
vergangenen, vergessenen Jahren,
Ehe Königin von Saba du oder König Salomon ich,
allein und ungeteilt lebten wir liederlich.
Was immer du getan, tat ich dir gleich;
ein Mahl serviert für zwei so reich.
Oh weh, die Spaltung kam,
die Teilung so bitter, ein Gram,
Bis als einsamer Pseudopodium nun musst',
meinen Kurs ich nehmen, welch Verlust.

Sir Arthur Shipley

»Also«, sagte Detective Jimmy Anderson schadenfroh, »Sie sind wieder degradiert, Hamish. Futsch sind die Streifen, und keinen wundert's. Sie graben ein Prachtexemplar von einem Kelten aus dem Torfschlamm, beschuldigen die Pfarrersfrau, ihn umgebracht zu haben, und sie gesteht den

Mord an Peter Hynd. So haben wir in Strathbane seit Jahren nicht gelacht!«

Mehrere Tage waren vergangen, und Anderson und Hamish saßen in der Polizeiwache von Lochdubh bei einer Flasche Whisky.

»Mann, Mann«, sagte Anderson und schenkte nach. »Ich glaube, der Super hat Beschwerden von sämtlichen Professoren, Museen und archäologischen Gesellschaften von hier bis Australien bekommen. Solch eine wertvolle Reliquie in den Händen eines vertrottelten Polizisten!«

»Ach, seien Sie still«, entgegnete Hamish verstimmt. »Wissen Sie, was euch faulen Idioten in Strathbane eigentlich zusetzt? Ich war mir von Anfang an sicher, dass es Mord war, und habe es bewiesen.«

»Ja, haben Sie. Das Auto im Loch, die Leiche im Kofferraum und Hynds Schreibmaschine oben im Pfarrhaus. Wie sind Sie auf Annie Duncan gekommen?«

»Das war, als ich sie auf der Bühne sah, in der Rolle des jugendlichen Helden, das Haar unter einem dieser Tudor-Hüte verborgen. Ich erinnere mich, dass ich dachte, sie gäbe einen gut aussehenden Mann ab. Irgendwie war mir bei ihr schon länger nicht wohl gewesen. Es lag an ihrer Eitelkeit, verstehen Sie? Priscilla hat mir erzählt, dass sie sich für etwas Besseres als die Frauen im Dorf zu halten schien. Und ich konnte ihre Eitelkeit an der Art erkennen, wie sie über die Bühne stolziert ist und die anderen Frauen bei der Probe herumkommandiert hat. Nur wirkte sie gleichzeitig so beherrscht und still, dass es nicht sofort offensichtlich war. Sie war die Einzige im Dorf, die cool bleiben und planen konnte – und sich für Peter ausgeben konnte. Ich kann nicht sagen, woher ich es wusste, aber irgendwie war ich überzeugt, dass Peter von jemandem aus Drim ermordet worden war. Ich bin froh, dass es nicht Harry Baxter war.«

»Es ist ein Wunder, dass es nicht seine eiskalte kleine Tochter war.«

»Ach, sie ist überhaupt nicht kalt«, widersprach Hamish. »Sie hat sich nur zusammengerissen, weil sie ihren Vater liebt und gedacht hat, er wäre es gewesen. Als sie von Annie erfuhr, ist sie zusammengebrochen und hat sich die Augen aus dem Kopf geweint vor Erleichterung, dass der Albtraum für sie vorbei ist. Sie war es auch, die mich auf die Spur gebracht hatte. Heather kam eines Abends her und sagte, sie habe Peters Ermordung in ihrem Kopf gesehen.«

»Tja, es ist vorbei«, erwiderte Anderson. »Obwohl ich auf Blair und seinen Jubel über Ihre Degradierung verzichten könnte. Dann hat der Super von seiner Frau erfahren, dass Ihre Verlobung geplatzt ist, und das machte Sie erst recht zum Versager, Hamish. Ach, und da ist noch etwas.«

»Kann nicht sein.« Hamish griff nach der Flasche.

»Ist aber so. Kennen Sie einen kleinen Burschen namens Hendry, ein Lehrer?«

»Der seine Frau prügelt? Was ist passiert?«

»Er hat Beschwerde gegen Sie eingereicht.«

»Was hat er gesagt? Egal, was es ist, es wird erstunken und erlogen sein«, ergänzte Hamish rasch, weil er daran dachte, wie er den Kopf des Lehrers gegen die Wand geknallt hatte.

»Er hat ausgesagt, dass Sie seine Frau in eine Art Sekte gezerrt haben, die mit Gehirnwäsche arbeitet.«

»Blödsinn! Ich habe vorgeschlagen, dass sie zu den Anonymen Alkoholikern geht und sich dort Rat holt.«

»Tja, hat sie gemacht, und die Kinder hat sie zur Jugendgruppe der Anonymen Alkoholiker geschickt. Dieses Haus, Craigallen, lief auf ihren Namen. Sie hat ihr eigenes Geld. Na ja, sie verkauft das Haus, packt die Kinder ein und verschwindet nach Glasgow. Angeblich hat sie gesagt, sie habe genug davon, die Märtyrerin zu sein, und der kleine Säufer, den sie geheiratet hat, könne entweder zur Besinnung kommen oder sich totsaufen. Sieht so aus, als hätte er sich für die zweite Option entschieden.«

»Dann nimmt Strathbane die Beschwerde doch nicht ernst, oder?«

»Nein, nur die Ruhe. Blair war unbedingt dafür, dass wir Hendry ausnüchtern und ihn dem Super präsentieren. Aber der Kerl hatte eine Flasche dabei und wollte anscheinend nicht nüchtern werden. Und was haben Sie jetzt vor?«

»Das Gleiche wie bisher«, antwortete Hamish. »In Lochdubh bleiben und mich so weit wie möglich von Strathbane fernhalten. Redet Annie Duncan noch?«

»Oh ja, und je mehr sie quasselt, desto bizarrer wird es. Jetzt hat sie den Schock ihrer Verhaftung verwunden und scheint fast stolz auf das zu sein, was sie getan hat.«

»Eigenartig«, meinte Hamish. »Als mir der Makler erzählt hat, dass Peter Hynd übel erkältet war und sich quasi bis zu den Augenbrauen verhüllt hatte, dachte ich, da müsse sich jemand für ihn ausgegeben haben. Dabei war Hynd das tatsächlich selbst. Sie war es, die am Ende die Verträge unterzeichnet hatte. Wie sich herausgestellt hat, hatte Peter wirklich eine schlimme Erkältung. Und jetzt erzählen mir alle munter von dem Filmabend. Hätten sie mir das früher gesagt und hätte ich gewusst, dass Peter nicht dort war, wäre mir klar gewesen, dass es der ideale Zeitraum war, um ihn loszuwerden. Hat der Pfarrer von der Affäre seiner Frau gewusst?«

»Annie Duncan behauptet, er hatte keine Ahnung«, antwortete Jimmy. »Sie sagt sogar, das eine Gute an der Gefängnisstrafe sei, dass sie von ihrem Mann wegkommt. Da könnte man beinahe schon wieder versucht sein, Aufhängen für eine gute Idee zu halten.« Anderson goss sich den restlichen Scotch ein, leerte sein Glas und stand auf. »Ich verschwinde mal lieber, Hamish. Schließlich will ich nicht erwischt werden, wie ich mich mit dem Feind verbrüdere. Wir sehen uns beim nächsten Mord.«

Hamish saß mit den Füßen auf dem Schreibtisch da, nachdem Anderson gegangen war. Plötzlich hatte er Lust, in Drim nachzusehen, wie sie dort zurechtkamen. Er durfte nicht mehr Auto fahren. Also stand er auf, ging hinaus zum Schuppen hinter der Wache und holte ein rostiges Fahrrad heraus, mit dem er sich auf den Weg den Hügel hinauf machte.

Es war ein stahlgrauer Tag und die Luft schwer vom

metallischen Geruch nahenden Schnees. Er wünschte sich schon, er wäre zu Hause geblieben, als er die sich schlängelnde Straße nach Drim hinunterfuhr und das schwarze Wasser inmitten der kahlen Berge sah. Er radelte direkt zu Harry Baxter. Es war Sonntag, also müsste der Fischer zu Hause sein. Und tatsächlich: Harry saß vor dem Fernseher.

»Wo ist Heather?«, fragte Hamish.

»Die spielt draußen mit ihren Freunden.«

»Das ist sehr gut«, sagte Hamish.

»Ja, sie muss sich nicht mehr um mich sorgen. Können Sie sich vorstellen, dass sie gedacht hat, ich wäre es gewesen?«

»Na, jetzt ist es vorbei. Und keine Ehekriege mehr, hoffe ich.«

Harry grinste. »Da wäre ich mir nicht so sicher. Wir bekommen einen neuen Pfarrer, und der ist jung und unverheiratet. Also ist bei Alice wieder ordentlich Betrieb, und Edie bietet neue Turnkurse an.«

»Ach du lieber Himmel! Was ist mit dem Weihnachtsmärchen?«

»Das haben sie aufgegeben und die Kostüme zurückgeschickt. Ich dachte, Heather wäre traurig, weil sie nicht mehr den Kater spielen kann, doch es macht ihr anscheinend nichts aus.«

Hamish griff in seine Taschen und holte eine Handvoll Bücher heraus. »Ich habe ihr einige Bücher mitgebracht. Obwohl sie die jetzt vielleicht nicht mehr so dringend braucht.« Er legte sie auf den Tisch.

»Danke«, sagte Harry. Sein Blick schweifte zum Fernseher ab, wo eine pelzige Puppe eine andere schlimm vermöbelte.

Hamish ging zum Gemeindesaal. Wieder schallte ihm die bekannte Musik entgegen. Er bekam ein wenig Angst, dass die Rivalität um diesen Pfarrer alte Fehden neu entfachen könnte. Er blickte zum Pfarrhaus, vor dem ein Möbelwagen stand.

Als er näher herangekommen war, rief er einem der Möbelpacker zu: »Ist der Pfarrer da?«

Der Mann nickte zur Küchentür.

Hamish ging hinein, und der neue Pfarrer drehte sich zu ihm um, um ihn zu begrüßen: ein kleiner, fettleibiger Mann mit schütterem Haar, der eine Brille mit sehr dicken Gläsern trug. Er sah aus wie eine Kröte.

Mit einem strahlenden Lächeln trat Hamish vor und schüttelte ihm die Hand. »Willkommen in Drim!«

Als er nach Lochdubh zurückkehrte, bemerkte er Phil Jameson, einen jungen Mann, der Gelegenheitsjobs im Dorf erledigte, und rief nach ihm. »Ich habe einen Auftrag für Sie.«

»Was gibt's?« Phil kam zu ihm und wischte sich die Hände an seinem Overall ab.

»Kommen Sie mit«, antwortete Hamish und ging voraus zum Schuppen, wo er auf den alten Herd zeigte. »Ich möchte, dass Sie den wieder in der Küche anschließen und den neuen elektrischen Herd rausnehmen.«

»Kann ich machen«, meinte Phil träge. »Wollen Sie den elektrischen verkaufen?«

»Nein, laden Sie den auf Ihren Wagen und bringen Sie ihn zu Miss Halburton-Smythe im *Tommel Castle Hotel*, mit besten Grüßen von mir.«

»Wie ich hörte, ist es vorbei«, sagte Phil.

»Ja, und kümmern Sie sich um Ihren eigenen Kram. Ich fahre nach Rogart, meinen Hund holen.«

Das Telefon im Polizeibüro läutete schrill, und er nahm das Gespräch entgegen.

Es war Edie Aubrey. »Hamish, ich habe herausgefunden, wer Nancy auf der Treppe zu Fall gebracht hat.«

»Wer war es?«

»Ailsa. Sie hat es Nancy erzählt und sie um Verzeihung gebeten.«

»Und verzeiht Nancy ihr?«

»Oh ja, die sind wieder ganz dicke, die beiden, aber ich sehe nicht ein, warum Ailsa damit davonkommen sollte. Sie sollten ...«

»Edie«, unterbrach Hamish sie, »haben Sie den neuen Pfarrer schon gesehen?«

»Noch nicht.«

»Er ist im Pfarrhaus. Gehen Sie hin, schauen Sie ihn sich an, und dann fragen Sie sich, ob Sie wollen, dass Ailsa wegen irgendwas angezeigt wird.« Ein Blick auf den hässlichen Pfarrer dürfte genügen, um Edies Fieberträume zu kurieren, dachte Hamish, als er auflegte. Wahrscheinlich erwarteten sie alle einen neuen Adonis.

Der nächste Anruf kam von seinem Cousin Rory in London, der sehr wütend war, weil Hamish ihm nicht als Erster die Story zugespielt hatte. »Hättest du mich da raufbestellt, hätte ich verhindern können, dass du dich lächerlich machst, indem du jemanden beschuldigst, einen Mann im Torfmoor umgebracht zu haben, der seit vielen Jahrhunderten tot ist.«

»Lass es gut sein«, erwiderte Hamish. »Ich habe die Mörderin und die richtige Leiche gefunden. Es hagelt hier schon genug Kritik. Ich wurde degradiert, und ich brauche nicht noch mehr Gemecker.«

Was ihm nicht erspart bleiben sollte. Denn in Rogart musste er sich das Wehklagen seiner Mutter anhören, weil sie Priscilla »verloren« hatten.

Sehr schlecht gelaunt kehrte er zur Polizeiwache zurück. Es hatte zu schneien angefangen. Dicke Flocken fielen vom Himmel. In der Küche stand sein Holzofen wieder in der Ecke. Hamish kam sich mit einem Mal kleinlich und gemein vor, weil er Priscilla den neuen Herd geschickt hatte. Eigentlich wollte er sie anrufen und sich entschuldigen, ertrug jedoch den Gedanken nicht, ihre Stimme zu hören.

Er schichtete Holzscheite in den Ofen, der sogar besser denn je zog. Dann fütterte er Towser und machte sich selbst etwas zu essen.

Was hatte er noch im Leben? Er war zurück zum Constable degradiert worden, es gab keine Priscilla mehr, er hatte sein altes Leben wieder. Draußen heulte der Wind, und der Schnee wisperte an den Fensterscheiben. Der Ofen bollerte und glühte rot, das Steak brutzelte in der Pfanne, und irgendwie schien die Polizeiwache eine Zuflucht vor der fiesen Welt draußen zu sein.

»Ja, ich bin wieder da, wo ich war«, sagte Hamish zu Towser.

Er wendete das Steak in der Pfanne und begann, vor sich hin zu pfeifen.